U0083761

古典詩歌研究彙刊

第十六輯

龔鵬程 主編

第5冊

唐詩漢代人物研究（下）

李淑婷 著

國家圖書館出版品預行編目資料

唐詩漢代人物研究（下）／李淑婷 著 -- 初版 -- 新北市：花木蘭文化出版社，2014〔民 103〕

目 2+268 面；17×24 公分

(古典詩歌研究彙刊 第十六輯；第 5 冊)

ISBN 978-986-322-823-3（精裝）

1.唐詩 2.詩評

820.91 103013515

古典詩歌研究彙刊

第十六輯 第五冊 ISBN：978-986-322-823-3

唐詩漢代人物研究（下）

作　　者　李淑婷
主　　編　龔鵬程
總 編 輯　杜潔祥
副總編輯　楊嘉樂
編　　輯　許郁翎
出　　版　花木蘭文化出版社
社　　長　高小娟
聯絡地址　235 新北市中和區中安街七二號十三樓
　　　　　電話：02-2923-1455／傳眞：02-2923-1452
網　　址　http://www.huamulan.tw 信箱 hml 810518@gmail.com
印　　刷　普羅文化出版廣告事業
初　　版　2014 年 9 月
定　　價　第十六輯 21 冊（精裝）新台幣 32,000 元

唐詩漢代人物研究（下）

李淑婷 著

目次

上冊

下冊

附　錄

人物		作者	題　　目	詩　　　句	卷數，冊數
初唐	1.	寒山	詩三百三首：二七三	常聞漢武帝　爰及秦始皇　俱好神仙術 延年竟不長　金臺既摧折　沙丘遂滅亡 茂陵與驪嶽　今日草茫茫	卷八百六，23，P9097
初唐	2.	宋之問	奉和晦日幸昆明池應制	春豫靈池會　滄波帳殿開　舟淩石鯨度 槎拂斗牛回　節晦蓂全落　春遲柳暗催 象溟看浴景　燒劫辨沈灰　鎬飲周文樂 汾歌漢武才　不愁明月盡　自有夜珠來	卷五十三，2，P647
初唐	3.	張說	奉和聖製暇日與兄弟同遊興慶宮作應制	漢武橫汾日　周王宴鎬年　何如造區夏 復此睦親賢　巢鳳新成閣　飛龍舊躍泉 棣華歌尚在　桐葉戲仍傳　禁籞氛埃隔 平臺景物連　聖慈良有裕　王道固無偏 問俗兆人阜　觀風五教宣　獻圖開益地	卷八十八，3，P967

				張樂奏鈞天 侍酒儼樽滿 詢芻諫鼓懸 永言形友愛 萬國共周旋	
初唐	4.	張說	奉和聖製爰因巡省途次舊居應制	葱鬱興王郡 殷憂啓聖圖 周成會西土 漢武幸南都 歲卜鑾輿邁 農祠雁政敷 武威稜外域 文教靡中區 警蹕干戈捧 朝宗萬玉趨 舊藩人事革 新化國容殊 壁有眞龍畫 庭餘鳴鳳梧 叢觴祝堯壽 合鼎獻湯廚 陽樂寒初變 春恩蟄更蘇 三耆頒命服 五稔復田輸 君賦大風起 人歌湛露濡 從臣觀玉葉 方願紀靈符	卷八十八，3，P968
初唐	5.	沈佺期	同工部李侍郎適訪司馬子微	紫微降天仙 丹地投雲藻 上言華頂事 中問長生道 華頂居最高 大壑朝陽早 長生術何妙 童顏後天老 清晨朝鳳京 靜夜思鴻寶 憑崖飲蕙氣 過澗摘靈草 人非冢已荒 海變田應燥 昔嘗遊此郡 三霜弄溟島 緒言霞上開 機事塵外掃 頃來迫世務 清曠未云保 崎嶇待漏恩 怵惕司言造 軒皇重齋拜 漢武愛祈禱 順風懷崆峒 承露在豐鎬 泠然魏輕馭 復得散幽抱 柱下留伯陽 儲闈登四皓 聞有參同契 何時一探討	卷九十五，3，P1023

初唐	6.	沈佺期	九日臨渭亭侍宴應制得長字	御氣幸金方 憑高薦羽觴 魏文頒菊蕊 漢武賜萸房 秋變銅池色 晴添銀樹光 年年重九慶 日月奉天長	卷九十六，4，1030
初唐	7.	李適	侍宴安樂公主莊應制	平陽金榜鳳皇樓 沁水銀河鸚鵡洲 綵仗遙臨丹壑裏 仙輿暫幸綠亭幽 前池錦石蓮花豔 後嶺香鑪桂蕊秋 貴主稱觴萬年壽 還輕漢武濟汾遊	卷七十，3，P778
初唐	8.	李適	汾陰后土祠作	昔予讀舊史 遍覩漢世君 武皇實稽古 建茲百代勳 號令垂懋典 舊經備闕文 西巡歷九嶷 舳艫被江濆 勒兵十八萬 旌旗何紛紛 朅來茂陵下 英聲不復聞 我行歲方晏 極望山河分 神光終冥漠 鼎氣獨氛氳 攬涕步脽上 登高見彼汾 雄圖今安在 飛飛有白雲	卷七十，3，P775
盛唐	9.	崔湜	幸白鹿觀應制	御旗探紫籙 仙杖闢丹丘 捧藥芝童下 焚香桂女留 鸞歌無歲月 鶴語記春秋 臣朔眞何幸 常陪漢武遊	卷五十四，2，663
盛唐	10.	崔國輔	七夕	太守仙潢族 含情七夕多 扇風生玉漏 置水寫銀河 閣下陳書籍 閨中曝綺羅 遙思漢武帝 青鳥幾時過	卷一百十九，4，1201

盛唐	11.	王維	大同殿柱產玉芝龍池上有慶雲神光照殿百官共覩聖恩便賜宴樂敢書即事	欲笑周文歌宴鎬 遙輕漢武樂橫汾 豈知玉殿生三秀 詎有銅池出五雲 陌上堯樽傾北斗 樓前舜樂動南薰 共歡天意同人意 萬歲千秋奉聖君	卷一百二十八，4，P1295
盛唐	12.	李華	詠史十一首：六	日照崑崙上 羽人披羽衣 乘龍駕雲霧 欲往心無違 此山在西北 乃是神仙國 靈氣皆自然 求之不可得 何爲漢武帝 精思徧羣山 糜費巨萬計 宮車終不還 蒼蒼茂陵樹 足以戒人間	卷一百五十三，5，P1586
盛唐	13.	李白	永王東巡歌十一首：九	祖龍浮海不成橋 漢武尋陽空射蛟 我王樓艦輕秦漢 卻似文皇欲渡遼	卷一百六十七，5，P1725
盛唐	14.	李白	嵩山採菖蒲者	神仙多古貌 雙耳下垂肩 嵩嶽逢漢武 疑是九疑仙 我來採菖蒲 服食可延年 言終忽不見 滅影入雲煙 喻帝竟莫悟 終歸茂陵田	卷一百八十四，6，P1877
盛唐	15.	李白	相和歌辭：登高丘而望遠	登高丘而望遠海 六鼇骨已霜 三山流安在 扶桑半摧折 白日沈光彩 銀臺金闕如夢中 秦皇漢武空相待 精衛費木石 黿鼉無所憑 君不見驪山茂陵盡灰滅 牧羊之子來攀登 盜賊劫寶玉 精靈竟何能 窮兵黷武今如此 鼎湖飛龍安可乘	卷十九，1，P207

盛唐	16.	劉灣	李陵別蘇武	漢武愛邊功 李陵提步卒 轉戰單于庭 身隨漢軍沒 李陵不愛死 心存歸漢闕 誓欲還國恩 不爲匈奴屈 身辱家已無 長居虎狼窟 胡天無春風 虜地多積雪 窮陰愁殺人 況與蘇武別 發聲天地哀 執手肺腸絕 白日爲我愁 陰雲爲我結 生爲漢宮臣 死爲胡地骨 萬里長相思 終身望南月	卷一百九十六，6，P2012
盛唐	17.	梁鍠	戲贈歌者	白皙歌童子 哀音絕又連 楚妃臨扇學 盧女隔簾傳 曉燕喧喉裏 春鶯囀舌邊 若逢漢武帝 還是李延年	卷二百二，6，P2114
盛唐	18.	杜甫	承聞河北諸道節度入朝歡喜口號絕句十二首：二	社稷蒼生計必安 蠻夷雜種錯相干 周宣漢武今王是 孝子忠臣後代看 喜邊境初靖。安史既平，戎狄亦退，此君臣戮力，而民社奠安時也。末句乃勸詞。	卷二百三十，7，P2519
盛唐	19.	杜甫	兵車行	車轔轔，馬蕭蕭 行人弓箭各在腰 耶孃妻子走相送 塵埃不見咸陽橋 牽衣頓足闌道哭 哭聲直上干雲霄 道傍過者問行人 行人但云點行頻 或從十五北防河 便至四十西營田 去時里正與裹頭 歸來頭白還戍邊	卷二百十六，7，P2254

				邊亭流血成海水 武皇開邊意未已 君不聞漢家山東二百州 千村萬落生荆杞 縱有健婦把鋤犂 禾生隴畝無東西 況復秦兵耐苦戰 被驅不異犬與雞 長者雖有問 役夫敢申恨 且如今年冬 未休關西卒 縣官急索租 租稅從何出 信知生男惡 反是生女好 生女猶是嫁比鄰 生男埋沒隨百草 君不見青海頭 古來白骨無人收 新鬼煩冤舊鬼哭 天陰雨溼聲啾啾	
盛唐	20.	杜甫	城上	草滿巴西綠 空城白日長 風吹花片片 春動水茫茫 八駿隨天子 羣臣從武皇 遙聞出巡守 早晚徧遐荒	卷二百二十七，7，P2470
盛唐	21.	杜甫	江陵望幸	雄都元壯麗 望幸欻威神 地利西通蜀 天文北照秦 風煙含越鳥 舟楫控吳人 未枉周王駕 終朝漢武巡 甲兵分聖旨 居守付宗臣 早發雲臺杖 恩波起涸鱗	卷二百三十二，7，P2560
盛唐	22.	李頎	王母歌	武皇齋戒承華殿 端拱須臾王母見 霓旌照耀麒麟車 羽蓋淋漓孔雀扇 手指交梨遺帝食 可以長生臨宇縣	卷一百三十三，4，P1349

				頭上復戴九星冠 總領玉童坐南面 欲聞要言今告汝 帝乃焚香請此語 若能鍊魄去三尸 後當見我天皇所 顧謂侍女董雙成 酒闌可奏雲和笙 紅霞白日儼不動 七龍五鳳紛相迎 惜哉志驕神不悅 歎息馬蹄與車轍 複道歌鐘杳將暮 深宮桃李花成雪 爲看青玉五枝燈 蟠螭吐火光欲絕	
盛唐	23.	儲光羲	晚次東亭獻鄭州宋使君文	自初賓上國 乃到鄒人鄉 曾點與曾子 俱升闕里堂 武皇恢大略 逸翮思寥廓 三居清憲臺 兩拜文昌閣 爲道既貞信 處名猶謇諤 鐵柱勵風威 錦軸含光輝 夜聞持簡立 朝看伏奏歸 洞門清珮響 廣路玉珂飛 驤首入丹掖 摶空趨太微 絲綸逢聖主 出入飄華組 愔愔宿帝梧 侃侃居文府 海內語三獨 朝端謀六戶 善計在弘羊 清嚴歸仲舉 侍郎跨方朔 中丞蔑周處 天眷擇循良 惟賢降寵章 分符指聊攝 爲政本農桑 籍籍歌五袴 祁祁頌千箱 隨車微雨灑 逐扇清風颺 既以遷列國 復茲鄰帝鄉 褰帷乃仍舊	卷一百三十七，4，P1391

				坐嘯非更張 居敬物無擾 履端人自康 薄遊出京邑 引領東南望 林晚鳥雀噪 田秋稼穡黄 成皋天地險 廣武征戰場 道喪苦兵賦 時來開井疆 霏霏渠門色 晻晻制巖光 徒念京索近 猶悲溱洧長 大明潛照耀 淑慝自昭彰 昔歲幸西土 今茲歸洛陽 同爲知鄭伯 當輔我周王	
盛唐	24.	儲光羲	敬酬陳掾親家翁秋夜有贈	大姬配胡公 位乃三恪賓 盛德百代祀 斯言良不泯 敬仲爲齊卿 當國名益震 仲舉登宰輔 太丘榮縉紳 武皇受瑤圖 爵士封其新 繁祉既騈集 裔孫生賢臣 特達踰珪璋 節操方松筠 雲漢一矯翼 天池三振鱗 曳裾朝赤墀 酌醴侍紫宸 大君錫車馬 時復過平津 言則廣台階 道亦資天均 清秋忽高興 震藻若有神 曜曜趨宮廷 洸洸邁徐陳 鎬京既賜第 門巷交朱輪 方將襲伊皋 永以崇夏殷 宗黨無遠近 敬恭依仁人 雪盡宇宙暄 雁歸滄海春 沈吟白華頌 帝閻降絲綸 驛騎及燕城 相逢在郊鄄 別離曠南北 譴謫罹苦辛 晝遊還荆吳 迷方客咸秦	卷一百三十八，4，P1369

				惟賢惠重義 男女期嘉姻 梧桐生朝陽 鵾鳩鳴蕭晨 豈不畏時暮 坎壈無與鄰 中夜涼風來 顧我闕音塵 瓊瑤不遐棄 寤寐如日新	
盛唐	25.	王昌齡	青樓曲二首：一	白馬金鞍從武皇 旌旗十萬宿長楊 樓頭小婦鳴箏坐 遙見飛塵入建章	卷一百四十三，4，P1445
中唐	26.	王建	舞曲歌辭：霓裳辭十首：六	弦索摐摐隔綵雲 五更初發一山聞 武皇自送西王母 新換霓裳月色裙	卷二十二，1，P289
中唐	27.	韋應物	漢武帝雜歌三首：一	漢武好神仙 黃金作臺與天近 王母摘桃海上還 感之西過聊問訊 欲來不來夜未央 殿前青鳥先迴翔 綠鬢縈雲裾曳霧 雙節飄飄下仙步 白日分明到世間 碧空何處來時路 玉盤捧桃將獻君 踟躕未去留彩雲 海水桑田幾翻覆 中間此桃四五熟 可憐穆滿瑤池燕 正值花開不得薦 花開子熟安可期 邂逅能當漢武時 顏如芳華潔如玉 心念我皇多嗜欲 雖留桃核桃有靈 人間糞土種不生 由來在道豈在藥 徒勞方士海上行 掩扇一言相謝去 如煙非煙不知處	卷一百九十五，6，P2006

中唐	28.	劉希夷	公子行	天津橋下陽春水　天津橋上繁華子 馬聲迴合青雲外　人影動搖綠波裏 綠波蕩漾玉爲砂　青雲離披錦作霞 可憐楊柳傷心樹　可憐桃李斷腸花 此日遨遊邀美女　此時歌舞入娼家 娼家美女鬱金香　飛來飛去公子傍 的的珠簾白日映　娥娥玉顏紅粉妝 花際裴回雙蛺蝶　池邊顧步兩鴛鴦 傾國傾城漢武帝　爲雲爲雨楚襄王 古來容光人所羨　況復今日遙相見 願作輕羅著細腰　願爲明鏡分嬌面 與君相向轉相親　與君雙棲共一身 願作貞松千歲古　誰論芳槿一朝新 百年同謝西山日　千秋萬古北邙塵	卷八十二，3，P885
中唐	29.	李賀	舞曲歌辭：撫舞辭	吳娥聲絕天　空雲閒裴回　門外滿車馬 亦須生綠苔　尊有烏程酒　勸君千萬壽 全勝漢武錦樓上　曉望晴寒飲花露 東方日不破　天光無老時　丹成作蛇乘白霧 千年重化玉井龜　從蛇作龜二千載 吳堤綠草年年在　背有八卦稱神仙 邪鱗頑甲滑腥涎	卷二十二，1，P286

中唐	30.	李賀	仙人	彈琴石壁上 翻翻一仙人 手持白鸞尾 夜掃南山雲 鹿飲寒澗下 魚歸清海濱 當時漢武帝 書報桃花春	卷三百九十二，12，P4418
中唐	31.	李賀	金銅仙人辭漢歌	茂陵劉郎秋風客 夜聞馬嘶曉無跡 畫欄桂樹懸秋香 三十六宮土花碧 魏官牽車指千里 東關酸風射眸子 空將漢月出宮門 憶君清淚如鉛水 衰蘭送客咸陽道 天若有情天亦老 攜盤獨出月荒涼 渭城已遠波聲小 （小序：魏明帝青龍元年八月，詔宮官牽車西取漢孝武捧露盤仙人，欲立置前殿，宮官既拆盤，仙人臨載，乃潸然淚下。唐諸王孫李長吉，遂作金銅仙人辭漢歌。）	卷三百九十一，12，P4403
中唐	32.	李賀	苦晝短	飛光飛光 勸爾一杯酒 吾不識青天高 黃地厚 唯見月寒日暖 來煎人壽 食熊則肥 食蛙則瘦 神君何在 太一安有 天東有若木 下置銜燭龍 吾將斬龍足 嚼龍肉 使之朝不得迴 夜不得伏 自然老者不死 少者不哭 何爲服黃金 吞白玉 誰似任公子 雲中騎碧驢 劉徹茂陵多滯骨 嬴政梓棺費鮑魚	卷三百九十二，12，P4421

中唐	33.	顧況	雜曲歌辭： 行路難三首	君不見古來燒水銀 變作北邙山上塵 藕絲挂身在虛空 欲落不落愁殺人 睢水英雄多血刃 建章宮闕成灰燼 淮王身死桂枝折 徐氏一去音書絕 行路難，行路難 生死皆由天 秦皇漢武遭下脫 汝獨何人學神仙	卷二十五，2，P344
中唐	34.	顧況	行路難三首：三	君不見古人燒水銀 變作北邙山上塵 藕絲掛在虛空中 欲落不落愁殺人 睢水英雄多血刃 建章宮闕成煨燼 淮王身死桂樹折 徐福一去音書絕 行路難，行路難 生死皆由天 秦皇漢武遭不脫 汝獨何人學神仙	卷二百六十五，8，P2942
中唐	35.	陳羽	雜歌謠辭：步虛詞	漢武清齋讀鼎書 內官扶上畫雲車 壇上月明宮殿閉 仰看星斗禮空虛	卷二十九，2，P425
中唐	36.	李益	塞下曲：二	秦築長城城已摧 漢武北上單于臺 古來征戰虜不盡 今日還復天兵來	卷二百八十三，9，P3225
中唐	37.	令孤楚	青雲干呂	郁郁復紛紛 青霄干呂雲 色令天下見 候向管中分 遠覆無人境 遙彰有德君 瑞容驚不散 冥感信稀聞 湛露羞依草 南風恥帶薰 恭惟漢武帝 餘烈尚氛氳	卷三百三十四，10，P3748

中唐	38.	韓愈	謝自然詩	果州南充縣 寒女謝自然 童騃無所識 但聞有神仙 輕生學其術 乃在金泉山 繁華榮慕絕 父母慈愛捐 凝心感魑魅 慌惚難具言 一朝坐空室 雲霧生其間 如聆笙竽韻 來自冥冥天 白日變幽晦 蕭蕭風景寒 簷楹暫明滅 五色光屬聯 觀者徒傾駭 躑躅詎敢前 須臾自輕舉 飄若風中煙 茫茫八紘大 影響無由緣 里胥上其事 郡守驚且歎 驅車領官吏 甿俗爭相先 入門無所見 冠履同蛻蟬 皆云神仙事 灼灼信可傳 余聞古夏后 象物知神姦 山林民可入 魍魎莫逢旃 逶迤不復振 後世恣欺謾 幽明紛雜亂 人鬼更相殘 秦皇雖篤好 漢武洪其源 自從二主來 此禍竟連連 木石生怪變 狐狸騁妖患 莫能盡性命 安得更長延 人生處萬類 知識最爲賢 奈何不自信 反欲從物遷 往者不可悔 孤魂抱深冤 來者猶可誡 余言豈空文 人生有常理 男女各有倫 寒衣及飢食 在紡績耕耘 下以保子孫 上以奉君親 苟異於此道 皆爲棄其身 噫乎彼寒女 永託異物羣 感傷遂成詩 昧者宜書紳	卷三百三十六，10，P3765

中唐	39.	元稹	山枇杷	山枇杷 花似牡丹殷潑血 往年乘傳過青山 正值山花好時節 壓枝凝豔已全開 映葉香苞纔半裂 緊搏紅袖欲支頤 慢解絳囊初破結 金線叢飄繁蕊亂 珊瑚朵重纖莖折 因風旋落裙片飛 帶日斜看目精熱 亞水依巖半傾側 籠雲隱霧多愁絕 綠珠語盡身欲投 漢武眼穿神漸滅 穠姿秀色人皆愛 怨媚羞容我偏別 說向閒人人不聽 曾向樂天時一說 昨來谷口先相問 及到山前已消歇 左降通州十日遲 又與幽花一年別 山枇杷 爾託深山何太拙 天高萬里看不精 帝在九重聲不徹 園中杏樹良人醉 陌上柳枝年少折 因爾幽芳喻昔賢 磻谿冷坐權門咽	卷四百二十一，12，P4628
中唐	40.	元稹	楚歌十首：七	梁業雄圖盡 遺孫世運消 宣明徒有號 江漢不相朝 碑碣高臨路 松枝半作樵 唯餘開聖寺 猶學武皇妖	卷三百九十九，12，P4476
中唐	41.	白居易	思子臺有感二首：二	闇生魑魅蠹生蟲 何異讒生疑阻中 但使武皇心似燭 江充不敢作江充	卷四百四十八，13，P5037

中唐	42.	白居易	新樂府： 海漫漫 戒求仙也	海漫漫 直下無底傍無邊 雲濤煙浪最深處 人傳中有三神山 山上多生不死藥 服之羽化爲天仙 秦皇漢武信此語 方士年年采藥去 蓬萊今古但聞名 煙水茫茫無覓處 海漫漫，風浩浩 眼穿不見蓬萊島 不見蓬萊不敢歸 童男丱女舟中老 徐福文成多誑誕 上元太一虛祈禱 君看驪山頂上茂陵頭 畢竟悲風吹蔓草 何況玄元聖祖五千言 不言藥，不言仙 不言白日升青天	卷四百二十六，13，P4691
中唐	43.	白居易	新樂府：李夫人 鑒嬖惑也	漢武帝 初喪李夫人 夫人病時不肯別 死後留得生前恩 君恩不盡念未已 甘泉殿裏令寫眞 丹青畫出竟何益 不言不笑愁殺人 又令方士合靈藥 玉釜煎鍊金鑪焚 九華帳深夜悄悄 反魂香降夫人魂 夫人之魂在何許 香煙引到焚香處 既來何苦不須臾 縹緲悠揚還滅去 去何速兮來何遲 是耶非耶兩不知 翠蛾髣髴平生貌 不似昭陽寢疾時 魂之不來君心苦 魂之來兮君亦悲 背燈隔帳不得語	卷四百二十七，13，P4706

				安用暫來還見違　傷心不獨漢武帝 自古及今皆若斯　君不見穆王三日哭 重璧臺前傷盛姬　又不見泰陵一掬淚 馬嵬坡下念楊妃　縱令妍姿豔質化爲土 此恨長在無銷期　生亦惑，死亦惑 尤物惑人忘不得　人非木石皆有情 不如不遇傾城色	
中唐	44.	李紳	逾嶺嶠止荒陬抵高要	天將南北分寒燠　北被羔裘南卉服 寒氣凝爲戎虜驕　炎蒸結作蟲虺毒 周王止化惟荊蠻　漢武鑿遠通孱顏 南標銅柱限荒徼　五嶺從茲窮險艱 衡山截斷炎方北　迴雁峯南瘴煙黑 萬壑奔傷溢作瀧　湍飛浪激如繩直 千崖傍聳猿嘯悲　丹蛇玄虺潛蜲蛇 瀧夫擬檝劈高浪　瞥忽浮沈如電隨 嶺頭刺竹蒙籠密　火拆紅蕉焰燒日 嶺上泉分南北流　行人照水愁腸骨 陰森石路盤縈紆　雨寒日煖常斯須 瘴雲暫卷火山外　蒼茫海氣窮番禺 鷓鴣猿鳥聲相續　椎髻曉呼同戚促 百處谿灘異雨晴　四時雷電迷昏旭	卷四百八十，15，P5463

				魚腸雁足望緘封　地遠三江嶺萬重 魚躍豈通清遠峽　雁飛難渡漳江東 雲蒸地熱無霜霰　桃李冬華匪時變 天際長垂飲澗虹　簷前不去銜泥燕 幸逢雷雨盪妖昏　提挈悲歡出海門 西日眼明看少長　北風身醒辨寒溫 賈生謫去因前席　痛哭書成竟何益 物忌忠良表是非　朝驅絳灌爲讎敵 明皇聖德異文皇　不使無辜困鬼方 漢日傅臣終委棄　如今衰叟重輝光 高明白日恩深海　齒髮雖殘壯心在 空愧駑駘異一毛　無令朽骨慚千載	
中唐	45.	韋應物	逢楊開府	少事武皇帝　無賴恃恩私　身作里中橫 家藏亡命兒　朝持樗蒲局　暮竊東鄰姬 司隸不敢捕　立在白玉墀　驪山風雪夜 長楊羽獵時　一字都不識　飲酒肆頑癡 武皇升仙去　憔悴被人欺　讀書事已晚 把筆學題詩　兩府始收跡　南宮謬見推 非才果不容　出守撫惸嫠　忽逢楊開府 論舊涕俱垂　坐客何由識　惟有故人知	卷一百九十，6，P1956

中唐	46.	韋應物	漢武帝雜歌三首：二	金莖孤峙兮凌紫煙 漢宮美人望杳然 通天臺上月初出 承露盤中珠正圓 珠可飲，壽可永 武皇南面曙欲分 從空下來玉杯冷 世間綵翠亦作囊 八月一日仙人方 仙方稱上藥 靜者服之常綽約 柏梁沈飲自傷神 猶聞駐顏七十春 乃知甘醲皆是腐腸物 獨有淡泊之水能益人 千載金盤竟何處 當時鑄金恐不固 蔓草生來春復秋 碧天何言空墜露	卷一百九十五，6，2006
中唐	47.	竇庠	陪留守韓僕射巡內至上陽宮感興二首：一	翠輦西歸七十春 玉堂珠綴儼埃塵 武皇弓劍埋何處 泣問上陽宮裏人	卷二百七十一，8，P3047
中唐	48.	盧綸	送道士郄彝素歸內道場	病老正相仍 忽逢張道陵 羽衣風淅淅 仙貌玉稜稜 叱我問中壽 教人祈上昇 樓居五雲裏 幾與武皇登	卷二百七十六，9，P3135
中唐	49.	李益	登天壇夜見海	朝遊碧峯三十六 夜上天壇月邊宿 仙人攜我搴玉英 壇上夜半東方明 仙鐘撞撞近海日 海中離離三山出 霞梯赤城遙可分 霓旌絳節倚彤雲 八鸞五鳳紛在御 王母欲上朝元君 羣仙指此爲我說 幾見塵飛滄海竭	卷二百八十二，9，P3211

				竦身別我期丹宮　空山處處遺清風 九州下視杳未旦　一半浮生皆夢中 始知武皇求不死　去逐瀛洲羡門子	
中唐	50.	王建	溫泉宮行	十月一日天子來　青繩御路無塵埃 宮前內裏湯各別　每箇白玉芙蓉開 朝元閣向山上起　城繞青山龍暖水 夜開金殿看星河　宮女知更月明裏 武皇得仙王母去　山雞晝鳴宮中樹 溫泉決決出宮流　宮使年年修玉樓 禁兵去盡無射獵　日西麋鹿登城頭 梨園弟子偷曲譜　頭白人間教歌舞	卷二百九十八，9，P3375
中唐	51.	王建	贈閻少保	髭鬚雖白體輕健　九十三來卻少年 問事愛知天寶裏　識人皆是武皇前 玉裝劍珮身長帶　絹寫方書子不傳 侍女常時教合藥　亦聞私地學求仙	卷三百，9，P3410
中唐	52.	王建	霓裳詞十首：六	弦索摐摐隔綵雲　五更初發一山聞 武皇自送西王母　新換霓裳月色裙	卷三百一，9，P3425
中唐	53.	楊巨源	寄昭應王丞	武皇金輅輾香塵　每歲朝元及此辰 光動泉心初浴日　氣蒸山腹總成春 謳歌已入雲韶曲　詞賦方歸侍從臣 瑞靄朝朝猶望幸　天教赤縣有詩人	卷三百三十二，10，P3727

中唐	54.	劉禹錫	經東都安國觀九仙公主舊院作	仙院御溝東 今來事不同 門開青草日 樓閉綠楊風 將犬昇天路 披雲赴月宮 武皇曾駐蹕 親問主人翁	卷三百五十七，11，P3016
中唐	55.	劉禹錫	聞董評事疾因以書贈	繁露傳家學 青蓮譯梵書 火風乖四大 文字廢三餘 攲枕晝眠靜 折巾秋鬢疏 武皇思視草 誰許茂陵居	卷三百五十七，11，P4021
中唐	56.	張籍	洛陽行	洛陽宮闕當中州 城上峨峨十二樓 翠華西去幾時返 梟巢乳鳥藏蟄燕 御門空鎖五十年 稅彼農夫修玉殿 六街朝暮鼓鼕鼕 禁兵持戟守空宮 百官月月拜章表 驛使相續長安道 上陽宮樹黃復綠 野豺入苑食麋鹿 陌上老翁雙淚垂 共說武皇巡幸時	卷三百八十二，12，P4285
中唐	57.	李德裕	離平泉馬上作	十年紫殿掌洪鈞 出入三朝一品身 文帝寵深陪雉尾 武皇恩厚宴龍津 黑山永破和親虜 烏嶺全阬跋扈臣 自是功高臨盡處 禍來〔名〕滅不由人	卷四百七十五，14，P5397

中唐	58.	李涉	寄河陽從事楊潛	憶昨天台尋石梁 赤城枕下看扶桑 金烏欲上海如血 翠色一點蓬萊光 安期先生不可見 蓬萊目極滄海長 回舟偶得風水便 煙帆數夕歸瀟湘 瀟湘水清巖嶂曲 夜宿朝遊常不足 一自無名身事閒 五湖雲月偏相屬 進者恐不榮 退者恐不深 魚遊鳥逝兩雖異 彼此各有遂生心 身解耕耘妾能織 歲晏飢寒免相逼 稚子纔年七歲餘 漁樵一半分渠力 吾友從軍在河上 腰佩吳鉤佐飛將 偶與嵩山道士期 西尋汴水來相訪 見君顏色猶憔悴 知君未展心中事 落日驅車出孟津 高歌共歎傷心地 洛邑秦城少年別 兩都陳事空聞說 漢家天子不東遊 古木行宮閉煙月 洛濱老翁年八十 西望殘陽臨水泣 自言生長開元中 武皇恩化親霑及 當時天下無甲兵 雖聞賦斂毫毛輕 紅車翠蓋滿衢路 洛中歡笑爭逢迎 一從戎馬來幽薊 山谷虎狼無捍制 九重宮殿閉豺狼	卷四百七十七，14，P5427

				萬國生人自相噬 蹭蹬瘡痍今不平 干戈南北常縱橫 中原膏血焦欲盡 四郊貪將猶憑陵 秦中豪寵爭出羣 巧將言智寬明君 南山四皓不敢語 渭上釣人何足云 君不見昔時槐柳八百里 路傍五月清陰起 只今零落幾株殘 枯根半死黃河水	
中唐	59.	鮑溶	溫泉宮	憶昔開元天地平 武皇十月幸華清 山蒸陰火雲三素 日落溫泉雞一鳴 綵羽鳥仙歌不死 翠霓童妾舞長生 仍聞老叟垂黃髮 猶說龍髯縹緲情	卷四百八十六，15，P5519
中唐	60.	鮑溶	憶郊天	憶向郊壇望武皇 九軍旗帳下南方 六龍日馭天行健 神母呈圖地道光 濃煖氣中生曆草 是非煙裏愛瑤漿 至今滿耳簫韶曲 徒羨瑤池舞鳳皇	卷四百八十六，15，P5528
中唐	61.	張祜	憲宗皇帝挽歌詞	嗚咽上攀龍 昇平不易逢 武皇虛好道 文帝未登封 壽域無千載 泉門是九重 橋山非遠地 雲去莫疑峯	卷五百十，15，P5806
中唐	62.	張祜	華清宮四首：四	水遶宮牆處處聲 殘紅長綠露華清 武皇一夕夢不覺 十二玉樓空月明	卷五百十一，15，P5841

晚唐	63.	杜牧	華清宮三十韻	繡嶺明珠殿 層巒下繚牆 仰窺丹檻影 猶想赭袍光 昔帝登封後 中原自古強 一千年際會 三萬里農桑 几席延堯舜 軒墀接禹湯 雷霆馳號令 星斗煥文章 釣築乘時用 芝蘭在處芳 北扉閒木索 南面富循良 至道思玄圃 平居厭未央 鉤陳裹巖谷 文陛壓青蒼 歌吹千秋節 樓臺八月涼 神仙高縹緲 環珮碎丁當 泉暖涵窗鏡 雲嬌惹粉囊 嫩嵐滋翠葆 清渭照紅妝 帖泰生靈壽 懽娛歲序長 月聞仙曲調 霓作舞衣裳 雨露偏金穴 乾坤入醉鄉 玩兵師漢武 迴手倒干將 黥鬣掀東海 胡牙揭上陽 喧呼馬嵬血 零落羽林槍 傾國留無路 還魂怨有香 蜀峯橫慘澹 秦樹遠微茫 鼎重山難轉 天扶業更昌 望賢餘故老 花萼舊池塘 往事人誰問 幽襟淚獨傷 碧簷斜送日 殷葉半凋霜 迸水傾瑤砌 疏風罅玉房 塵埃羯鼓索 片段荔枝筐 鳥啄摧寒木 蝸涎蠹畫梁 孤煙知客恨 遙起泰陵傍	卷五百二十一，16，P5950

晚唐	64.	杜牧	今皇帝陛下一詔徵兵不日功集河湟諸郡次第歸降臣獲覩聖功輒獻歌詠	捷書皆應睿謀期　十萬曾無一鏃遺 漢武慚誇朔方地　周宣休道太原師 威加塞外寒來早　恩入河源凍合遲 聽取滿城歌舞曲　涼州聲韻喜參差	卷五百二十一，16，P5953
晚唐	65.	許渾	學仙二首：一	漢武迎仙紫禁秋　玉笙瑤瑟祀崑丘 年年望斷無消息　空閉重城十二樓	卷五百三十八，16，P6141
晚唐	66.	薛逢	漢武宮辭	漢武清齋夜築壇　自斟明水醮仙官 殿前玉女移香案　雲際金人捧露盤 絳節幾時還入夢　碧桃何處更驂鸞 茂陵煙雨埋弓劍　石馬無聲蔓草寒	卷五百四十八，16，P6324
晚唐	67.	薛逢	悼古	細推今古事堪愁　貴賤同歸土一丘 漢武玉堂人豈在　石家金谷水空流 光陰自旦還將暮　草木從春又到秋 閒事與時俱不了　且將身暫醉鄉遊	卷五百四十八，16，P6327
晚唐	68.	段成式	河出榮光	符命自陶唐　吾君應會昌　千年清德水 九折滿榮花　極岸浮佳氣　微波照夕陽 澄輝明貝闕　散彩入龍堂　近帶關雲紫 遙連日道黃　馮夷矜海若　漢武貴宣房 漸沒孤槎影　仍呈一葦航　撫躬悲未濟 作頌喜時康	卷五百八十四，17，P6767

晚唐	69.	司馬扎	古邊卒思歸	有田不得耕 身臥遼陽城 夢中稻花香 覺後戰血腥 漢武在深殿 唯思廓寰瀛 中原半烽火 此屋皆點行 邊土無膏腴 閒地何必爭 徒令執耒者 刀下死縱橫	卷五百九十六，18，P6900
晚唐	70.	曹唐	小遊仙詩九十八首：三四	天上邀來不肯來 人間雙鶴又空回 秦皇漢武死何處 海畔紅桑花自開	卷六百四十一，19，P7348
晚唐	71.	曹唐	小遊仙詩九十八首：七四	武皇含笑把金觥 更請霓裳一兩聲 護帳宮人最年少 舞腰時挈繡裙輕	卷六百四十一，19，P7351
晚唐	72.	曹唐	句	斬蛟青海上 射虎黑山頭 簫聲欲盡月色苦 依舊漢家宮樹秋 一曲哀歌茂陵道 漢家天子葬秋風 誰知漢武無仙骨 滿竈黃金成白煙	卷六百四十一，19，P7353
晚唐	73.	曹唐	漢武帝於宮中宴西王母	鼇岫雲低太一壇 武皇齋潔不勝懽 長生碧字期親署 延壽丹泉許細看 劍佩有聲宮樹靜 星河無影禁花寒 秋風褭褭月朗朗 玉女清歌一夜闌	卷六百四十，19，P7337
晚唐	74.	曹唐	送劉尊師袛詔闕庭三首：三	仙老閒眠碧草堂 帝書徵入白雲鄉 龜臺欲署長生籍 鸞殿還論不死方 紅露想傾延命酒 素煙思爇降眞香 五千言外無文字 更有何詞贈武皇	卷六百四十，19，P7341

晚唐	75.	李咸用	喻道	漢武秦皇漫苦辛　那思俗骨本含眞 不知流水潛催老　未悟三山也是塵 牢落沙丘終古恨　寂寥函谷萬年春 長生客待仙桃餌　月裏嬋娟笑煞人	卷六百四十六，19，P7415
晚唐	76.	羅隱	自貽	衰老應難更進趨　藥畦經卷自朝晡 縱無顯效亦藏拙　若有所成甘守株 漢武巡遊虛軋軋　秦皇吞併謾驅驅 如何只見丁家鶴　依舊遼東歎綠蕪 丁令威本遼東人，學道於靈虛山。後化鶴歸遼，集城門華表柱。時有少年舉弓欲射之，鶴乃飛，徘徊空中而言曰：「有鳥有鳥丁令威，去家千年今始歸。城郭如故人民非，何不學仙冢壘壘。」遂高上沖天。今遼東諸丁云其先世有仙者，但不知名耳。	卷六百六十，19P7573
晚唐	77.	羅隱	中元甲子以辛丑駕幸蜀四首：一	子儀不起渾瑊亡　西幸誰人從武皇 四海爲家雖未遠　九州多事竟難防 已聞旰食思眞將　會待畋遊致假王 應感兩朝巡狩跡　綠槐端正驛荒涼	卷六百六十二，15，P7592
晚唐	78.	羅隱	第五將軍于餘杭天柱宮入道因題寄	交梨火棗味何如　聞說苕川已下車 瓦榼尙攜京口酒　草堂應寫穎陽書 亦知得意須乘鶴　未必忘機便釣魚 欲恐武皇還望祀　軟輪徵入問玄虛	卷六百六十四，19，P7603

晚唐	79.	韓偓	荔枝三首：一	遐方不許貢珍奇　密詔唯教進荔枝 漢武碧桃爭比得　枉令方朔號偷兒	卷六百八十，20，P7795
晚唐	80.	王渙	惆悵詩十二首：二	李夫人病已經秋　漢武看來不舉頭 得所濃華銷歇盡　楚魂湘血一生休	卷六百九十，20，P7919
晚唐	81.	韋莊（于鄴）	白櫻桃	王母階前種幾株　水精簾外看如無 只應漢武金盤上　瀉得珊珊白露珠	卷六百九十六，20，P8006
晚唐	82.	張蠙	華陽道者	華陽洞裏持真經　心嫌來客風塵腥 惟餐白石過白日　擬騎青竹上青冥 翔螭豈作漢武駕　神娥徒降燕昭庭 長生不必論貴賤　卻是幽人骨主靈	卷七百二，20，P8082
晚唐	83.	李九齡	望思臺	漢武年高慢帝圖　任人曾不問賢愚 直饒四老依前出　消得江充寵佞無	卷七百三十，21，P8364
晚唐	84.	沈彬	塞下三首：三	月冷榆關過雁行　將軍寒笛老思鄉 貳師骨恨千夫壯　李廣魂飛一劍長 戍角就沙催落日　陰雲分磧護飛霜 誰知漢武輕中國　閒奪天山草木荒	卷七百四十三，21，P8456
晚唐	85.	紇干	古仙詞	珠幡絳節曉霞中　漢武清齋待少翁 不向人間戀春色　桃花自滿紫陽宮	卷七百六十九，22，P8731

晚唐	86.	吳筠	覽古十四首：六	嘗稽眞仙道 清寂祛衆煩 秦皇及漢武 焉得遊其藩 情擾萬機屑 位驕四海尊 既欲先宇宙 仍規後乾坤 崇高與久遠 物莫能兩存 矧乃恣所慾 荒淫伐靈根 金膏恃延期 玉色復動魂 征戰窮外域 殺傷被中原 天鑒諒難誣 神理不可諼 安期返蓬萊 王母還崑崙 異術終莫告 悲哉竟何言	卷八百五十三，24，P9645
晚唐	87.	路應	仙巖四瀑布即事寄上祕書包監侍郎七兄吏部李侍郎十七兄婺州趙中丞處州齊諫議明州李九郎十四韻	絕境久蒙蔽 芟蘿方迨茲 樵蘇尙未及 冠冕誰能知 緣崖開逕小 架木度空危 水激千雷發 珠聯萬貫垂 陰晴狀非一 昏旦勢多奇 井識軒轅跡 壇餘漢武基 猿聲響深洞 巖影倒澄池 想像虬龍去 依稀羽客隨 玩奇目豈倦 尋異神忘疲 干雲松作蓋 積翠薜成帷 含意攀丹桂 凝情顧紫芝 芸香藹芳氣 冰鏡徹圓規 胥念滄波遠 徒懷魏闕期 徵黃應計日 莫鄙北山移	卷八百八十七，25，P10029
晚唐	88.	李商隱	碧城三首：三	七夕來時先有期 洞房簾箔至今垂 玉輪顧兔初生魄 鐵網珊瑚未有枝 檢與神方教駐景 收將鳳紙寫相思 武皇內傳分明在 莫道人間總不知 漢武內傳多紀女仙，故借用之，不可泥看。	卷五百三十九，16，P6169

晚唐	89.	李商隱	過景陵	武皇精魄久仙昇 帳殿淒涼煙霧凝 俱是蒼生留不得 鼎湖何異魏西陵 浩曰：此篇意最隱曲，假景陵（憲宗）以詠端陵（武宗），而又追慨章陵（文宗）也。鼎湖，喻新成陵寢。西陵，喻章陵。而痛楊賢妃賜死也。有前諸詩可證，言豈獨文不能庇一姬耶？憲宗與武宗皆求仙餌藥致疾。故用黃帝上仙。而篇首『武皇』微而顯矣。	卷五百四十，16，P6184
晚唐	90.	李商隱	偶成轉韻七十二句贈四同舍	沛國東風吹大澤 蒲青柳碧春一色 我來不見隆準人 瀝酒空餘廟中客 征東同舍鴛與鸞 酒酣勸我懸征鞍 藍山寶肆不可入 玉中仍是青琅玕 武威將軍使中俠 少年箭道驚楊葉 戰功高後數文章 憐我秋齋夢蝴蝶 詰旦九門傳奏章 高車大馬來煌煌 路逢鄒枚不暇揖 臘月大雪過大梁 憶昔公爲會昌宰 我時入謁虛懷待 衆中賞我賦高唐 迴看屈宋由年輩 公事武皇爲鐵冠 歷廳請我相所難 我時顦顇在書閣 臥枕芸香春夜闌 明年赴辟下昭桂 東郊慟哭辭兄弟 韓公堆上跋馬時 迴望秦川樹如薺 依稀南指陽臺雲 鯉魚食鈎猿失羣	卷五百四十一，16，P6242

				湘妃廟下已春盡　虞帝城前初日曛 謝遊橋上澄江館　下望山城如一彈 鷓鴣聲苦曉驚眠　朱槿花嬌晚相伴 頃之失職辭南風　破帆壞槳荆江中 斬蛟斷璧不無意　平生自許非忽忽 歸來寂寞靈臺下　著破藍衫出無馬 天官補吏府中趨　玉骨瘦來無一把 手封狴牢屯制囚　直廳印鎖黄昏愁 平明赤帖使修表　上賀嫖姚收賊州 舊山萬仞青霞外　望見扶桑出東海 愛君憂國去未能　白道青松了然在 此時聞有燕昭臺　挺身東望心眼開 且吟王粲從軍樂　不賦淵明歸去來 彭門十萬皆雄勇　首戴公恩若山重 廷評日下握靈蛇　書記眠時吞綵鳳 之子夫君鄭與裴　何甥謝舅當世才 青袍白簡風流極　碧沼紅蓮傾倒開 我生粗疏不足數 梁父哀吟鴝鵒舞　横行闊視倚公憐 狂來筆力如牛弩　借酒祝公千萬年 吾徒禮分常周旋　收旗臥鼓相天子 相門出相光青史	

晚唐	91.	李商隱	海上謠	桂水寒於江　玉兔秋冷咽　海底覓仙人 香桃如瘦骨　紫鸞不肯舞　滿翅蓬山雪 借得龍堂寬　曉出揲雲髮　劉郎舊香炷 立見茂陵樹　雲孫帖帖臥秋煙 上元細字如蠶眠 浩曰：非諷求仙，蓋歎李衞公貶而鄭亞漸危疑也。『劉郎』二句，謂武宗昔日倚信，而崩後遽遭遠斥也。	卷五百四十，16，P6217
晚唐	92.	李商隱	無題四首：一	來是空言去絕蹤　月斜樓上五更鐘 夢爲遠別啼難喚　書被催成墨未濃 蠟照半籠金翡翠　麝熏微度繡芙蓉 劉郎已恨蓬山遠　更隔蓬山一萬重 浩曰：蓋恨令狐綯之不省陳情也。首章首二句謂綯來相見，僅有空言，去則更絕蹤矣。令狐爲內職，故次句點入朝時也。 用漢武求仙事，屢見。蓬山，唐人每以比翰林仙署，怨恨之至，故言更隔萬重也。	卷五百三十九，16，P6163
晚唐	93.	劉駕	橫吹曲辭：出塞	胡風不開花　四氣多作雪　北人尙凍死 況我本南越　古來犬羊地　巡狩無遺轍 九土耕不盡　武皇猶征伐　中天有高閣 圖畫何時歇　坐恐塞上山　低於砂中骨	卷十八，1，P187

晚唐	94.	劉駕	古出塞（同上）	胡風不開花 四氣多作雪 北人尙凍死 況我本南越 古來犬羊地 巡狩無遺轍 九土耕不盡 武皇猶征伐 中天有高閣 圖畫何時歇 坐恐塞上山 低於沙中骨	卷五百八十五，17，P6779
晚唐	95.	邵謁	戰城南	武皇重征伐 戰士輕生死 朝爭刃上功 暮作泉下鬼 悲風弔枯骨 明日照荒壘 千載留長聲 嗚咽城南水	卷六百五，18，P6994
晚唐	96.	邵謁	覽張騫傳	採藥不得根 尋河不得源 此時虛白首 徒感武皇恩 桑田未聞改 日月曾幾昏 仙骨若求得 壟頭無新墳 不見杜陵草 至今空自繁	卷六百五，18，P6997
晚唐	97.	陸龜蒙	和襲美傷開元觀顧道士	何事神超入杳冥 不騎孤鶴上三清 多應白簡迎將去 即是朱陵鍊更生 藥奠肯同椒醑味 雲謠空替薤歌聲 武皇徒有飄飄思 誰問山中宰相名	卷六百二十六，18，P7195
晚唐	98.	胡曾	詠史詩：迴中	武皇無路及昆丘 青鳥西沈隴樹秋 欲問生前躬祀日 幾煩龍駕到涇州	卷六百四十七，19，P7436
晚唐	99.	胡曾	詠史詩：望思臺	太子銜冤去不回 臨皋從築望思臺 至今漢武銷魂處 猶有悲風木上來	卷六百四十七，19，P7426
晚唐	100.	吳融	薛舍人見徵恩賜香幷二十八字同寄	往歲知君侍武皇 今來何用紫羅囊 都緣有意重熏裛 更灑江毫上玉堂	卷六百八十五，20，P7874

晚唐	101.	吳融	王母廟	鸞龍一夜降崑丘 遺廟千年枕碧流 賺得武皇心力盡 忍看煙草茂陵秋	卷六百八十五，20，P7874
晚唐	102.	吳融	贈李長史歌	小序（余客武康縣既旬日，將去，邑長相餞於溪亭。座中有李長史，袖出蘆管，自請聲以送客。且言我業此二十年，年少時，五陵豪俠無不與之遊，梨園新聲一聞之，明日皆出我下。洎巢賊腥穢宮闕，逃難於東，江淮間非吾土，又無樂音，敝衣旅食，雙鬢雪然。然風月好時，或亭皋送別，必引滿自勸，不能忘情，一曲未終，泫然承睫，越鳥胡馬之感，感動傍人。羅進士隱初遇金陵，有贈詩，尚能成誦在口。余憫李之流落，仰羅之所感，故贈之，時光啓戊申歲清明月之八日。） 危欄壓溪溪澹碧 翠裹紅飄鶯寂寂 此日長亭愴別離 座中忽遇吹蘆客 雙攘輕袖當高軒 含商吐羽凌非煙 初疑一百尺瀑布 八九月落香爐巔 又似鮫人爲客罷 迸淚成珠玉盤瀉 碧珊瑚碎震澤中 金鋃鐺撼龜山下 鏗訇揭調初驚人 幽咽細聲還感神 紫鳳將雛叫山月 玄兔喪子啼江春 咨嗟長史出人藝 如何值此艱難際	卷六百八十七，20，P7900

				可中長似承平基　肯將此爲閒人吹 不是東城射雉處　即應南苑鬬雞時 白櫻桃熟每先賞　紅芍藥開長有詩 賣珠曾被武皇問　薰香不怕賈公知 今來流落一何苦　江南江北九寒暑 翠華猶在橐泉中　一曲梁州淚如雨 長史長史聽我語　從來藝絕多失所 羅君贈君兩首詩　半是悲君半自悲	
晚唐	103.	徐夤	東京次新安道中	賊去兵來歲月長　野蒿空滿壞牆匡 旋從古轍成深谷　幾見金輿過上陽 洛水送年催代謝　嵩山擎日拂穹蒼 殊時異世爲儒者　不見文皇與武皇	卷七百九，21，P8157
晚唐	104.	陳陶	續古二十九首：八	仙家風景晏　浮世年華速 邂逅漢武時　蟠桃海東熟	卷七百四十六，21，P8485
晚唐	105.	陳陶	西川座上聽金五雲唱歌	蜀王殿上華筵開　五雲歌從天上來 滿堂羅綺悄無語　喉音止駐雲裴回 管弦金石還依轉　不隨歌出靈和殿 白雲飄飖席上聞　貫珠歷歷聲中見 舊樣釵篦淺澹衣　元和梳洗青黛眉 低叢小鬢膩鬖髻　碧牙鏤掌山參差 曲終暫起更衣過　還向南行座頭坐	卷七百四十五，21，P8472

				低眉欲語謝貴侯　檀臉雙雙淚穿破 自言本是宮中嬪　武皇改號承恩新 中丞御史不足比　水殿一聲愁殺人 武皇鑄鼎登真籙　嬪御蒙恩免幽辱 茂陵弓劍不得親　嫁與卑官到西蜀 卑官到官年未周　堂衡祿罷東西遊 蜀江水急駐不得　復此萍蓬二十秋 今朝得侍王侯宴　不覺途中妾身賤 願持卮酒更唱歌　歌是伊州第三遍 唱著右丞征戍詞　更聞閨月添相思 如今聲韻尚如在　何況宮中年少時 五雲處處可憐許　明朝道向褒中去 須臾宴罷各東西　雨散雲飛莫知處	
晚唐	106.	李遠	長安即事寄友人	綺陌千年思斷蓬　今來還宿鳳城東 瑤臺鐘鼓長依舊　巫峽煙花自不同 千結故心爲怨網　萬條新景作愁籠 何時更伴劉郎去　卻見夭桃滿樹紅	卷五百十九，15，P5935
晚唐	107.	許渾	曉過鬱林寺戲呈李明府	身閒白日長　何處不尋芳　山崦登樓寺 谿灣泊晚檣　洞花蜂聚蜜　巖柏麝留香 若指求仙路　劉郎學阮郎	卷五百三十一，16，P6606

晚唐	108.	許渾	寄房千里博士	春風白馬紫絲韁　正値蠶眠未採桑 五夜有心隨暮雨　百年無節待秋霜 重尋繡帶朱藤合　更認羅裙碧草長 爲報西遊減離恨　阮郎纔去嫁劉郎	卷五百三十六，16，6127
晚唐	109.	薛逢	題春臺觀	殿前松柏晦蒼蒼　杏遶仙壇水遶廊 垂露額題精思院　博山爐裹降眞香 苔侵古碣迷陳事　雲到中峯失上方 便擬尋溪弄花去　洞天誰更待劉郎	卷五百四十八，16，P6331
晚唐	110.	溫庭筠	反生桃花發因題	疾眼逢春四壁空　夜來山雪破東風 未知王母千年熟　且共劉郎一笑同 已落又開橫晚翠　似無如有帶朝紅 僧虔蠟炬高三尺　莫惜連宵照露叢	卷五百八十三，17，P6760
晚唐	111.	司空圖	遊仙二首：二	劉郎相約事難諧　雨散雲飛自此乖 月姊殷勤留不住　碧空遺下水精釵	卷六百三十四，19，P7274
晚唐	112.	張賁	以青餵飯分送襲美魯望因成一絕	誰屑瓊瑤事青餵　舊傳名品出華陽 應宜仙子胡麻拌　因送劉郎與阮郎	卷六百三十一，19，P7237
晚唐	113.	羅虬	比紅兒詩：八	匼匝千山與萬山　碧桃花下景長閒 神仙得似紅兒貌　應免劉郎憶世間	卷六百六十六，19，P7626

晚唐	114.	李昭象	學仙詞寄顧雲	記得初傳九轉方　碧雲峯下祝虛皇 丹砂未熟心徒切　白日難留鬢欲蒼 無路洞天尋穆滿　有時人世美劉郎 仙人恩重何由報　焚盡星壇午夜香	卷六百八十九，20，P7916
晚唐	115.	孫棨	贈妓人王福娘	綵翠仙衣紅玉膚　輕盈年在破瓜初 霞杯醉勸劉郎賭　雲髻慵邀阿母梳 不怕寒侵緣帶寶　每憂風舉倩持裾 謾圖西子晨妝樣　西子元來未得如	卷七百二十七，21，P8328
晚唐	116.	李建勳	句	桃花流水須長信　不學劉郎去又來 粟多未必全爲計　師老須防有伏兵 徧尋雲壑重題石　欲下山門更倚松	卷七百三十九，21，P8437
	117.	湘妃廟	與崔渥冥會雜詩	桃花流水兩堪傷　洞口煙波月漸長 莫道仙家無別恨　至今垂淚憶劉郎	卷八百六十四，24，P9775
晚唐	118.	薛昭蘊	浣溪沙：八	越女淘金春水上　步搖雲鬢佩鳴璫 渚風江草又清香　不爲遠山凝翠黛 只應含恨向斜陽　碧桃花謝憶劉郎	卷八百九十四，25，P10096

初唐	119.	王珪	詠漢高祖	漢祖起豐沛 乘運以躍鱗 手奮三尺劍 西滅無道秦 十月五星聚 七年四海賓 高抗威宇宙 貴有天下人 憶昔與項王 契闊時未伸 鴻門既薄蝕 滎陽亦蒙塵 蟣虱生介胄 將卒多苦辛 爪牙驅信越 腹心謀張陳 赫赫西楚國 化爲丘與榛	卷三十，2，P429
初唐	120.	盧照隣	詠史四首：一	季生昔未達 身辱功不成 髡鉗爲臺隸 灌園變姓名 幸逢滕將軍 兼遇曹丘生 漢祖廣招納 一朝拜公卿 百金孰云重 一諾良匪輕 廷議斬樊噲 羣公寂無聲 處身孤且直 遭時坦而平 丈夫當如此 唯唯何足榮	卷四十一，2，P513
初唐	121.	王績（吳少微）	過漢故城	大漢昔未定 強秦猶擅場 中原逐鹿罷 高祖鬱龍驤 經始謀帝坐 茲焉壯未央 規模窮棟宇 表裏浚城隍 羣后崇長樂 中朝增建章 鉤陳被蘭錡 樂府奏芝房 翡翠明珠帳 鴛鴦白玉堂 清晨寶鼎食 閒夜鬱金香 天馬來東道 佳人傾北方 何其赫隆盛 自謂保靈長 曆數有時盡 哀平嗟不昌 冰堅成巨猾 火德遂頹綱 奧位匪虛校 貪天竟速亡 魂神吁社稷	卷三十七，2，P486

				豺虎闘巖廊　金狄移灞岸　銅盤向洛陽 君王無處所　年代幾荒涼　宮闕誰家域 蓁蕪罥我裳　井田唯有草　海水變爲桑 在昔高門內　於今岐路傍　餘基不可識 古墓列成行　狐兔驚魍魎　鴟鴞嚇獝狂 空城寒日晚　平野暮雲黃　烈烈焚青棘 蕭蕭吹白楊　千秋并萬歲　空使詠歌傷	
初唐	122.	楊炯	和劉長史答十九兄	帝堯平百姓　高祖宅三秦　子弟分河岳 衣冠動縉紳　盛名恆不隕　歷代幾相因 街巷塗山曲　門閭洛水濱　五龍金作友 一子玉爲人　寶劍豐城氣　明珠魏國珍 風標自落落　文質且彬彬　共許刁元亮 同推周伯仁　石城俯天闕　鍾阜對江津 驥足方遐騁　狼心獨未馴　鼓鼙鳴九域 風火集重闉　城勢餘三板　兵威乏四鄰 居然混玉石　直置保松筠　耿介酬天子 危言數賊臣　鍾儀琴未奏　蘇武節猶新 受祿寧辭死　揚名不顧身　精誠動天地 忠義感明神　怪鳥俄垂翼　修蛇竟暴鱗 來朝拜休命　述職下梁岷　善政馳金馬 嘉聲繞玉輪　三荆忽有贈　四海更相親	卷五十，2，P617

				宮徵諧鳴石 光輝掩燭銀 山川遙滿目 零露坐沾巾 友愛光天下 恩波浹後塵 懦夫仰高節 下里繼陽春	
盛唐	123.	明皇帝	巡省途次上黨舊宮賦	三千初擊浪 九萬欲摶空 天地猶驚否 陰陽始遇蒙 存貞期歷試 佐貳佇昭融 多謝時康理 良慚實賴功 長懷問鼎氣 夙負拔山雄 不學劉琨舞 先歌漢祖風 英髦既包括 豪傑自牢籠 人事一朝異 謳歌四海同 如何昔朱邸 今此作離宮 雁沼澄瀾翠 猿巖落照紅 小山秋桂馥 長坂舊蘭叢 即是淹留處 乘歡樂未窮 （小序：朕昔在初九，佐貳此州，未遇扶搖之力，空俟海沂之詠。洎大橫入兆，出處斯易，一揮寶劍，遽履瑤圖。承曆數而順謳謠，著天衣而御區夏。嗟乎！向時沈默，駕四馬而朝京師，今日逍遙，乘六龍而問風俗。爰因巡省，途次舊居，山川宛然，人事無間。忽其鼎革，周遊館宇，觸目依然。雖迹異漢皇，而地如豐邑，擊筑慷慨，酌桂留連。空想大風，題茲短什。）	卷三，1，P40
盛唐	124.	祖詠	渡淮河寄平一	天色混波濤 岸陰匝村墅 微微漢祖廟 隱隱江陵渚 雲樹森已重 時明鬱相拒	卷一百三十一，4，P1331

盛唐	125.	李白	雪讒詩贈友人	嗟予沈迷 猖獗已久 五十知非 古人嘗有 立言補過 庶存不朽 包荒匿瑕 蓄此頑醜 月出致譏 貽愧皓首 感悟遂晚 事往日遷 白璧何辜 青蠅屢前 羣輕折軸 下沈黃泉 衆毛飛骨 上凌青天 萋斐暗成 貝錦粲然 泥沙聚埃 珠玉不鮮 洪燄爍山 發自纖煙 蒼波蕩日 起于微涓 交亂四國 播于八埏 拾塵掇蜂 疑聖猜賢 哀哉悲夫 誰察予之貞堅 彼婦人之猖狂 不如鵲之彊彊 彼婦人之淫昏 不如鶉之奔奔 坦蕩君子 無悅簧言 擢髮續罪 罪乃孔多 傾海流惡 惡無以過 人生實難 逢此織羅 積毀銷金 沈憂作歌 天未喪文 其如余何 妲己滅紂 褒女惑周 天維蕩覆 職此之由 漢祖呂氏 食其在傍 秦皇太后 毒亦淫荒 蝃蝀作昏 遂掩太陽 萬乘尚爾 匹夫何傷 辭殫意窮 心切理直 如或妄談 昊天是殛 子野善聽 離婁至明 神靡遁響 鬼無逃形 不我遐棄 庶昭忠誠	卷一百六十八，5，P1736

盛唐	126.	李白	商山四皓	白髮四老人 昂藏南山側 偃臥松雪間 冥翳不可識 雲窗拂青靄 石壁橫翠色 龍虎方戰爭 於焉自休息 秦人失金鏡 漢祖昇紫極 陰虹濁太陽 前星遂淪匿 一行佐明聖 倏起生羽翼 功成身不居 舒卷在胸臆 窅冥合元化 茫昧信難測 飛聲塞天衢 萬古仰遺則	卷一百八十一，6，P1846
盛唐	127.	杜甫	哀王孫	長安城頭頭白烏 夜飛延秋門上呼 又向人家啄大屋 屋底達官走避胡 金鞭斷折九馬死 骨肉不待同馳驅 腰下寶玦青珊瑚 可憐王孫泣路隅 問之不肯道姓名 但道困苦乞爲奴 已經百日竄荊棘 身上無有完肌膚 高帝子孫盡隆準 龍種自與常人殊 豺狼在邑龍在野 王孫善保千金軀 不敢長語臨交衢 且爲王孫立斯須 昨夜東風吹血腥 東來橐駝滿舊都 朔方健兒好身手 昔何勇銳今何愚 竊聞天子已傳位 聖德北服南單于 花門剺面請雪恥 愼勿出口他人狙 哀哉王孫愼勿疏 五陵佳氣無時無	卷二百十六，7，P2268

盛唐	128.	杜甫	述古三首：三	漢光得天下 祚永固有開 豈惟高祖聖 功自蕭曹來 經綸中興業 何代無長才 吾慕寇鄧勳 濟時信良哉 耿賈亦宗臣 羽翼共裴回 休運終四百 圖畫在雲臺 此念中興諸將。論光武中興，而推高祖人才，思太宗創業名臣也。其引寇鄧耿賈比肅宗恢復諸將，但昔則圖畫雲台，生享爵，而沒垂令名，今則功臣疑忌，忠如李郭，尚憂讒畏譏，故借漢事以諷唐。	卷二百十九，7，P2313
盛唐	129.	皇甫冉	奉和漢祖廟下之作	古廟風煙積 春城車騎過 方修漢祖祀 更使沛童歌 寢帳巢禽出 香煙水霧和 神心降福處 應在故鄉多	卷二百五十，8，P2828
盛唐	130.	儲光羲	貽袁三拾遺謫作	傾蓋洛之濱 依然心事親 龍門何以峻 曾是好詞人 珥筆朝文陛 含章諷紫宸 帝城多壯觀 被服長如春 天子儉爲德 而能清約身 公卿盡虛位 天下自趨塵 如君物望美 令德聲何已 高帝黜儒生 文皇謫才子 朝廷非不盛 讒謫良難恃 路出大江陰 川行碧峯裏 斯言徒自玷 白玉豈爲滓 希聲盡衆人 深識唯知己 知己怨生離 悠悠天一涯 寸心因夢斷 孤憤爲年移 花滿芙蓉闕 春深朝夕池 空令千萬里 長望白雲垂	卷一百三十八，4，P1405

中唐	131.	劉叉	冰柱	師干久不息 農爲兵兮民重嗟 騷然縣宇 土崩水潰 畹中無熟穀 壠上無桑麻 王春判序 百卉茁甲含葩 有客避兵奔遊僻 跋履險阨至三巴 貂裘蒙茸已敝縷 鬢髮蓬鬅 雀驚鼠伏 寧遑安處 獨臥旅舍無好夢 更堪走風沙 天人一夜剪瑛琭 詰旦都成六出花 南畝未盈尺 纖片亂舞空紛拏 旋落旋逐朝暾化 簷間冰柱若削出交加 或低或昂 小大瑩潔 隨勢無等差 始疑玉龍下界來人世 齊向茅簷布爪牙 又疑漢高帝 西方未斬蛇 人不識 誰爲當風杖莫邪 鏗鏜冰有韻 的皪玉無瑕 不爲四時雨 徒於道路成泥柤 不爲九江浪 徒爲汩沒天之涯 不爲雙井水 滿甌泛泛烹春茶 不爲中山漿 清新馥鼻盈百車 不爲池與沼 養魚種芰成霪霪 不爲醴泉與甘露 使名異瑞世俗誇 特稟朝澈氣 潔然自許靡間其邇遐 森然氣結一千里	卷三百九十五，12，P4443

				滴瀝聲沈十萬家 明也雖小 暗之大不可遮 勿被曲瓦 直下不能抑羣邪 奈何時逼 不得時在我目中 倏然漂去無餘蔘 自是成毀任天理 天於此物豈宜有忒賒 反令井蛙壁蟲變容易 背人縮首競呀呀 我願天子回造化 藏之韞櫝玩之生光華	
中唐	132.	白居易	和答詩十首：答四皓廟	天下有道見 無道卷懷之 此乃聖人語 吾聞諸仲尼 矯矯四先生 同稟希世資 隨時有顯晦 秉道無磷緇 秦皇肆暴虐 二世遘亂離 先生相隨去 商嶺采紫芝 君看秦獄中 戮辱者李斯 劉項爭天下 謀臣竟悅隨 先生如鸞鶴 去入冥冥飛 君看齊鼎中 焦爛者酈其 子房得沛公 自謂相遇遲 八難掉舌樞 三略役心機 辛苦十數年 晝夜形神疲 竟雜霸者道 徒稱帝者師 子房爾則能 此非吾所宜 漢高之季年 嬖寵鍾所私 冢嫡欲廢奪 骨肉相憂疑 豈無子房口 口舌無所施 亦有陳平心 心計將何爲 皤皤四先生 高冠危映眉 從容下南山 顧盼入東闈 前瞻惠太子 左右生羽儀 卻顧戚夫人	卷四百二十五，13，P4683

				楚舞無光輝 心不畫一計 口不吐一詞 闇定天下本 遂安劉氏危 子房吾則能 此非爾所知 先生道既光 太子禮甚卑 安車留不住 功成棄如遺 如彼旱天雲 一雨百穀滋 澤則在天下 雲復歸稀夷 勿高巢與由 勿尙呂與伊 巢由往不返 伊呂去不歸 豈如四先生 出處兩逶迤 何必長隱逸 何必長濟時 由來聖人道 無朕不可窺 卷之不盈握 舒之亙八陲 先生道甚明 夫子猶或非 願子辨其惑 爲予吟此詩	
中唐	133.	秦系	閒居覽史	長策胸中不復論 荷衣藍縷閉柴門 當時漢祖無三傑 爭得咸陽與子孫	卷二百六十，8，P2900
中唐	134.	竇鞏	陝府賓堂覽房杜二公仁壽年中題紀手跡	仁壽元和二百年 濛籠水墨淡如煙 當時憔悴題名日 漢祖龍潛未上天	卷二百七十一， 8，P3051
中唐	135.	戴叔倫	塞上曲二首	軍門頻納受降書 一劍橫行萬里餘 漢祖謾夸婁敬策 卻將公主嫁單于	卷二百七十四， 9，P3104
中唐	136.	劉叉	天津橋	洛陽宮闕照天地 四面山川無毒氣 誰令漢祖都秦關 從此姦雄轉相熾	卷三百九十五，12，P4446

中唐	137.	元稹	和李校書新題樂府十二首：法曲	吾聞黃帝鼓清角 弭伏熊羆舞玄鶴 舜持干羽苗革心 堯用咸池鳳巢閣 大夏濩武皆象功 功多已訝玄功薄 漢祖過沛亦有歌 秦王破陣非無作 作之宗廟見艱難 作之軍旅傳糟粕 明皇度曲多新態 宛轉侵淫易沈著 赤白桃李取花名 霓裳羽衣號天落 雅弄雖云已變亂 夷音未得相參錯 自從胡騎起煙塵 毛毳腥羶滿咸洛 女爲胡婦學胡妝 伎進胡音務胡樂 火鳳聲沈多咽絕 春鶯囀罷長蕭索 胡音胡騎與胡妝 五十年來競紛泊	卷四百十九，12，P4617
中唐	138.	張碧	野田行	風昏晝色飛斜雨 冤骨千堆髑髏語 八紘牢落人物悲 是箇田園荒廢主 悲嗟自古爭天下 幾度乾坤復如此 秦皇矻矻築長城 漢祖區區白蛇死 野田之骨兮又成塵 樓閣風煙兮還復新 願得華山之下長歸馬 野田無復堆冤者	卷四百六十九，14，P5337

中唐	139.	張碧	鴻溝	毒龍銜日天地昏 八紘鼗�生愁雲 秦園走鹿無藏處 紛紛爭處蜂成羣 四溟波立鯨相吞 蕩搖五岳崩山根 魚蝦舞浪狂鰍鯤 龍蛇膽戰登鴻門 星旗羽鏃強者尊 黑風白雨東西屯 山河欲拆人煙分 壯士鼓勇君王存 項莊憤氣吐不得 亞父𨶒聲天上聞 玉光墮地驚崑崙 留侯氣魄吞太華 舌頭一寸生陽春 神農女媧愁不言 蛇枯老媼啼淚痕 星曹定秤秤王孫 項籍骨輕迷精魂 沛公仰面爭乾坤 須臾垓下賊星起 歌聲繚繞悽人耳 吳娃捧酒橫秋波 霜天月照空城壘 力拔山兮忽到此 騅嘶懶渡烏江水 新豐瑞色生樓臺 西楚寒蒿哭愁鬼 三尺霜鳴金匣裏 神光一掉八千里 漢皇騦馬意氣生 西南掃地迎天子	卷四百六十九，14，P5339
中唐	140.	何儒亮	亞父碎玉斗	嬴女昔解網 楚王有遺躅 破關既定秦 碎首聞獻玉 貞姿應刃散 清響因風續 匪徇切泥功 將明懷璧辱 莫量漢祖德 空受項君勗 事去見前心 千秋渭水綠	卷四百七十三，14，P5372

中唐	141.	張祜	入潼關	都城三百里　雄險此迴環　地勢遙尊嶽 河流側讓關　秦皇曾虎視　漢祖昔龍顏 何處梟兇輩　干戈自不閒	卷五百十，15，P5813
中唐	142.	張祜	橫吹曲辭：入關	都城連百二　雄險北回環　地勢遙尊岳 河流側讓關　秦皇曾虎視　漢祖亦龍顏 何事梟兇輩　干戈自不閒	卷十八，1，P183
晚唐	143.	孫棨	題劉泰娘舍	尋常凡木最輕樗　今日尋樗桂不如 漢高新破咸陽後　英俊奔波遂喫虛	卷七百二十七，21，P8329
晚唐	144.	杜牧	題青雲館	虯蟠千仞劇羊腸　天府由來百二強 四皓有芝輕漢祖　張儀無地與懷王 雲連帳影蘿陰合　枕遶泉聲客夢涼 深處會容高尚者　水苗三頃百株桑	卷五百二十三，16，P5986
晚唐	145.	李商隱	井泥四十韻	皇都依仁里　西北有高齋　昨日主人氏 治井堂西陲　工人三五輩　輂出土與泥 到水不數尺　積共庭樹齊　他日井甃畢 用土益作堤　曲隨林掩映　繚以池周迴 下去冥寞穴　上承雨露滋　寄辭別地脈 因言謝泉扉　升騰不自意　疇昔忽已乖 伊余掉行鞅　行行來自西　一日下馬到 此時芳草萋　四面多好樹　旦暮雲霞姿	卷五百四十一，16，P6246

				晚落花滿地 幽鳥鳴何枝 蘿幄既已薦 山樽亦可開 待得孤月上 如與佳人來 因茲感物理 惻愴平生懷 茫茫此羣品 不定輪與蹄 喜得舜可禪 不以瞽瞍疑 禹竟代舜立 其父吁咈哉 嬴氏并六合 所來因不韋 漢祖把左契 自言一布衣 當塗佩國璽 本乃黃門攜 長戟亂中原 何妨起戎氐 不獨帝王耳 臣下亦如斯 伊尹佐興王 不藉漢父資 蟠溪老釣叟 坐爲周之師 屠狗興販繒 突起定傾危 長沙啓封土 豈是出程姬 帝問主人翁 有自賣珠兒 武昌昔男子 老苦爲人妻 蜀王有遺魄 今在林中啼 淮南雞舐藥 翻向雲中飛 大鈞運羣有 難以一理推 顧於冥冥內 爲問秉者誰 我恐更萬世 此事愈云爲 猛虎與雙翅 更以角副之 鳳凰不五色 聯翼上雞棲 我欲秉鈞者 揭來與我偕 浮雲不相顧 寥泬誰爲梯 悒怏夜將半 但歌井中泥	

晚唐	146.	溫庭筠	題翠微寺二十二韻	邠土初成邑 虞賓竟讓王 乾符初得位 天弩夜收鋋 偃息齊三代 優游念四方 萬靈扶正寢 千嶂抱重岡 幽石歸階陛 喬柯入棟梁 火雲如沃雪 湯殿似含霜 澗籟添仙曲 巖花借御香 野麋陪獸舞 林鳥逐鵷行 鏡寫三秦色 窗搖八水光 問雲徵楚女 疑粉試何郎 蘭芷承雕輦 杉蘿入畫堂 受朝松露曉 頒朔桂煙涼 嵐溼金鋪外 溪鳴錦幄傍 倚絲憂漢祖 持璧告秦皇 短景催風馭 長星屬羽觴 儲君猶問豎 元老已登牀 鶴蓋趨平樂 雞人下建章 龍髯悲滿眼 螭首淚沾裳 疊鼓嚴靈杖 吹笙送夕陽 斷泉辭劍佩 昏日伴旂常 遺廟青蓮在 頹垣碧草芳 無因奏韶濩 流涕對幽篁	卷五百八十，17，P6735
晚唐	147.	于濆	秦原覽古	耕者戮力地 龍虎曾角逐 火德道將亨 夜逢蛇母哭 昔日望夷宮 是處尋桑穀 漢祖竟爲龍 趙高徒指鹿 當時行路人 已合傷心目 漢祚又千年 秦原草還綠	卷五百九十九，18，P6926

晚唐	148.	陸龜蒙	奉和襲美二遊詩：徐詩	嘗聞四書曰 經史子集焉 苟非天祿中 此事無由全 自從秦火來 歷代逢迍邅 漢祖入關日 蕭何爲政年 盡力取圖籍 遂持天下權 中興熹平時 教化還相宣 立石刻五經 置於太學前 賊卓亂王室 君臣如轉圜 洛陽且煨燼 載籍宜爲煙 逮晉武革命 生民纔息肩 惠懷亟寡昧 戎羯俄腥羶 已覺天地閉 競爲東南遷 日既不暇給 墳索何由專 爾後國脆弱 人多尚虛玄 任學者得謗 清言者爲賢 直至沈范輩 始家藏簡編 御府有不足 仍令就之傳 梁元渚宮日 盡取如蚳蝝 兵威忽破碎 焚爇無遺篇 近者隋後主 搜羅勢駢闐 寶函映玉軸 彩翠明霞鮮 伊唐受命初 載史聲連延 砥柱不我助 驚波湧淪漣 遂令因去書 半在餘浮泉 貞觀購亡逸 蓬瀛漸周旋 炅然東壁光 與月爭流天 偉矣開元中 王道眞平平 八萬五千卷 一一皆塗鉛 人間盛傳寫 海內奔窮研 目云西齋書 有過東皋田 吾聞徐氏子 奕世皆才賢 因知遺孫謀	卷六百十七，18，P7113

				不〔在〕黃金錢 插架幾萬軸 森森若戈鋋 風吹籤牌聲 滿室鏗鏘然 佳哉鹿門子 好問如除痟 倏來參卿處 遂得參卿憐 開懷展橱簏 唯在性所便 素業已千仞 今爲峻雲巓 雄才舊百派 相近浮日川 君抱王佐圖 縱步凌陶甄 他時若報德 誰在參卿先	
晚唐	149.	胡曾	詠史詩：軹道	漢祖西來秉白旄 子嬰宗廟委波濤 誰憐君有翻身術 解向秦宮殺趙高 軹道：位於今陝西省咸陽縣東北的一座亭子。劉邦攻入咸陽，秦王子嬰在此投降	卷六百四十七，19，P7424
晚唐	150.	胡曾	詠史詩：大澤	白蛇初斷路人通 漢祖龍泉血刃紅 不是咸陽將瓦解 素靈那哭月明中	卷六百四十七，19，P7429
晚唐	151.	胡曾	詠史詩：滎陽	漢祖東征屈未伸 滎陽失律紀生焚 當時天下方龍戰 誰爲將軍作誄文	卷六百四十七，19，7429
晚唐	152.	胡曾	詠史詩：雲夢	漢祖聽讒不可防 僞遊韓信果罹殃 十年辛苦平天下 何事生擒入帝鄉	卷六百四十七，19，P7435
晚唐	153.	胡曾	詠史詩：阿房宮	新建阿房壁未乾 沛公兵已入長安 帝王苦竭生靈力 大業沙崩固不難	卷六百四十七，19，P7434
晚唐	154.	胡曾	詠史詩：沛宮	漢高辛苦事干戈 帝業興隆俊傑多 猶恨四方無壯士 還鄉悲唱大風歌	卷六百四十七，19，P7420

晚唐	155.	徐夤	溫陵殘臘書懷寄崔尚書	濟川無楫擬何爲　三傑還從漢祖推 心學庭槐空發火　鬢同門柳即垂絲 中興未遇先懷策　除夜相催也課〔詩〕 江上年年接君子　一杯春酒一枰棋	卷七百九，21，P8157
晚唐	156.	徐夤	宋二首	天爵休將儋石論　一身恭儉萬邦尊 賭將金帶驚寰海　留得耕衣誡子孫 締構不應饒漢祖　姦雄何足數王敦 草中求活非吾事　豈啻橫身向廟門	卷七百十，21，P8170
晚唐	157.	貫休	壽春節進	聖運關天紀　龍飛古帝基　振搖三蜀地 聳發萬年枝　出震同中古　承乾動四夷 恩頒新命廣　淚向舊朝垂　大寶歸玄讖 殊祥出遠池　法天深罔測　體聖妙難知 儉德爲全德　無思契十思　丕圖非力至 英武悉天資　正直方親切　回邪豈敢窺 將排頗與牧　相得稷兼夔　鹽出符眞主 麟來合大規　賡歌隨羽籥　奕葉斅伊祁 寡欲情雖泰　憂民色未怡　盛如唐創業 宛勝晉朝儀　旰食宮鶯囀　宵衣禁漏遲 多於湯土地　還有禹胼胝　視物如傷日 勝殘去殺時　守文情的的　無逸戒孜孜 軒頊風重振　皇唐鼎創移　始聞呈瑞石	卷八百三十三，23，P9392

又報產靈芝　覆幬高緣大　包容妙在卑
兄呼春赫日　師指佛牟尼　佳氣宸居合
淳風樂府吹　急賢彰帝業　解網見天慈
粟赤千千窖　軍雄萬萬兒　八蠻須稽顙
四海仰昌期　玉輦嬪嬙擁　宮花錦繡攲
堯雲同躨䟾　漢祖太驅馳　氛祲根株盡
澆訛朕兆隳　山河方有截　野逸詔無遺
境靜消鋒鏑　田香熟稻穈　夢中逢傅說
殿上見辛毗　金鏡懸千古　彤雲起四維
盛行唐典法　再覩舜雍熙　祝壽乾文動
郊天太一隨　煌煌還宿衛　亹亹叶聲詩
飲醴和甘雨　非煙遶御帷　銀輪隨寶馬
玉沼見金龜　杳杳聞韶濩　重重降撫綏
魏徵須卻出　葛亮更何之　簡約逾前古
昇平美不疑　觸邪羊啥啥　鼓腹叟嘻嘻
邁五方云大　超三始見奇　錦霞連紫極
仙鳥下峨眉　謝傅還爲傅　周師又作師
納隍爲永任　從諫契無爲　子子寰瀛主
孫孫日月旗　壽春嗟壽域　萬國盡虔祈
捧日三車子　恭思八彩眉　願將七萬歲
匍匐拜瑤墀

晚唐	158.	貫休	觀懷素草書歌	張顛顛後顛非顛 直至懷素之顛始是顛 師不譚經不說禪 筋力唯於草書朽 顛狂卻恐是神仙 有神助兮人莫及 鐵石畫兮墨須入 金尊竹葉數斗餘 半斜半傾山衲溼 醉來把筆獰如虎 粉壁素屏不問主 亂拏亂抹無規矩 羅剎石上坐伍子胥 蒯通八字立對漢高祖 勢崩騰兮不可止 天機暗轉鋒鋩裏 閃電光邊霹靂飛 古柏身中滐龍死 駭人心兮目眓瞁 頓人足兮神辟易 乍如沙場大戰後 斷槍橛箭皆狼籍 又似深山朽石上 古病松枝掛鐵錫 月兔筆，天竈墨 斜鑿黃金側剉玉 珊瑚枝長大束束 天馬驕獰不可勒 東卻西，南又北 倒又起，斷復續 忽如鄂公喝住單雄信 秦王肩上劚著棗木槊 懷素師，懷素師 若不是星辰降瑞 即必是河岳孕靈 固宜須冷笑逸少 爭得不心醉伯英 天台古杉一千尺 崖崩劁折何崢嶸 或細微	卷八百二十八，23，P9335

				仙衣半拆金線垂 或妍媚 桃花半紅公子醉 我恐山爲墨兮磨海水 天與筆兮書大地 乃能略展狂僧意 常恨與師不相識 一見此書空歎息 伊昔張渭任華葉季良 數子贈歌豈虛飾 所不足者渾未曾道著其神力 石橋被燒燒 良玉土不蝕 錐畫沙兮印印泥 世人世人爭得測 知師雄名在世間 明月清風有何極	
晚唐	159.	貫休	大蜀皇帝壽春節進堯銘舜頌二首：堯銘	金冊昭昭 列聖孤標 仲尼有言 巍巍帝堯 承天眷命 罔厥矜驕 四德炎炎 階蓂不凋 永孚於休 垂衣飄飄 吾皇則之 小心翼翼 秉陽亭毒 不遑暇食 土階苔綠 茅茨雪滴 君既天賦 相亦天錫 德輸金鏡 以聖繼聖 漢高將將 太宗兵柄 吾皇則之 日新德盛 朽索六馬 罔墜厥命 熙熙蓼蕭 塊潤風調 舞擊干羽 囿入蒭蕘 既玉其葉 亦金其枝 葉葉枝枝 百工允釐 享國如堯 不疑不疑	卷八百二十八，23，P9325

後唐	160.	李瀚	蒙求	王戎簡要 裴楷清通 孔明臥龍 呂望非熊 楊震關西 丁寬易東 謝安高潔 王導公忠 匡衡鑿壁 孫敬閉戶 郅都蒼鷹 寧成乳虎 周嵩狼抗 梁冀跋扈 郗超髯參 王珣短簿 伏波標柱 博望尋河 李陵初詩 田橫感歌 武仲不休 士衡患多 桓譚非讖 王商止訛 嵇呂命駕 程孔傾蓋 劇孟一敵 周處三害 胡廣補闕 袁安倚賴 黃霸政殊 梁習治最 墨子悲絲 楊朱泣岐 朱博烏集 蕭芝雉隨 杜后生齒 靈王出髭 賈誼忌鵩 莊周畏犧 燕昭築臺 鄭莊置驛 瓘靖二妙 岳湛連璧 郄詵一枝 戴馮重席 鄒陽長裾 王符逢掖 鳴鶴日下 士龍雲間 晉宣狼顧 漢祖龍顏 鮑靚記井 羊祜識環 仲容青雲 叔夜玉山 毛義捧檄 子路負米 江革忠孝 王覽友弟 蕭何定律 叔孫制禮 葛豐刺舉 息躬歷詆 管寧割席 和嶠專車 時苗留犢 羊續懸魚 樊噲排闥 辛毘引裾 孫楚漱石 郝隆曬書 枚皋詣闕 充國自贊 王衍風鑑 許劭月旦 賀循儒宗 孫綽才冠 太叔辨洽 摯仲辭翰 山濤識量 毛玠公方 袁盎卻座 衛瓘撫牀 于公高門 曹參趣裝 庶女振風	卷八百八十一，25，P9960

鄒衍降霜　范丹生塵　晏嬰脫粟　詰汾興魏
鼈靈王蜀　不疑誣金　卞和泣玉　檀卿沐猴
謝尙鴝鴿　泰初日月　季野陽秋　荀陳德星
李郭仙舟　王忳繡被　張氏銅鉤　丁公遽戮
雍齒先侯　陳雷膠漆　范張雞黍　周侯山嶷
會稽霞舉　季布一諾　阮瞻三語　郭文游山
袁宏泊渚　黃琬對日　秦宓論天　孟軻養素
揚雄草玄　向秀聞笛　伯牙絕弦　郭槐自屈
南郡猶憐　魯恭馴雉　宋均去獸　廣客蛇影
殷師牛鬪　元禮模楷　季彥領袖　魯褒錢神
崔烈銅臭　梁竦廟食　趙溫雄飛　枚乘蒲輪
鄭均白衣　陵母伏劍　軻親斷機　齊后破環
謝女解圍　鑿齒尺牘　荀勗音律　胡威推縑
陸績懷橘　羅含呑鳥　江淹夢筆　李廞清貞
劉驎高率　蔣詡三徑　許由一瓢　楊僕移關
杜預建橋　壽王議鼎　杜林駮堯　西施捧心
孫壽折腰　靈輒扶輪　魏顆結草　逸少傾寫
平子絕倒　澹臺毀璧　子罕辭寶　東平爲善
司馬稱好　公超霧市　魯般雲梯　田單火牛
江逌爇雞　蔡裔殞盜　張遼止啼　陳平多轍
李廣成蹊　陳遵投轄　山簡倒載　淵客泣珠
交甫解佩　龔勝不屈　孫寶自劾　呂安題鳳

子猷訪戴 董宣彊項 翟璜直言 紀昌貫蝨
養由號猿 馮衍歸里 張昭塞門 蘇韶鬼靈
盧充幽婚 震畏四知 秉去三惑 柳下直道
叔敖陰德 張湯巧詆 杜周深刻 三王尹京
二鮑糾慝 孫康映雪 車胤聚螢 李充四部
井春五經 谷永筆札 顧愷丹青 戴逵破琴
謝敷應星 阮宣杖頭 畢卓甕下 文伯羞鼈
孟宗寄鮓 史丹青蒲 張湛白馬 隱之感鄰
王修輟社 阮放八雋 江泉四凶 華歆忤旨
陳羣蹙容 王濬懸刀 丁固生松 姜維膽斗
盧植音鐘 桓溫奇骨 鄧艾大志 楊修捷對
羅友默記 杜康造酒 蒼頡制字 樗里智囊
邊韶經笥 滕公佳城 王果石崖 買妻恥醮
澤室犯齋 馬后大練 孟光荊釵 顏叔秉燭
宋弘不諧 鄧通銅山 郭況金穴 秦彭攀轅
侯霸臥轍 淳于炙輠 彥國吐屑 太眞玉臺
武子金埒 巫馬戴星 宓賤彈琴 郝廉留錢
雷義送金 逢萌挂冠 胡昭投簪 王喬雙鳧
華佗五禽 程邈隸書 史籀大篆 王承魚盜
丙吉牛喘 賈琮褰帷 郭賀露冕 馮媛當熊
班女辭輦 王充閱市 董生下帷 平叔傅粉
弘治凝脂 楊生黃雀 毛子白龜 宿瘤采桑

漆室憂葵　韋賢滿籯　夏侯拾芥　阮簡曠達
袁耽俊邁　蘇武持節　鄭衆不拜　郭巨將坑
董永自賣　仲連蹈海　范蠡泛湖　文寶緝柳
溫舒截蒲　伯道無兒　嵇紹不孤　綠珠墜樓
文君當壚　伊尹負鼎　寧戚叩角　趙壹坎壈
顏駟蹇剝　龔遂勸農　文翁興學　晏御揚揚
五鹿嶽嶽　蕭珠結綬　王貢彈冠　龐統展驥
仇覽栖鷹　葛亮顧廬　韓信升壇　王褒柏慘
閔損衣單　蒙恬製筆　蔡倫造紙　孔伋縕袍
祭遵布被　周公握髮　蔡邕倒屣　王敦傾室
紀瞻出妓　暴勝持斧　張綱埋輪　靈運曲笠
林宗折巾　屈原澤畔　漁父江濱　魏勃掃門
潘岳望塵　京房推律　翼奉觀性　甘寧奢侈
陸凱貴盛　干木富義　於陵辭聘　元凱傳癖
伯英草聖　馮異大樹　千秋小車　漂母進食
孫鍾設瓜　壺公謫天　薊訓歷家　劉玄刮席
晉惠聞蟆　伊籍一拜　酈生長揖　馬安四至
應璩三入　郭解借交　朱家脫急　虞延剋期
盛吉垂泣　豫讓吞炭　鉏麑觸槐　阮孚蠟屐
祖約好財　初平起石　左慈擲杯　武陵桃源
劉阮天台　王儉墜車　褚淵落水　季倫錦障
春申珠履　甄后出拜　劉楨平視　胡嬪爭摴

晉武傷指　石慶數馬　孔光溫樹　翟湯隱操
許詢勝具　優旃滑稽　落下曆數　曼容自免
子平畢娶　師曠清耳　離婁明目　仲文照鏡
臨江折軸　欒巴噀酒　偃師舞木　德潤傭書
君平賣卜　叔寶玉潤　彥輔冰清　衛后髮鬒
飛燕體輕　玄石沈湎　劉伶解酲　趙勝謝躄
楚莊絕纓　惡來多力　飛廉善走　趙孟疵面
田駢天口　張憑理窟　裴頠談藪　仲宣獨步
子建八斗　廣漢鉤距　弘羊心計　衛青拜幕
去病辭第　酈寄賣友　紀信詐帝　濟叔不癡
周兄無慧　虞卿擔簦　蘇章負笈　南風擲孕
商受斮涉　廣德從橋　君章拒獵　應奉五行
安世三篋　相如題柱　終軍棄繻　孫晨藁席
原憲桑樞　端木辭金　鍾離委珠　季札挂劍
徐穉致芻　朱雲折檻　申屠斷鞅　衛玠羊車
王恭鶴氅　管仲隨馬　蒼舒稱象　丁蘭刻木
伯瑜泣杖　陳逵豪爽　田方簡傲　黃向訪主
陳寔遺盜　龐儉鑿井　陰方祀竈　韓壽竊香
王濛市帽　句踐投醪　陸抗嘗藥　孔愉放龜
張顯墮鵲　田豫儉素　李恂清約　義縱攻剽
周陽暴虐　孟陽擲瓦　賈氏如皋　顏回簞瓢
仲蔚蓬蒿　糜竺收資　桓景登高　雷煥送劍

呂虔佩刀　老萊斑衣　黃香扇枕　王祥守奈
蔡順分椹　淮南食時　左思十稔　劉惔傾釀
孝伯痛飲　女媧補天　長房縮地　季珪士首
長孺國器　陸玩無人　賈詡非次　何晏神伏
郭奕心醉　常林帶經　高鳳漂麥　孟嘉落帽
庾凱墮幘　龍逢板出　張華台坼　董奉活燮
扁鵲起虢　寇恂借一　何武去思　韓子孤憤
梁鴻五噫　蔡琰辨琴　王粲覆棋　西門投巫
何謙焚祠　孟嘗還珠　劉昆反火　姜肱共被
孔融讓果　端康相代　亮陟隔坐　趙倫鵩怪
梁孝牛禍　桓典避馬　王尊叱馭　鼂錯峭直
趙禹廉倨　亮遺巾幗　備失匕箸　張翰適意
陶潛歸去　魏儲南館　漢相東閣　楚元置醴
陳蕃下榻　廣利泉湧　王霸冰合　孔融坐滿
鄭崇門雜　張堪折轅　周鎮漏船　郭伋竹馬
劉寬蒲鞭　許史侯盛　韋平相延　雍伯種玉
黃尋飛錢　王允千里　黃憲萬頃　虞騤才望
戴淵鋒穎　史魚黜殯　子囊城郢　戴封積薪
耿恭拜井　汲黯開倉　馮驩折券　齊景駟千
何曾食萬　顧榮錫炙　田文比飯　稚珪蛙鳴
彥倫鶴怨　廉頗負荊　須賈擢髮　孔翊絕書
申嘉私謁　淵明把菊　眞長望月　子房取履

				釋之結韈 郭丹約關 祖逖誓江 賈逵問事 許慎無雙 婁敬和親 白起坑降 蕭史鳳臺 宋宗雞窗 王陽囊衣 馬援薏苡 劉整交質 五倫十起 張敞畫眉 謝鯤折齒 盛彥感蠐 姜詩躍鯉 宗資主諾 成瑨坐嘯 伯成辭耕 嚴陵去釣 董遇三餘 譙周獨笑 將閭仰天 王凌呼廟 二疏散金 陸賈分橐 慈明八龍 禰衡一鶚 不占隕車 子雲投閣 魏舒堂堂 周舍諤諤 無鹽如漆 姑射若冰 郕子投火 王思怒蠅 符朗皁白 易牙淄澠 周勃織薄 灌嬰販繒 馬良白眉 阮籍青眼 黥布開關 張良燒棧 陳遺飯感 陶侃酒限 楚昭萍實 束皙竹簡 曼倩三冬 陳思七步 劉寵一錢 廉范五袴 氾毓字孤 郗鑒吐哺 荀弟轉酷 嚴母掃墓 洪喬擲水 陳泰挂壁 王述忿狷 荀粲惑溺 宋女愈謹 敬姜猶績 鮑照篇翰 陳琳書檄 浩浩萬古 不可備甄 芟繁摭華 爾曹勉旃	
晚唐	161.	李咸用	和友人喜相遇十首：三	惠子休驚學五車 沛公方起斬長蛇 六雄互欲吞諸國 四海終須作一家 自古經綸成世務 暫時朱綠比朝霞 人生心口宜相副 莫使堯階草勢斜	卷六百四十六，19，P7412

	162.	無名氏	秦家行	彗孛飛光照天地 九天瓦裂屯冤氣 鬼哭聲聲怨趙高 宮花滴盡扶蘇淚 禍起蕭牆不知戢 羽書催築長城急 劍上忠臣血未乾 沛公已向函關入	卷七百八十五，22，P8859
晚唐	163.	周曇	前漢門：高祖	愛子從烹報主時 安知強啜不含悲 太公懸命臨刀几 忍取杯羹欲爲誰	卷七百二十九，21，P8353
晚唐	164.	杜牧	杜秋娘詩 （序） 杜秋，金陵女也。年十五爲李錡妾，後錡叛滅，籍之入宮，有寵於景陵。穆宗即位，命秋爲皇子傅姆。皇子壯，封漳王，鄭注用事。誣丞相欲去己者，指王爲根，王被罪廢削，秋因賜歸故鄉。予過金陵，感其窮且老，爲之賦詩。	京江水清滑 生女白如脂 其間杜秋者 不勞朱粉施 老濞即山鑄 後庭千雙眉 秋持玉斝醉 與唱金縷衣 濞既白首叛 秋亦紅淚滋 吳江落日渡 灞岸綠楊垂 聯裾見天子 盼眄獨依依 椒壁懸錦幕 鏡奩蟠蛟螭 低鬟認新寵 窈裊復融怡 月上白璧門 桂影涼參差 金階露新重 閒捻紫簫吹 莓苔夾城路 南苑雁初飛 紅粉羽林仗 獨賜辟邪旗 歸來煮豹胎 饜飫不能飴 咸池昇日慶 銅雀分香悲 雷音後車遠 事往落花時 燕禖得皇子 壯髮綠緌緌 畫堂授傅姆 天人親捧持 虎睛珠絡褓 金盤犀鎮帷 長楊射熊羆 武帳弄啞咿 漸拋竹馬劇 稍出舞雞奇 嶄嶄整冠珮 侍宴坐瑤池 眉宇儼圖畫 神秀射朝輝 一尺桐偶人 江充知自欺	卷五百二十，16，P5938

				王幽茅土削 秋放故鄉歸 舢稜拂斗極 回首尙遲遲 四朝三十載 似夢復疑非 潼關識舊吏 吏髮已如絲 卻喚吳江渡 舟人那得知 歸來四鄰改 茂苑草菲菲 清血灑不盡 仰天知問誰 寒衣一匹素 夜借鄰人機 我昨金陵過 聞之爲歔欷 自古皆一貫 變化安能推 夏姬滅兩國 逃作巫臣姬 西子下姑蘇 一舸逐鴟夷 織室魏豹俘 作漢太平基 誤置代籍中 兩朝尊母儀 光武紹高祖 本係生唐兒 珊瑚破高齊 作婢舂黃糜 蕭后去揚州 突厥爲閼氏 女子固不定 士林亦難期 射鉤後呼父 釣翁王者師 無國要孟子 有人毀仲尼 秦因逐客令 柄歸丞相斯 安知魏齊首 見斷簀中屍 給喪蹶張輩 廊廟冠峩危 珥貂七葉貴 何妨戎虜支 蘇武卻生返 鄧通終死飢 主張既難測 翻覆亦其宜 地盡有何物 天外復何之 指何爲而捉 足何爲而馳 耳何爲而聽 目何爲而窺 己身不自曉 此外何思惟 因傾一樽酒 題作杜秋詩 愁來獨長詠 聊可以自怡	

晚唐	165.	羅隱	黃河	莫把阿膠向此傾 此中天意固難明 解通銀漢應須曲 纔出崑崙便不清 高祖誓功衣帶小 仙人占斗客槎輕 三千年後知誰在 何必勞君報太平	卷六百五十五，19，P7532
晚唐	166.	羅隱	貴游	館陶園外雨初晴 繡轂香車入鳳城 八尺家僮三尺箠 何知高祖要蒼生	卷六百六十三，19，P7602
晚唐	167.	羅隱	西京道中	半夜秋聲獨斷蓬 百年身事算成空 禰生詞賦拋江夏 漢祖精神憶沛中 未必他時能富貴 只應從此見窮通 邊禽隴水休相笑 自有滄洲一棹風	卷六百六十四，19，P7606
晚唐	168.	羅隱	望思臺	芳草臺邊魂不歸 野煙喬木弄殘暉 可憐高祖清平業 留與閒人作是非	卷六百六十四，19，P7608
初唐	169.	沈佺期	七夕曝衣篇	君不見昔日宜春太液邊 披香畫閣與天連 燈火灼爍九微映 香氣氛氳百和然 此夜星繁河正白 人傳織女牽牛客 宮中擾擾曝衣樓 天上娥娥紅粉席 曝衣何許曛半黃 宮中綵女提玉箱 珠履奔騰上蘭砌 金梯宛轉出梅梁 絳河裏，碧煙上 雙花伏兔畫屏風 四子盤龍擎斗帳 舒羅散縠雲霧開	卷九十五，3，P1027

				綴玉垂珠星漢回 朝霞散彩羞衣架 晚月分光劣鏡臺 上有仙人長命綹 中看玉女迎歡繡 玳瑁簾中別作春 珊瑚窗裏翻成晝 椒房金屋寵新流 意氣嬌奢不自由 漢文宜惜露臺費 晉武須焚前殿裘	
盛唐	170.	李白	巴陵贈賈舍人	賈生西望憶京華 湘浦南遷莫怨嗟 聖主恩深漢文帝 憐君不遣到長沙	卷一百七十，5，P1757
	171.	李白	永王東巡歌十一首：九	祖龍浮海不成橋 漢武尋陽空射蛟 我王樓艦輕秦漢 卻似文皇欲渡遼	卷一百六十七，5，P1725
	172.	孟郊	寄張籍	未見天子面 不如雙盲人 賈生對文帝 終日猶悲辛 夫子亦如盲 所以空泣麟 有時獨齋心 髣髴夢稱臣 夢中稱臣言 覺後真埃塵 東京有眼富不如 西京無眼貧西京 無眼猶有耳隔牆 時聞天子車轔轔 轔轔車聲輾冰玉 南郊壇上禮百神 西明寺後窮瞎張太祝 縱爾有眼誰爾珍 天子咫尺不得見 不如閉眼且養真	卷三百七十八，12，P4238

	173.	李德裕	離平泉馬上作	十年紫殿掌洪鈞　出入三朝一品身 文帝寵深陪雉尾　武皇恩厚宴龍津 黑山永破和親虜　烏嶺全阬跋扈臣 自是功高臨盡處　禍來〔名〕滅不由人	卷四百七十五，14，P5397
	174.	張祜	憲宗皇帝挽歌詞	嗚咽上攀龍　昇平不易逢　武皇虛好道 文帝未登封　壽域無千載　泉門是九重 橋山非遠地　雲去莫疑峯	卷五百十，15，P5806
	175.	杜牧	皇風	仁聖天子神且武　內興文教外披攘 以德化人漢文帝　側身修道周宣王 迒蹊巢穴盡窒塞　禮樂刑政皆弛張 何當提筆侍巡狩　前驅白旆弔河湟	卷五百二十，16，P5944
	176.	胡曾	詠史詩：細柳營	文帝鑾輿勞北征　條侯此地整嚴兵 轅門不峻將軍令　今日爭知細柳營	卷六百四十七，19，P7427
	177.	吳融	過九成宮	鳳輦東歸二百年　九成宮殿半荒阡 魏公碑字封蒼蘚　文帝泉聲落野田 碧草斷霑仙掌露　綠楊猶憶御爐煙 昇平舊事無人說　萬疊青山但一川	卷六百八十四，20，P7858
	178.	劉長卿	長沙過賈誼宅	三年謫宦此棲遲　萬古惟留楚客悲 秋草獨尋人去後　寒林空見日斜時 漢文有道恩猶薄　湘水無情弔豈知 寂寂江山搖落處　憐君何事到天涯	卷一百五十一，5，P1566

	179.	崔曙	九日登望仙臺呈劉明府容	漢文皇帝有高臺 此日登臨曙色開 三晉雲山皆北向 二陵風雨自東來 關門令尹誰能識 河上仙翁去不回 且欲近尋彭澤宰 陶然共醉菊花杯	卷一百五十五，5，P1601
	180.	錢起	送馬員外拜官覲省	二十爲郎事漢文 鵷雛驥子自爲羣 筆精已許臺中妙 劍術還令世上聞 歸覲屢經槐里月 出師常笑棘門軍 莫言來往朝天遠 看取鳴鞘入斷雲	卷二百三十九，8，P2670
	181.	劉禹錫	詠史二首：二	賈生明王道 衛綰工車戲 同遇漢文時 何人居貴位	卷三百六十四，11，P4106
	182.	白居易	新樂府：八駿圖 戒奇物懲佚遊也	穆王八駿天馬駒 後人愛之寫爲圖 背如龍兮頸如象 骨聳筋高脂肉壯 日行萬里疾如飛 穆王獨乘何所之 四荒八極踏欲徧 三十二蹄無歇時 屬車軸折趁不及 黃屋草生棄若遺 瑤池西赴王母宴 七廟經年不親薦 璧臺南與盛姬遊 明堂不復朝諸侯 白雲黃竹歌聲動 一人荒樂萬人愁 周從后稷至文武 積德累功世勤苦 豈知纔及四代孫 心輕王業如灰土 由來尤物不在大 能蕩君心則爲害	卷四百二十七，13，P4702

				文帝卻之不肯乘　千里馬去漢道興 穆王得之不爲戒　八駿駒來周室壞 至今此物尙稱珍　不知房星之精下爲怪 八駿圖，君莫愛	
	183.	白居易	新樂府：草茫茫　懲厚葬也	草茫茫，土蒼蒼　蒼蒼茫茫在何處 驪山脚下秦皇墓　墓中下涸二重泉 當時自以爲深固　下流水銀象江海 上綴珠光作烏兔　別爲天地於其間 擬將富貴隨身去　一朝盜掘墳陵破 龍椁神堂三月火　可憐寶玉歸人間 暫借泉中買身禍　奢者狼藉儉者安 一凶一吉在眼前　憑君回首向南望 漢文葬在霸陵原	卷四百二十七，13，P4709
	184.	白居易	偶然二首：一	楚懷邪亂靈均直　放棄合宜何惻惻 漢文明聖賈生賢　謫向長沙堪歎息 人事多端何足怪　天文至信猶差忒 月離于畢合滂沱　有時不雨何能測	卷四百三十九，13，P4893
	185.	白居易	德宗皇帝挽歌詞四首：四	夢減三齡壽　哀延七月期　寢園愁望遠 宮仗哭行遲　雲日添寒慘　笳簫向晚悲 因山有遺詔　如葬漢文時	四百四十一，13，P4927

	186.	白居易	讀史五首：一	楚懷放靈均 國政亦荒淫 彷徨未忍決 繞澤行悲吟 漢文疑賈生 謫置湘之陰 是時刑方措 此去難爲心 士生一代間 誰不有浮沈 良時眞可惜 亂世何足欽 乃知汨羅恨 未抵長沙深	卷四百二十五，13，P4679
	187.	鮑溶	經秦皇墓	左崗青虯盤 右坂白虎踞 誰識此中陵 祖龍藏身處 別爲一天地 下入三泉路 珠華翔青鳥 玉影耀白兔 山河一易姓 萬事隨人去 白晝盜開陵 玄冬火焚樹 哀哉送死厚 乃爲棄身具 死者不復知 回看漢文墓	卷四百八十五，15，P5505
	188.	張祜	送韋正字析貫赴制舉	可愛漢文年 鴻恩蕩海壖 木雞方備德 金馬正求賢 大戰希游刃 長途在著鞭 竚看晁董策 便向史中傳	卷五百十，15，P5801
	189.	許渾	途經秦始皇墓	龍盤虎踞樹層層 勢入浮雲亦是崩 一種青山秋草裏 路人唯拜漢文陵	卷五百三十八，16，P6138
	190.	司馬扎	築臺	魏國昔強盛 宮中金玉多 徵丁築層臺 唯恐不巍峩 結構切星漢 躋攀橫綺羅 朝觀細腰舞 夜聽皓齒歌 詎念人力勞 安問黍與禾 一朝國既傾 千仞堂亦平 舞模衰柳影 歌留草蟲聲 月照白露寒 蒼蒼故鄴城 漢文有遺美 對此清飆生	卷五百九十六，18，P6902

	191.	陸龜蒙	襲美先輩以龜蒙所獻五百言既蒙見和復示榮唱至於千字提獎之重蔑有稱實再抒鄙懷用伸酬謝	洪範分九疇 轉成天下規 河圖孕八卦 煥作玄中奇 先開否臧源 次築經緯基 粤若魯聖出 正當周德衰 越疆必載質 歷國將扶危 諸侯恣崛強 王室方陵遲 歌鳳時不偶 獲麟心益悲 始嗟吾道窮 竟使空言垂 首贊五十易 又刪三百詩 遂令篇籍光 可并日月姿 向非筆削功 未必無瑕疵 迨至夫子沒 微言散如枝 所宗既不同 所得亦異宜 名法在深刻 虛玄至希夷 自從戰伐來 一派縱橫馳 寒谷生黷木 沸潭結流澌 驚奔失壯士 好惡隨纖兒 嬴氏并六合 勢尊丞相斯 加於挾書律 盡取坑焚之 南勒會稽頌 北恢胡亥阺 猶懷徧巡狩 不暇親維持 及漢文景後 鴻生方鉱摫 簸揚堯舜風 反作三代吹 飄飆四百載 左右爲藩籬 鄴下曹父子 獵賢甚熊羆 發論若霞駁 裁詩如錦擒 徐王應劉輩 頭角咸相衰 或有妙絕賞 或爲獨步推 或許潤色美 或嫌詆訶癡 倏以中利病 且非混醇醨 雅當乎魏文 麗矣哉陳思 不肯少選妄 恐貽後世嗤 吾祖仗才力 革車蒙虎皮 手持一白旄 直向文場麾	卷六百十七，18，P7109

輕若脫鉗釱　豁如抽扊扅　精鋼不足利
騕褭何勞追　大可罩山岳　微堪析毫釐
十體免負贅　百家咸起痿　爭入鬼神奧
不容天地私　一篇邁華藻　萬古無孑遺
刻鵠尚未已　雕龍奮而爲　劉生吐英辯
上下窮高卑　下臻宋與齊　上指軒從羲
豈但標八索　殆將包兩儀　人謠洞野老
騷怨明湘纍　立本以致詰　驅宏來抵巇
清如朔雪嚴　緩若春煙羸　或欲開戶牖
或將飾纓緌　雖非倚天劍　亦是囊中錐
皆由內史意　致得東莞詞　梁元盡索虜
後主終亡隋　哀音但浮脆　豈望分雄雌
吾唐揖讓初　陛列森咎夔　作頌媲吉甫
直言過祖伊　明皇踐中日　墨客肩參差
岳淨秀擢削　海寒光陸離　皆能取穴鳳
盡擬乘雲螭　邇來二十祀　俊造相追隨
余生落其下　亦值文明時　少小不好弄
逡巡奉弓箕　雖然苦貧賤　未省親嚅唲
秋倚抱風桂　曉烹承露葵　窮年只敗袍
積日無晨炊　遠訪賣藥客　閒尋捕魚師
歸來蠹編上　得以含情窺　抗韻吟比雅
覃思念梲攡　因知昭明前　剖石呈清琪
又嗟昭明後　敗葉埋芳蕤　縱有月旦評

				未能天下知　徒爲強貔豹　不免參狐貍		
				誰蹇行地足　誰抽刺天髻　誰作河畔草		
				誰爲洞中芝　誰若靈囿鹿　誰猶清廟犧		
				誰輕如鴻毛　誰密如凝脂　誰比蜀嚴靜		
				誰方巴賨賫　誰能釣抃鼇　誰能灼神龜		
				誰背如水火　誰同若塤篪　誰可作梁棟		
				誰敢驅谷蠡　用此常不快　無人動交鈹		
				空消病裏骨　枉白愁中髭　鹿門先生才		
				大小無不怡　就彼六籍內　說詩直解頤		
				顧我迷未遠　開懷潰其疑　初開鑿本源		
				漸乃疏旁支　邃古派泛濫　皇朝光赫曦		
				揣摩是非際　一一如襟期　李杜氣不易		
				孟陳節難移　信知君子言　可并神明蓍		
				枯腐尚求律　膏肓猶謁醫　況將太牢味		
				見啗逋懸飢　今來置家地　正枕吳江湄		
				餌薄鉤不曲　踅然守空坻　嘿坐無影響		
				唯君欵茅茨　抽書亂籤帙　酌茗煩甌犧		
				或伴補缺砌　或偕詣荒祠　孤筇倚煙蔓		
				細木橫風漪　觸雨妨屝屨　臨流泥江蘺		
				既狎野人調　甘爲豪士訾　不敢負建鼓		
				唯憂掉降旗　希君念餘勇　挽袖登文陴		

	192.	唐彥謙	見煬帝寶帳	漢文窮相作前王 慳惜明珠不斗量 翡翠鮫綃何所直 千裨萬接上書囊	卷六百七十二，20，P7685
	193.	崔道融	題李將軍傳	猿臂將軍去似飛 彎弓百步虜無遺 漢文自與封侯得 何必傷嗟不遇時	卷七百十四，21，P8209
	194.	徐鉉	奉酬度支陳員外	古來賢達士 馳騖唯羣書 非禮誓弗習 違道無與居 儒家若迂闊 遂將世情疏 吾友嗣世德 古風藹有餘 幸遇漢文皇 握蘭佩金魚 俯視長沙賦 悽悽將焉如	卷七百五十六，22，P8603
	195.	皎然	同明府章送沈秀才還石門山讀書	身爲郢令客 心許楚山雲 文墨應經世 林泉漫誘君 欲隨樵子去 惜與道流分 肯謝申公輩 治詩事漢文	卷八百十九，23，P9231
	196.	貫休	送吳融員外赴闕	漢文思賈傅 賈傅遂生還 今日又如此 送君非等閒 雲寒猶惜雪 燒猛似烹山 應笑無機者 騰騰天地間	卷八百三十一，23，P9376
	197.	儲光羲	貽袁三拾遺謫作	傾蓋洛之濱 依然心事親 龍門何以峻 曾是好詞人 珥筆朝文陛 含章諷紫宸 帝城多壯觀 被服長如春 天子儉爲德 而能清約身 公卿盡虛位 天下自趣塵 如君物望美 令德聲何已 高帝黜儒生 文皇謫才子 朝廷非不盛 譴謫良難恃	卷一百三十八，4，P1405

				路出大江陰 川行碧峯裏 斯言徒自玷 白玉豈爲滓 希聲盡衆人 深識唯知己 知己怨生離 悠悠天一涯 寸心因夢斷 孤憤爲年移 花滿芙蓉闕 春深朝夕池 空令千萬里 長望白雲垂	
	198.	權德輿	仲秋朝拜昭陵	清秋壽原上 詔拜承吉卜 嘗讀貞觀書 及茲幸齋沐 文皇昔潛耀 隋季自顛覆 撫運斯順人 救焚非逐鹿 神祇戴元聖 君父納大麓 良將授兵符 直臣調鼎餗 無疆傳慶祚 有截荷亭育 仙馭淩紫氛 神遊棄黄屋 方祗護山跡 先正陪巖腹 杳杳九嵕深 沈沈萬靈肅 鳥飛田已闢 龍去雲猶簇 金氣爽林巒 乾岡走崖谷 吾皇弘孝理 率土蒙景福 擁佑乃清夷 威靈諒回復 禮承三公重 心愧二卿祿 展敬何所伸 曾以斧山木	卷三百二十五，10，P3645
	199.	李紳	逾嶺嶠止荒陬抵高要	明皇聖德異文皇 不使無辜困鬼方 漢日傅臣終委棄 如今衰叟重輝光 高明白日恩深海 齒髮雖殘壯心在 空愧駑駘異一毛 無令朽骨慚千載	

	200.	鮑溶	倚瑟行	金輿傳驚灞滻水　龍旗參天行殿巍 左文皇帝右愼姬　北面侍臣張釋之 因高知處邯鄲道　壽陵已見生秋草 萬世何人不此歸　一言出口堪生老 高歌倚瑟流清悲　徐樂哀生知爲誰 臣驚歡歎不可放　願賜一言釋名妄 明珠爲日紅亭亭　水銀爲河玉爲星 泉宮一閉秦國喪　牧童弄火驪山上 與世無情在速貧　棄尸于野由斯葬 生死茫茫不可知　視不一姓君莫悲 始皇有訓二世哲　君獨何人至於斯 灞陵一代無發毀　儉風本是張廷尉	卷四百八十五，15，P5507
	201.	杜牧	昔事文皇帝三十二韻	昔事文皇帝　叨官在諫垣　奏章爲得地 齰齒負明恩　金虎知難動　毛釐亦恥言 掩頭雖欲吐　到口卻成吞　照膽常懸鏡 窺天自戴盆　周鐘既窕槬　黥陣亦瘢痕 鳳闕觚稜影　仙盤曉日暾　雨晴文石滑 風暖戟衣翻　每慮號無告　長憂駭不存 隨行唯跼蹐　出語但寒暄　宮省咽喉任 戈矛羽衛屯　光塵皆影附　車馬定西奔 億萬持衡價　錙銖挾契論　堆時過北斗	卷五百二十一，16，P5960

				積處滿西園 接櫂隋河溢 連蹄蜀棧刓 漉空滄海水 搜盡卓王孫 鬭巧猴雕刺 誇趫索挂跟 狐威假白額 梟嘯得黃昏 馥馥芝蘭圃 森森枳棘藩 吠聲嗾國猘 公議怯膺門 竄逐諸丞相 蒼茫遠帝閽 一名爲吉士 誰免弔湘魂 間世英明主 中興道德尊 崑岡憐積火 河漢注清源 川口堤防決 陰車鬼怪掀 重雲開朗照 九地雪幽冤 我實剛腸者 形甘短褐髡 曾經觸蠆尾 猶得凭熊軒 杜若芳洲翠 嚴光釣瀨喧 溪山侵越角 封壤盡吳根 客恨縈春細 鄉愁壓思繁 祝堯千萬壽 再拜揖餘罇	
	202.	羅隱	淮口軍葬	一陣孤軍不復迴 更無分別只荒堆 莫言賦分須如此 曾作文皇赤子來	卷六百六十五，19，P7616
	203.	韋莊	贈邊將	昔因征遠向金微 馬出榆關一鳥飛 萬里只攜孤劍去 十年空逐塞鴻歸 手招都護新降虜 身著文皇舊賜衣 只待煙塵報天子 滿頭霜雪爲兵機	卷六百九十六，20，P8008

	204.	徐夤	東京次新安道中	賊去兵來歲月長 野蒿空滿壞牆匡 旋從古轍成深谷 幾見金輿過上陽 洛水送年催代謝 嵩山擎日拂穹蒼 殊時異世爲儒者 不見文皇與武皇	卷七百九，21，P8157
	205.	沈彬	納省卷贈爲首劉象	曾應大中天子舉 四朝風月鬢蕭疏 不隨世祖重攜劍 卻爲文皇再讀書 十載戰塵銷舊業 滿城春雨壞貧居 一枝何事於君借 仙桂年年幸有餘	卷七百四十三，21，P8457
	206.	徐鉉	奉酬度支陳員外	古來賢達士 馳騖唯羣書 非禮誓弗習 違道無與居 儒家若迂闊 遂將世情疏 吾友嗣世德 古風藹有餘 幸遇漢文皇 握蘭佩金魚 俯視長沙賦 悽悽將焉如	卷七百五十六，22，P9603
	207.	齊已	同光歲送人及第東歸	西笑道何光 新朝舊桂堂 春官如白傅 內試似文皇 變化龍三十 升騰鳳一行 還家幾多興 滿袖月中香	卷八百三十八，24，P9455
初唐	208.	張九齡	酬王六寒朝見詒	賈生流寓日 揚子寂寥時 在物多相背 唯君獨見思 漁爲江上曲 雪作郢中詞 忽枉兼金訊 長懷伐木詩	卷四十八，2，P583

初唐	209.	張九齡	將至岳陽有懷趙二	湘岸多深林 青冥晝結陰 獨無謝客賞 況復賈生心 草色雖云發 天光或未臨 江潭非所遇 爲爾白頭吟	卷四十八，2，P588
初唐	210.	張九齡	酬王履震遊園林見貽	宅生惟海縣 素業守郊園 中覽霸王說 上徼明主恩 一行罷蘭徑 數載歷金門 既負潘生拙 俄從周任言 透迤戀軒陛 蕭散反丘樊 舊逕稀人跡 前池耗水痕 併看芳樹老 唯覺敝廬存 自我棲幽谷 逢君翳覆盆 孟軻應有命 賈誼得無冤 江上行傷遠 林間偶避喧 地偏人事絕 時霽鳥聲繁 獨善心俱閉 窮居道共尊 樂因南澗藻 憂豈北堂萱 幽意加投漆 新詩重贈軒 平生徇知己 窮達與君論	卷四十九，2，P599
初唐	211.	楊炯	廣溪峽	廣溪三峽首 曠望兼川陸 山路遶羊腸 江城鎮魚腹 喬林百丈偃 飛水千尋瀑 驚浪回高天 盤渦轉深谷 漢氏昔云季 中原爭逐鹿 天下有英雄 襄陽有龍伏 常山集軍旅 永安興版築 池臺忽已傾 邦家遽淪覆 庸才若劉禪 忠佐爲心腹 設險猶可存 當無賈生哭	卷五十，6，P211

初唐	212.	宋之問	登粵王臺	江上粵王臺 登高望幾回 南溟天外合 北戶日邊開 地溼煙嘗起 山晴雨半來 冬花採盧橘 夏果摘楊梅 跡類虞翻枉 人非賈誼才 歸心不可見 白髮重相催	卷五十三，2，P651
初唐	213.	張說	岳州別梁六入朝	遠菴長沙渚 欣逢賈誼才 江山疲應接 風日復晴開 江樹雲間斷 湘山水上來 近洲朝鷺集 古戍夜猿哀 岸杼含蒼捄 河蒲秀紫臺 月餘偏地賞 心盡故人杯 自我違京洛 嗟君此泝洄 容華因別老 交舊與年頹 夢見長安陌 朝宗實盛哉	卷八十八，3，P973
初唐	214.	韋嗣立	酬崔光祿冬日述懷贈答	亭伯負高名 羽儀稱上京 魏珠能燭乘 秦璧許連城 六月飛將遠 三冬學已精 洛陽推賈誼 江夏貴黃瓊 推演中都術 旋參河尹聲 累遷登御府 移拜踐名卿 庭聚歌鍾麗 門羅棨戟榮 鸚杯飛廣席 獸火列前楹 散誕林園意 殷勤敬愛情 無容抱衰疾 良宴每招迎 契得心逾重 言忘道益眞 相勗忠義節 共談詞賦英 雕蟲曾靡棄 白鳳已先鳴 光接神愈駭 音來味不成 短歌甘自思 鴻藻彌難清 東里方希潤 西河敢竊明 厚誣空見迫	卷九十一，3，P988

				喪德豈無誠　端守宮闈地　寒煙朝暮平 顧才無術淺　懷器識憂盈　月下對雲闕 風前聞夜更　昌年雖共偶　歡會此難并 爲憐漳浦曲　沈痼有劉楨	
初唐	215.	李乂	奉和幸長安故城未央宮應制	鳳輦乘春陌　龍山訪故臺　北宮纔盡處 南斗獨昭回　肆覽飛宸札　稱觴引御杯 已觀蓬海變　誰厭柏梁災　代挹孫通禮 朝稱賈誼才　忝儕文雅地　先後各時來	卷九十二，3，P999
初唐	216.	鄭愔	哭郎著作	詩禮康成學　文章賈誼才　巳年人得夢 庚日鳥爲災　書草藏天閣　琴聲入夜臺 荒階羅駁蘚　虛座網浮埃　白馬賓徒散 青烏隴隧開　空憐門下客　懷舊幾遲迴	卷一百六，4，P1109
初唐	217.	徐彥伯	題東山子李適碑陰二首：二	回也實夭折　賈生亦脆促　今復哀若人 危光迅風燭　夜臺淪清鏡　窮塵埋結綠 何以贈下泉　生芻唯一束	卷七十六，3，P822
盛唐	218.	胡皓	同蔡孚起居詠鸚鵡	鸚鵡殊姿致　鸞皇得比肩　常尋金殿裏 每話玉階前　賈誼才方達　揚雄老未遷 能言既有地　何惜爲聞天	卷一百八，4，P1123
盛唐	219.	張子容	永嘉即事寄贛縣袁少府瓘	山繞樓臺出　谿通里閈斜　曾爲謝客郡 多有逐臣家　海氣朝成雨　江天晚作霞 題書報賈誼　此溼似長沙	卷一百十六，4，P1176

盛唐	220.	盧象	贈程祕書	客自岐陽來 吐音若鳴鳳 孤飛畏不偶 獨立誰見用 忽從被褐中 召入承明宮 聖人借顏色 言事無不通 殷勤拯黎庶 感激論諸公 將相猜賈誼 圖書歸馬融 顧余久寂寞 一歲麒麟閣 且共歌太平 勿嗟名宦薄	卷一百二十二，4，P1217
盛唐	221.	王維	過太乙觀賈生房	昔余棲遯日 之子煙霞鄰 共攜松葉酒 俱篸竹皮巾 攀林遍巖洞 采藥無冬春 謬以道門子 徵爲驂御臣 常恐丹液就 先我紫陽賓 夭促萬塗盡 哀傷百慮新 跡峻不容俗 才多反累眞 泣對雙泉水 還山無主人	卷一百二十五，4，P1252
盛唐	222.	王維	哭祖六自虛	否極嘗聞泰 嗟君獨不然 憫凶纔稚齒 羸疾主中年 餘力文章秀 生知禮樂全 翰留天帳覽 詞入帝宮傳 國訝終軍少 人知賈誼賢 公卿盡虛左 朋識共推先 不恨依窮轍 終期濟巨川 才雄望羔雁 壽促背貂蟬 福善聞前錄 殲良昧上玄 何辜鎩鸞翮 底事碎龍泉 鵩起長沙賦 麟終曲阜編 域中君道廣 海內我情偏 乍失疑猶見 沈思悟絕緣 生前不忍別	卷一百二十七，4，P1294

				死後向誰宣　爲此情難盡　彌令憶更纏 本家清渭曲　歸葬舊塋邊　永去長安道 徒聞京兆阡　旌車出郊甸　鄉國隱雲天 定作無期別　寧同舊日旋　候門家屬苦 行路國人憐　送客哀難進　征途泥復前 贈言爲挽曲　奠席是離筵　念昔同攜手 風期不暫捐　南山俱隱逸　東洛類神仙 未省音容間　那堪生死遷　花時金谷飲 月夜竹林眠　滿地傳都賦　傾朝看藥船 羣公咸屬目　微物敢齊肩　謬合同人旨 而將玉樹連　不期先挂劍　長恐後施鞭 爲善吾無矣　知音子絕焉　琴聲縱不沒 終亦繼悲弦	
盛唐	223.	王維	上張令公	珥筆趨丹陛　垂璫上玉除　步檐青瑣闥 方幰畫輪車　市閱千金字　朝聞五色書 致君光帝典　薦士滿公車　伏奏回金駕 橫經重石渠　從茲罷角牴　且復幸儲胥 天統知堯後　王章笑魯初　匈奴遙俯伏 漢相儼簪裾　賈生非不遇　汲黯自堪疏 學易思求我　言詩或起予　當從大夫後 何惜隸人餘	卷一百二十七，4，P1288

盛唐	224.	王維	送楊少府貶郴州	明到衡山與洞庭 若爲秋月聽猿聲 愁看北渚三湘遠 惡說南風五兩輕 青草瘴時過夏口 白頭浪裏出湓城 長沙不久留才子 賈誼何須弔屈平	卷一百二十八，4，P1297
盛唐	225.	孟浩然	晚春臥病寄張八	南陌春將晚 北窗猶臥病 林園久不遊 草木一何盛 狹逕花障迷 閒庭竹掃淨 翠羽戲蘭苕 頳鱗動荷柄 念我平生好 江鄉遠從政 雲山阻夢思 衾枕勞歌詠 歌詠復何爲 同心恨別離 世途皆自媚 流俗寡相知 賈誼才空逸 安仁鬢欲絲 遙情每東注 奔晷復西馳 常恐塡溝壑 無由振羽儀 窮通若有命 欲向論中推	卷一百五十九，5，P1618
盛唐	226.	孟浩然	送王昌齡之嶺南	洞庭去遠近 楓葉早驚秋 峴首羊公愛 長沙賈誼愁 土毛無縞紵 鄉味有槎頭 已抱沈痼疾 更貽魑魅憂 數年同筆硯 茲夕間衾裯 意氣今何在 相思望斗牛	卷一百六十，5，P1661
盛唐	227.	孟浩然	曉入南山	瘴氣曉氛氳 南山復水雲 鯤飛今始見 鳥墮舊來聞 地接長沙近 江從汨渚分 賈生曾弔屈 予亦痛斯文	卷一百六十，5，P1653

盛唐	228.	李白	送別得書字	水色南天遠 舟行若在虛 遷人發佳興 吾子訪閒居 日落看歸鳥 潭澄羨躍魚 聖朝思賈誼 應降紫泥書	卷一百七十七，5，P1805
盛唐	229.	李白	田園言懷	賈誼三年謫 班超萬里侯 何如牽白犢 飲水對清流	卷一百八十三，6，P1868
盛唐	230.	李白	雜曲歌辭： 行路難三首：二	大道如青天 我獨不得出 羞逐長安社中兒 赤雞白狗賭梨栗 彈劍作歌奏苦聲 曳裾王門不稱情 淮陰市井笑韓信 漢朝公卿忌賈生 君不見昔時燕家重郭隗 擁篲折腰無嫌猜 劇辛樂毅感恩分 輸肝剖膽效英才 昭王白骨縈蔓草 誰人更掃黃金臺 行路難，歸去來	卷二十五，2，P344
盛唐	231.	李白	行路難三首：二	大道如青天 我獨不得出 羞逐長安社中兒 赤雞白狗賭梨栗 彈劍作歌奏苦聲 曳裾王門不稱情 淮陰市井笑韓信 漢朝公卿忌賈生 君不見昔時燕家重郭隗 擁篲折節無嫌猜 劇辛樂毅感恩分 輸肝剖膽效英才 昭王白骨縈爛草 誰人更掃黃金臺 行路難，歸去來	卷一百六十二，5，P1684

盛唐	232.	李白	經亂離後天恩流夜郎憶舊遊書懷贈江夏韋太守良宰	天上白玉京 十二樓五城 仙人撫我頂 結髮受長生 誤逐世間樂 頗窮理亂情 九十六聖君 浮雲挂空名 天地賭一擲 未能望戰爭 試涉霸王略 將期軒冕榮 時命乃大謬 棄之海上行 學劍翻自哂 爲文竟何成 劍非萬人敵 文竊四海聲 兒戲不足道 五噫出西京 臨當欲去時 慷慨淚沾纓 嘆君倜儻才 標舉冠羣英 開筵引祖帳 慰此遠徂征 鞍馬若浮雲 送余驃騎亭 歌鍾不盡意 白日落昆明 十月到幽州 戈鋋若羅星 君王棄北海 掃地借長鯨 呼吸走百川 燕然可摧傾 心知不得語 卻欲棲蓬瀛 彎弧懼天狼 挾矢不敢張 攬涕黃金臺 呼天哭昭王 無人貴駿骨 騄耳空騰驤 樂毅儻再生 于今亦奔亡 蹉跎不得意 驅馬還貴鄉 逢君聽弦歌 肅穆坐華堂 百里獨太古 陶然臥羲皇 徵樂昌樂館 開筵列壺觴 賢豪間青娥 對燭儼成行 醉舞紛綺席 清歌繞飛梁 歡娛未終朝 秩滿歸咸陽 祖道擁萬人 供帳遙相望 一別隔千里 榮枯異炎涼 炎涼幾度改 九土中橫潰	卷一百七十，5，P1751

漢甲連胡兵　沙塵暗雲海　草木搖殺氣
星辰無光彩　白骨成丘山　蒼生竟何罪
函關壯帝居　國命懸哥舒　長戟三十萬
開門納兇渠　公卿如犬羊　忠讜醢與菹
二聖出遊豫　兩京遂丘墟　帝子許專征
秉旄控強楚　節制非桓文　軍師擁熊虎
人心失去就　賊勢騰風雨　惟君固房陵
誠節冠終古　僕臥香爐頂　餐霞漱瑤泉
門開九江轉　枕下五湖連　半夜水軍來
潯陽滿旌旃　空名適自誤　迫脅上樓船
徒賜五百金　棄之若浮煙　辭官不受賞
翻謫夜郎天　夜郎萬里道　西上令人老
掃蕩六合清　仍爲負霜草　日月無偏照
何由訴蒼昊　良牧稱神明　深仁恤交道
一忝青雲客　三登黃鶴樓　顧慚禰處士
虛對鸚鵡洲　樊山霸氣盡　寥落天地秋
江帶峨眉雪　川橫三峽流　萬舸此中來
連帆過揚州　送此萬里目　曠然散我愁
紗窗倚天開　水樹綠如髮　窺日畏銜山
促酒喜得月　吳娃與越豔　窈窕誇鉛紅
呼來上雲梯　含笑出簾櫳　對客小垂手
羅衣舞春風　賓跪請休息　主人情未極

				覽君荆山作 江鮑堪動色 清水出芙蓉 天然去雕飾 逸興横素襟 無時不招尋 朱門擁虎士 列戟何森森 剪鑿竹石開 縈流漲清深 登臺坐水閣 吐論多英音 片辭貴白璧 一諾輕黄金 謂我不愧君 青鳥明丹心 五色雲間鵲 飛鳴天上來 傳聞赦書至 卻放夜郎迴 暖氣變寒谷 炎煙生死灰 君登鳳池去 忽棄賈生才 桀犬尚吠堯 匈奴笑千秋 中夜四五歎 常爲大國憂 旌旆夾兩山 黄河當中流 連雞不得進 飲馬空夷猶 安得羿善射 一箭落旄頭	
盛唐	233.	李白	巴陵贈賈舍人	賈生西望憶京華 湘浦南遷莫怨嗟 聖主恩深漢文帝 憐君不遣到長沙	卷一百七十，5，P1757
盛唐	234.	李白	金陵送張十一再遊東吳	張翰黄花句 風流五百年 誰人今繼作 夫子世稱賢 再動游吳棹 還浮入海船 春光白門柳 霞色赤城天 去國難爲別 思歸各未旋 空餘賈生淚 相顧共悽然	卷一百七十六，5，P1800
盛唐	235.	李白	答高山人兼呈權顧二侯	虹霓掩天光 哲后起康濟 應運生夔龍 開元掃氛翳 太微廓金鏡 端拱清遐裔 輕塵集嵩嶽 虛點盛明意 謬揮紫泥詔	卷一百七十八，5，P1819

				獻納青雲際 讒惑英主心 恩疏佞臣計 仿徨庭闕下 歎息光陰逝 未作仲宣詩 先流賈生涕 挂帆秋江上 不爲雲羅制 山海向東傾 百川無盡勢 我於鴟夷子 相去千餘歲 運闊英達稀 同風遙執袂 登艫望遠水 忽見滄浪枻 高士何處來 虛舟渺安繫 衣貌本淳古 文章多佳麗 延引故鄉人 風義未淪替 顧侯達語默 權子識通蔽 曾是無心雲 俱爲此留滯 雙萍易飄轉 獨鶴思凌厲 明晨去瀟湘 共謁蒼梧帝	
盛唐	236.	杜甫	別蔡十四著作	賈生慟哭後 寥落無其人 安知蔡夫子 高義邁等倫 獻書謁皇帝 志以清風塵 流涕灑丹極 萬乘爲酸辛 天地則創痍 朝廷當正臣 異才復間出 周道日惟新 使蜀見知己 別顏始一伸 主人薨城府 扶櫬歸咸秦 巴道此相逢 會我病江濱 憶念鳳翔都 聚散俄十春 我衰不足道 但願子意陳 稍令社稷安 自契魚水親 我雖消渴甚 敢望帝力勤 尙思未朽骨 復覩耕桑民 積水架三峽 浮龍倚長津	卷二百二十，7，P2330

				揚舲洪濤間 仗子濟物身 鞍馬下秦塞 王城通北辰 玄甲聚不散 兵久食恐貧 窮谷無粟帛 使者來相因 若憑南轅吏 書札到天垠	
盛唐	237.	杜甫	別張十三建封	嘗讀唐實錄 國家草昧初 劉裴建首義 龍見尙躊躇 秦王撥亂姿 一劍總兵符 汾晉爲豐沛 暴隋竟滌除 宗臣則廟食 後祀何疏蕪 彭城英雄種 宜膺將相圖 爾惟外曾孫 倜儻汗血駒 眼中萬少年 用意盡崎嶇 相逢長沙亭 乍問緒業餘 乃吾故人子 童丱聊居諸 揮手灑哀淚 仰看八尺軀 內外名家流 風神蕩江湖 范雲堪晚友 嵇紹自不孤 擇材征南幕 湖落回鯨魚 載感賈生慟 復聞樂毅書 主憂急盜賊 師老荒京都 舊丘豈稅駕 大廈傾宜扶 君臣各有分 管葛本時須 雖當霰雪嚴 未覺栝柏枯 高義在雲臺 嘶鳴望天衢 羽人掃碧海 功業竟何如	卷二百二十三，7，P2380

盛唐	238.	杜甫	題鄭十八著作虔	台州地闊海冥冥　雲水長和島嶼青 亂後故人雙別淚　春深逐客一浮萍 酒酣懶舞誰相拽　詩罷能吟不復聽 第五橋東流恨水　皇陂岸北結愁亭 賈生對鵩傷王傅　蘇武看羊陷賊庭 可念此翁懷直道　也霑新國用輕刑 禰衡實恐遭江夏　方朔虛傳是歲星 窮巷悄然車馬絕　案頭乾死讀書螢	卷二百二十五，7，P2412
盛唐	239.	杜甫	久客	羈旅知交態　淹留見俗情　衰顏聊自哂 小吏最相輕　去國哀王粲　傷時哭賈生 狐狸何足道　豺虎正縱橫	卷二百二十八，7，P2474
盛唐	240.	杜甫	春日江村五首：五	羣盜哀王粲　中年召賈生　登樓初有作 前席竟爲榮　宅入先賢傳　才高處士名 異時懷二子　春日復含情	卷二百二十八，7，P2474
盛唐	241.	杜甫	入喬口	漠漠舊京遠　遲遲歸路賒　殘年傍水國 落日對春華　樹蜜早蜂亂　江泥輕燕斜 賈生骨已朽　悽惻近長沙	卷二百三十三，7，P2568
盛唐	242.	杜甫	發潭州	夜醉長沙酒，曉行湘水春。岸花飛送客，檣燕語留人。賈傅才未有，褚公書絕倫。高名前後事，回首一傷神。	卷二百三十三，7，P2578

盛唐	243.	杜甫	秋日寄題鄭監湖上亭三首	新作湖邊宅，還聞賓客過。自須開竹逕，誰道避雲蘿。官序潘生拙，才名賈傅多。舍舟應轉地，鄰接意如何。	231，7，P2545
盛唐	244.	杜甫	清明二首	朝來新火起新煙，湖色春光淨客船。 繡羽銜花他自得，紅顏騎竹我無緣。 胡童結束還難有，楚女腰肢亦可憐。 不見定王城舊處，長懷賈傅井依然。 虛霑焦舉爲寒食，實藉嚴君賣卜錢。 鐘鼎山林各天性，濁醪粗飯任吾年。 定王城賈傅井，思沙沙遺跡也	
盛唐	245.	杜甫	八哀詩：贈左僕射鄭國公嚴公武	鄭公瑚璉器 華岳金天晶 昔在童子日 已聞老成名 嶷然大賢後 復見秀骨清 開口取將相 小心事友生 閱書百紙盡 落筆四座驚 歷識匪父任 嫉邪常力爭 漢議尙整肅 胡騎忽縱橫 飛傳自河隴 逢人問公卿 不知萬乘出 雪涕風悲鳴 受詞劍閣道 謁帝蕭關城 寂寞雲臺仗 飄颻沙塞旌 江山少使者 笳鼓凝皇情 壯士血相視 忠臣氣不平 密論貞觀體 揮發岐陽征 感激動四極 聯翩收二京 西郊牛酒再 原廟丹青明 匡汲俄寵辱	卷二百二十二，7，P2350

				衛霍竟哀榮 四登會府地 三掌華陽兵 京兆空柳色 尙書無履聲 羣烏自朝夕 白馬休橫行 諸葛蜀人愛 文翁儒化成 公來雪山重 公去雪山輕 記室得何遜 韜鈐延子荆 四郊失壁壘 虛館開逢迎 堂上指圖畫 軍中吹玉笙 豈無成都酒 憂國只細傾 時觀錦水釣 問俗終相并 意待犬戎滅 人藏紅粟盈 以茲報主願 庶或裨世程 炯炯一心在 沈沈二豎嬰 顏回竟短折 賈誼徒忠貞 飛旐出江漢 孤舟輕荆衡 虛無馬融笛 悵望龍驤塋 空餘老賓客 身上愧簪纓	
盛唐	246.	杜甫	同元使君舂陵行	遭亂髮盡白 轉衰病相嬰 沈綿盜賊際 狼狽江漢行 歎時藥力薄 爲客羸瘵成 吾人詩家秀 博采世上名 粲粲元道州 前聖畏後生 觀呼舂陵作 欻見俊哲情 復覽賊退篇 結也實國楨 賈誼昔流慟 匡衡常引經 道州憂黎庶 詞氣浩縱橫 兩章對秋月 一字偕華星 至君唐虞際 純樸憶大庭 何時降璽書 用爾爲丹青 獄訟永衰息 豈唯偃甲兵 悽惻念誅求	卷二百二十二，7，P2360

				薄斂近休明 乃知正人意 不苟飛長纓 涼飆振南岳 之子寵若驚 色阻金印大 興含滄浪清 我多長卿病 日夕思朝廷 肺枯渴太甚 漂泊公孫城 呼兒具紙筆 隱几臨軒楹 作詩呻吟內 黑澹字攲傾 感彼危苦詞 庶幾知者聽	
盛唐	247.	錢起	送嚴維尉河南	蕙葉青青花亂開 少年趨府下蓬萊 甘泉未獻揚雄賦 吏道何勞賈誼才 征陌獨愁飛蓋遠 離筵只惜暝鐘催 欲知別後相思處 願植瓊枝向柏臺	卷二百三十九，8，P2670
盛唐	248.	王羨門	都中閒居	君王巡海內 北闕下明臺 雲物天中少 煙花歲後來 河從御苑出 山向國門開 寂寞東京裏 空留賈誼才	卷二百三，6，P2127
盛唐	249.	李嘉祐	裴侍御見贈斑竹杖	騷人誇竹杖 贈我意何深 萬點湘妃淚 三年賈誼心 願持終白首 誰道貴黃金 他日歸愚谷 偏宜綠綺琴	卷二百六，6，P2147
盛唐	250.	儲光羲	奉酬張五丈垂贈	綵服去江汜 白雲生大梁 星辰動異色 羔雁成新行 日望天朝近 時憂郢路長 情言間邁軸 惠念及滄浪 松柏以之茂 江湖亦自忘 賈生方弔屈 豈敢比南昌	卷一百三十九，4，P1416

中唐	251.	劉長卿	送李使君貶連州	獨過長沙去 誰堪此路愁 秋風散千騎 寒雨泊孤舟 賈誼辭明主 蕭何識故侯 漢廷當自召 湘水但空流	卷一百四十七，5，P1485
中唐	252.	劉長卿	奉寄婺州李使君舍人	建隼罷鳴珂 初傳來暮歌 漁樵識太古 草樹得陽和 東道諸生從 南依遠客過 天清婺女出 土厚絳人多 永日空相望 流年復幾何 崖開當夕照 葉去逐寒波 眼暗經難受 身閒劍懶磨 似鴞占賈誼 上馬試廉頗 窮分安藜藿 衰容勝薜蘿 只應隨越鳥 南翥託高柯	卷一百四十九，5，P1540
中唐	253.	劉長卿	自江西歸至舊任官舍贈袁贊府	卻見同官喜復悲 此生何幸有歸期 空庭客至逢搖落 舊邑人稀經亂離 湘路來過迴雁處 江城臥聽擣衣時 南方風土勞君問 賈誼長沙豈不知	卷一百五十一，5，P1567
中唐	254.	劉長卿	自夏口至鸚鵡洲夕望岳陽寄源中丞	〔汀〕洲無浪復無煙 楚客相思益渺然 漢口夕陽斜渡鳥 洞庭秋水遠連天 孤城背嶺寒吹角 獨戍臨江夜泊船 賈誼上書憂漢室 長沙謫去古今憐	卷一百五十一，5，P1569
中唐	255.	劉長卿	長沙過賈誼宅	三年謫宦此棲遲 萬古惟留楚客悲 秋草獨尋人去後 寒林空見日斜時 漢文有道恩猶薄 湘水無情弔豈知 寂寂江山搖落處 憐君何事到天涯	卷一百五十一，5，P1566

中唐	256.	劉長卿	淮上送梁二恩命追赴上都	賈生年最少 儒行漢庭聞 拜手卷黃紙 迴身謝白雲 故關無去客 春草獨隨君 淼淼長淮水 東西自此分	卷一百四十七，5，P1496
中唐	257.	劉長卿	歲日見新曆因寄都官裴郎中	青陽振蟄初頒曆 白首銜冤欲問天 絳老更能經幾歲 賈生何事又三年 愁占蓍草終難決 病對椒花倍自憐 若道平分四時氣 南枝爲底發春偏	卷一百五十一，5，P1563
中唐	258.	劉長卿	送賈三北遊	賈生未達猶窘迫 身馳匹馬邯鄲陌 片雲郊外遙送人 斗酒城邊暮留客 顧予他日仰時髦 不堪此別相思勞 雨色新添漳水綠 夕陽遠照蘇門高 把袂相看衣共緇 窮愁只是惜良時 亦知到處逢下榻 莫滯秋風西上期	卷一百五十一，5，P1574
中唐	259.	戴叔倫	過賈誼宅	一謫長沙地 三年歎逐臣 上書憂漢室 作賦弔靈均 舊宅秋荒草 西風客薦蘋 淒涼回首處 不見洛陽人	卷二百七十三，9，P3075
中唐	260.	戴叔倫	過賈誼舊居	楚鄉卑溼歎殊方 鵩賦人非宅已荒 謾有長書憂漢室 空將哀些弔沅湘 雨餘古井生秋草 葉盡疏林見夕陽 過客不須頻太息 咸陽宮殿亦淒涼	卷二百七十三，9，P3094

中唐	261.	戴叔倫	送張南史	陋巷無車轍 煙蘿總是春 賈生獨未達 原憲竟忘貧 草座留山月 荷衣遠洛塵 最憐知己在 林下訪閒人	卷二百七十三，9，P3072
中唐	262.	李羣玉	讀賈誼傳	卑溼長沙地 空拋出世才 已齊生死理 鵩鳥莫爲災	卷五百七十，17，P6607
中唐	263.	吳仁璧	賈誼	扶持一疏滿遺編 漢陛前頭正少年 誰道恃才輕絳灌 卻將惆悵弔湘川	卷六百九十，20，P7922
中唐	264.	李端	度關山	雁塞日初晴 狐關雪復平 危樓緣廣漠 古竇傍長城 拂劍金星出 彎弧玉羽鳴 誰知係虜者 賈誼是書生	卷二百八十五，9，P3242
中唐	265.	李端	相和歌辭：襄陽曲	襄陽堤路長 草碧楊柳黃 誰家女兒臨夜妝 紅羅帳裏有燈光 雀釵翠羽動明璫 欲出不出脂粉香 同居女伴正衣裳 中庭寒月白如霜 賈生十八稱才子 空得門前一斷腸	卷二十一，1，P274
中唐	266.	李端	張左丞輓歌二首	素旆低寒水，清笳出曉風。鳥來傷賈傅，馬立葬滕公。松柏青山上，城池白日中。一朝今古隔，唯有月明同。	……〔3267〕285，9

中唐	267.	獨孤及	送陳兼應辟兼寄高適賈至	結綠處燕石　卞和不必知　所以王佐才 未能忘茅茨　罷官梁山外　穫稻楚水湄 適會傅巖人　虛舟濟川時　天網忽搖頓 公才難棄遺　鳳凰翔千仞　今始一鳴岐 上馬指國門　舉鞭射書帷　預知大人賦 掩卻歸來詞　天子方在宥　朝廷張四維 料君能獻可　努力副疇咨　舊友滿皇州 高冠飛翠蕤　相逢絳闕下　應道軒車遲 高侯秉戎翰　策馬觀西夷　方從幕中事 參謀王者師　賈生去洛陽　焜耀琳瑯姿 芳名動北步　逸韻陵南皮　肅肅舉鴻毛 泠然順風吹　波流有同異　由是限別離 漢塞隔隴底　秦川連鎬池　白雲日夜滿 道里安可思　夢想浩盈積　物華愁變衰 因君附錯刀　送遠益淒其　四海各橫絕 九霄應易期　不知故巢燕　決起棲何枝	卷二百四十六，8，P2764
中唐	268.	張南史	早春書事奉寄中書李舍人	儒服山東士　衡門洛下居　風塵遊上路 簡冊委空廬　戎馬生郊日　賢人避地初 竄身初浩蕩　投跡豈躊躇　翠羽憐窮鳥 瓊枝顧散樗　還令親道術　倒欲混樵漁 敝縕袍多補　飛蓬鬢少梳　誦詩陪賈誼	卷二百九十六，9，P3359

				酌酒伴應璩 鶴膝兵家備 鳧茨儉歲儲 泊舟依野水 開逕接園蔬 暫閱新山澤 長懷故里閭 思賢乘朗月 覽古到荒墟 在竹慚充箭 爲蘭幸免鋤 那堪聞相府 更遣詣公車 蹇足終難進 嚬眉竟未舒 事從因病止 生寄負恩餘 不見神仙久 無由鄙吝祛 帝庭張禮樂 天閣繡簪裾 日色浮青瑣 香煙近玉除 神清王子敬 氣逐馬相如 銅漏時常靜 金門步轉徐 唯看五字表 不記八行書 宿昔投知己 周旋謝起予 祇應高位隔 詎是故情疏 爲報周多士 須憐楚子虛 一身從棄置 四節苦居諸 柳發三條陌 花飛六輔渠 靈盤浸沆瀣 龍首映儲胥 北海樽留客 西江水救魚 長安同日遠 不敢詠歸歟	
中唐	269.	于鵠	送遷客二首：一	得罪誰人送 來時不到家 白頭無侍子 多病向天涯 莽蒼凌江水 黃昏見塞花 如今賈誼賦 不漫說長沙	卷三百十，10，P3505

中唐	270.	權德輿	奉和許閣老酬淮南崔十七端公見寄	文行蘊良圖 聲華挹大巫 掄才超粉署 駮議在黃樞 自得環中辨 偏推席上儒 八音諧雅樂 六轡騁康衢 密侍仝鏘珮 雄才本棄繻 爐煙霏瑣闥 宮漏滴銅壺 舊友雙魚至 新文六義敷 斷金揮麗藻 比玉詠生芻 交辟嘗推重 單辭忽受誣 風波疲賈誼 岐路泣楊朱 溟漲前程險 炎荒旅夢孤 空悲鳶跕水 翻羨雁銜蘆 故國方迢遞 羈愁自鬱紆 遠猷來象魏 霈澤過番禺 盡室扁舟客 還家萬里途 索居因仕宦 著論擬潛夫 帆席來應駛 郊園半已蕪 夕陽尋古逕 涼吹動纖枯 憶昔同驅傳 忘懷或據梧 幕庭依古刹 緡稅給中都 瓜步經過慣 龍沙眺聽殊 春山嵐漠漠 秋渚露塗塗 孰謂原思病 非關甯武愚 方看簪獬豸 俄歎縶騊駼 芳訊風情在 佳期歲序徂 二賢歡最久 三益義非無 柏悅心應爾 松寒志不渝 子將陪禁掖 亭伯限江湖 交分終推轂 離憂莫向隅 分曹日相見 延首憶田蘇	卷三百二十一，10，P3614

中唐	271.	韓愈	陪杜侍御遊湘西兩寺獨宿有題一首因獻楊常侍	長沙千里平 勝地猶在險 況當江闊處 斗起勢匪漸 深林高玲瓏 青山上琬琰 路窮臺殿闢 佛事煥且儼 剖竹走泉源 開廊架崖广 是時秋之殘 暑氣尚未斂 羣行忘後先 朋息棄拘檢 客堂喜空涼 華榻有清簟 澗蔬煮蒿芹 水果剝菱芡 伊余夙所慕 陪賞亦云忝 幸逢車馬歸 獨宿門不掩 山樓黑無月 漁火燦星點 夜風一何喧 杉檜屢磨颭 猶疑在波濤 怵惕夢成魘 靜思屈原沈 遠憶賈誼貶 椒蘭爭妒忌 絳灌共讒諂 誰令悲生腸 坐使淚盈臉 翻飛乏羽翼 指摘困瑕玷 珥貂藩維重 政化類分陝 禮賢道何優 奉己事苦儉 大廈棟方隆 巨川檝行剡 經營誠少暇 遊宴固已歉 旅程愧淹留 徂歲嗟荏苒 平生每多感 柔翰遇頻染 展轉嶺猿鳴 曙燈青睒睒	卷三百三十七，10，P3777
中唐	272.	韓愈	題張十一旅舍三詠： 井	賈誼宅中今始見 葛洪山下昔曾窺 寒泉百尺空看影 正是行人渴死時	卷三百四十三，10，P3843

中唐	273.	元稹	酬樂天餘思不盡加爲六韻之作	律呂同聲我爾身　文章君是一伶倫 衆推賈誼爲才子　帝喜相如作侍臣 次韻千言曾報答　直詞三道共經綸 元詩駮雜眞難辨　白樸流傳用轉新 蔡女圖書雖在口　于公門戶豈生塵 商瞿未老猶希冀　莫把籯金便付人	卷四百十七，12，P4600
中唐	274.	白居易	寄唐生	賈誼哭時事　阮籍哭路岐　唐生今亦哭 異代同其悲　唐生者何人　五十寒且飢 不悲口無食　不悲身無衣　所悲忠與義 悲甚則哭之　太尉擊賊日　尚書叱盜時 大夫死兇寇　諫議謫蠻夷　每見如此事 聲發涕輒隨　往往聞其風　俗士猶或非 憐君頭半白　其志竟不衰　我亦君之徒 鬱鬱何所爲　不能發聲哭　轉作樂府詩 篇篇無空文　句句必盡規　功高虞人箴 痛甚騷人辭　非求宮律高　不務文字奇 惟歌生民病　願得天子知　未得天子知 甘受時人嗤　藥良氣味苦　琴澹音聲稀 不懼權豪怒　亦任親朋議　人竟無奈何 呼作狂男兒　每逢羣盜息　或遇雲霧披 但自高聲歌　庶幾天聽卑　歌哭雖異名 所感則同歸　寄君三十章　與君爲哭詞	卷四百二十四，13，P4663

中唐	275.	白居易	憶微之傷仲遠	幽獨辭羣久 漂流去國賒 只將琴作伴 唯以酒爲家 感逝因看水 傷離爲看花 李三埋地底 元九謫天涯 舉眼青雲遠 回頭白日斜 可能勝賈誼 猶自滯長沙	卷四百三十九，13，P4883
中唐	276.	白居易	江州赴忠州至江陵已來舟中示舍弟五十韻	昔作咸秦客 常思江海行 今來仍盡室 此去又專城 典午猶爲幸 分憂固是榮 箄篁州乘送 艛艓驛船迎 共載皆妻子 同遊即弟兄 寧辭浪跡遠 且貴賞心并 雲展帆高挂 飆馳櫂迅征 泝流從漢浦 循路轉荊衡 山逐時移色 江隨地改名 風光近東早 水木向南清 夏口煙孤起 湘川雨半晴 日煎紅浪沸 月射白砂明 北渚寒留雁 南枝暖待鶯 駢朱桃露萼 點翠柳含萌 亥市魚鹽聚 神林鼓笛鳴 壺漿椒葉氣 歌曲竹枝聲 繫纜憐沙靜 垂綸愛岸平 水餐紅粒稻 野茹紫花菁 甌汎茶如乳 臺黏酒似餳 膾長抽錦縷 藕脆削瓊英 容易來千里 斯須進一程 未曾勞氣力 漸覺有心情 臥穩添春睡 行遲帶酒醒 忽愁牽世網 便欲濯塵纓 早接文場戰 曾爭翰苑盟 掉頭稱俊造	卷四百四十，13，P4912

				翹足取公卿 且昧隨時義 徒輸報國誠 衆排恩易失 偏壓勢先傾 虎尾憂危切 鴻毛性命輕 燭蛾誰救活 蠶繭自纏縈 斂手辭雙闕 回眸望兩京 長沙抛賈誼 漳浦臥劉楨 鵩鳩鳴還歇 蟾蜍破又盈 年光同激箭 鄉思極搖旌 潦倒親知笑 衰羸舊識驚 烏頭因感白 魚尾爲勞頳 劍學將何用 丹燒竟不成 孤舟萍一葉 雙鬢雪千莖 老見人情盡 閒思物理精 如湯探冷熱 似博鬬輸贏 險路應須避 迷途莫共爭 此心知止足 何物要經營 玉向泥中潔 松經雪後貞 無妨隱朝市 不必謝寰瀛 但在前非悟 期無後患嬰 多知非景福 少語是元亨 晦即全身藥 明爲伐性兵 昏昏隨世俗 蠢蠢學黎甿 鳥以能言糒 龜緣入夢烹 知之一何晚 猶足保餘生	
中唐	277.	白居易	不准擬二首：二	憶昔謫居炎瘴地 巴猿引哭虎隨行 多於賈誼長沙苦 小校潘安白髮生 不准擬身年六十 遊春猶自有心情	卷四百五十一，14，P5099

中唐	278.	白居易	端居詠懷	賈生俟罪心相似　張翰思歸事不如 斜日早知驚鵩鳥　秋風悔不憶鱸魚 胸襟曾貯匡時策　懷袖猶殘諫獵書 從此萬緣都擺落　欲攜妻子買山居	卷四百三十九，13，P4885
中唐	279.	白居易	江亭夕望	憑高望遠思悠哉　晚上江亭夜未迴 日欲沒時紅浪沸　月初生處白煙開 辭枝雪蕊將春去　滿鑷霜毛送老來 爭敢三年作歸計　心知不及賈生才	卷四百三十九，13，P4892
中唐	280.	白居易	偶然二首：一	楚懷邪亂靈均直　放棄合宜何惻惻 漢文明聖賈生賢　謫向長沙堪歎息 人事多端何足怪　天文至信猶差忒 月離于畢合滂沱　有時不雨何能測	卷四百三十九，13，P4893
中唐	281.	白居易	讀史五首：一	楚懷放靈均　國政亦荒淫　彷徨未忍決 繞澤行悲吟　漢文疑賈生　謫置湘之陰 是時刑方措　此去難爲心　士生一代間 誰不有浮沈　良時眞可惜　亂世何足欽 乃知汨羅恨　未抵長沙深	卷四百二十五，13，P4679

中唐	282.	白居易	代書詩一百韻寄微之	憶在貞元歲 初登典校司 身名同日授 心事一言知 肺腑都無隔 形骸兩不羈 疎狂屬年少 閒散爲官卑 分定金蘭契 言通藥石規 交賢方汲汲 友直每偲偲 有月多同賞 無杯不共持 秋風拂琴匣 夜雪卷書帷 高上慈恩塔 幽尋皇子陂 唐昌玉蕊會 崇敬牡丹期 笑勸迂辛酒 閒吟短李詩 儒風愛敦質 佛理賞玄師 度日曾無悶 通宵靡不爲 雙聲聯律句 八面對宮棋 往往遊三省 騰騰出九逵 寒銷直城路 春到曲江池 樹暖枝條弱 山晴彩翠奇 峯攢石綠點 柳宛麴塵絲 岸草煙鋪地 園花雪壓枝 早光紅照耀 新溜碧逶迤 幄幕侵堤布 盤筵占地施 徵伶皆絕藝 選伎悉名姬 粉黛凝春態 金鈿耀水嬉 風流誇墮髻 時世鬬啼眉 密坐隨歡促 華尊逐勝移 香飄歌袂動 翠落舞釵遺 籌插紅螺椀 觥飛白玉卮 打嫌調笑易 飲訝卷波遲 殘席諠譁散 歸鞍酩酊騎 酡顏烏帽側 醉袖玉鞭垂 紫陌傳鐘鼓 紅塵塞路岐 幾時曾暫別 何處不相隨 荏苒星霜換 迴環節候催 兩衙多請告 三考欲成資 運啓千年聖	卷四百三十六，13，P4824

天成萬物宜　皆當少壯日　同惜盛明時
光景嗟虛擲　雲霄竊暗窺　攻文朝矻矻
講學夜孜孜　策目穿如札　鋒毫銳若錐
繁張獲鳥網　堅守釣魚坻　并受夔龍薦
齊陳鼂董詞　萬言經濟略　三策太平基
中第爭無敵　專場戰不疲　輔車排勝陣
掎角搴降旗　雙闕紛容衛　千僚儼等衰
恩隨紫泥降　名向白麻披　既在高科選
還從好爵縻　東垣君諫諍　西邑我驅馳
再喜登烏府　多慚侍赤墀　官班分內外
遊處遂參差　每列鵷鸞序　偏瞻獬豸姿
簡威霜凜冽　衣彩繡葳蕤　正色摧強禦
剛腸嫉喔咿　常憎持祿位　不擬保妻兒
養勇期除惡　輸忠在滅私　下韝驚燕雀
當道懾狐狸　南國人無怨　東臺吏不欺
理冤多定國　切諫甚辛毗　造次行於是
平生志在茲　道將心共直　言與行兼危
水暗波翻覆　山藏路險巇　未爲明主識
已被倖臣疑　木秀遭風折　蘭芳遇霰萎
千鈞勢易壓　一柱力難搘　騰口因成痏
吹毛遂得疵　憂來吟貝錦　謫去詠江蘺
邂逅塵中遇　殷勤馬上辭　賈生離魏闕
王粲向荆夷　水過清源寺　山經綺季祠

				心搖漢臯珮 淚墮峴亭碑 驛路緣雲際 城樓枕水湄 思鄉多繞澤 望闕獨登陴 林晚青蕭索 江平綠渺瀰 野秋鳴蟋蟀 沙冷聚鸕鷀 官舍黃茅屋 人家苦竹籬 白醪充夜酌 紅粟備晨炊 寡鶴摧風翮 鰥魚失水鬐 闇雛啼渴旦 涼葉墜相思 一點寒燈滅 三聲曉角吹 藍衫經雨故 驄馬臥霜羸 念涸誰濡沫 嫌醒自歠醨 耳垂無伯樂 舌在有張儀 負氣衝星劍 傾心向日葵 金言自銷鑠 玉性肯磷緇 伸屈須看蠖 窮通莫問龜 定知身是患 應用道爲醫 想子今如彼 嗟予獨在斯 無憀當歲杪 有夢到天涯 坐阻連襟帶 行乖接履綦 潤銷衣上霧 香散室中芝 念遠緣遷貶 驚時爲別離 素書三往復 明月七盈虧 舊里非難到 餘歡不可追 樹依興善老 草傍靜安衰 前事思如昨 中懷寫向誰 北村尋古柏 南宅訪辛夷 此日空搔首 何人共解頤 病多知夜永 年長覺秋悲 不飲長如醉 加餐亦似飢 狂吟一千字 因使寄微之	

中唐	283.	賈島	寄令狐綯相公	驢駿勝羸馬 東川路匪賒 一緘論賈誼 三蜀寄嚴家 澄徹霜江水 分明露石沙 話言聲及政 棧閣谷離斜 自著衣偏暖 誰憂雪六花 裹裳留闊樸 防患與通茶 山館中宵起 星河殘月華 雙僮前日雇 數口向天涯 良樂知騏驥 張雷驗鏌鋣 謙光賢將相 別紙聖龍蛇 豈有斯言玷 應無白璧瑕 不妨圓魄裏 人亦指蝦蟇	卷五百七十三，17，P6659
中唐	284.	賈島	送友人之南陵	莫歎徒勞向宦途 不羣氣岸有誰如 南陵暫掌仇香印 北闕終行賈誼書 好趁江山尋勝境 莫辭韋杜別幽居 少年躍馬同心使 免得詩中道跨驢	卷五百七十四，17，P6692
中唐	285.	牟融	題趙支	林間曲徑掩衡茅 遶屋青青翡翠梢 一枕秋聲鸞舞月 半窗雲影鶴歸巢 曾聞賈誼陳奇策 肯學揚雄賦解嘲 我有清風高節在 知君不負歲寒交	卷四百六十七，14，P5311
中唐	286.	牟融	寄永平友人：一	故人千里隔天涯 幾度臨風動遠思 賈誼上書曾伏闕 仲舒陳策欲匡時 高風落落誰同調 往事悠悠我獨悲 何日歸來話疇昔 一樽重敍舊襟期	卷四百六十七，14，P5313

中唐	287.	雍裕之	聽彈沈湘	賈誼投文弔屈平　瑤琴能寫此時情 秋風一奏沈湘曲　流水千年作恨聲	卷四百七十一，14，P5351
中唐	288.	張祜	贈李修源	岳陽新尉曉衙參　卻是傍人意未甘 昨夜與君思賈誼　長沙猶在洞庭南	卷五百十一，15，P5837
中唐	289.	張籍	奉和陝州十四翁中丞寄雷州二十二翁司戶之作	聯飛獨不前，迴落海南天。賈傅竟行矣，邵公惟泫然。瘴開山更遠，路極水無邊。沈劣本多感，況聞原上篇。	……〔4325〕384，12
中唐	290.	柳宗元	酬韶州裴曹長使君寄道州呂八大使因以見示二十韻一首（并序）	金馬嘗齊入，銅魚亦共頒。疑山看積翠，湞水想澄灣。標榜同驚俗，清明兩照姦。乘軺參孔僅，按節服侯狦（道州昔使絕域，遂無猾夏之虞。漢書匈奴傳，稽侯狦號呼韓邪單于）。 賈傅辭寧切，虞童發未□。秉心方的的，騰口任□□。聖理高懸象，爰書降罰鍰。德風流海外，和氣滿人寰。御魅恩猶貸，思賢淚自潸。在亡均寂寞，零落間惸鰥。夙志隨憂盡，殘肌觸瘴□。月光搖淺瀨，風韻碎枯菅。海俗衣猶卉，山夷髻不鬟。泥沙潛虺蜮，榛莽鬥豺獌。循省誠知懼，安排祗自憪。食貧甘莽鹵，被褐謝斕斒。遠物裁青罽，時珍饌白鷴。長捐楚客佩，未賜大夫環。異政徒云仰，高蹤不可攀。空勞慰憔悴，妍唱劇妖嫺。	……〔3928〕351，11

中唐	291.	顧況	寄祕書包監	一別長安路幾千 遙知舊日主人憐 賈生只是三年謫 獨自無才已四年	卷二百六十七，8，P2969
中唐	292.	李益	送人流貶	漢章雖約法 秦律已除名 謗遠人多惑 官微不自明 霜風先獨樹 瘴雨失荒城 疇昔長沙事 三年召賈生	卷二百八十三，9，P3214
中唐	293.	劉禹錫	詠史二首：二	賈生明王道 衛綰工車戲 同遇漢文時 何人居貴位	卷三百六十四，11，P4106
中唐	294.	孟郊	羅氏花下奉招陳侍御	眼在枝上春 落地成埃塵 不是風流者 誰爲攀折人 寧辭波浪闊 莫道往來頻 拾紫豈宜晚 掇芳須及晨 勞收賈生淚 強起屈平身 花下本無俗 酒中別有神 遊蜂不飲故 戲蝶亦爭新 萬物盡如此 過時非所珍	卷三百七十六，11，P4216
中唐	295.	孟郊	贈別崔純亮	食薺腸亦苦 強歌聲無歡 出門即有礙 誰謂天地寬 有礙非遐方 長安大道傍 小人智慮險 平地生太行 鏡破不改光 蘭死不改香 始知君子心 交久道益彰 君心與我懷 離別俱迴遑 譬如浸蘗泉 流苦已日長 忍泣目易衰 忍憂形易傷 項籍豈不壯 賈生豈不良 當其失意時	卷三百七十七，12，P4229

				涕泗各沾裳 古人勸加餐 此餐難自強 一飯九祝噎 一嗟十斷腸 況是兒女怨 怨氣凌彼蒼 彼蒼若有知 白日下清霜 今朝始驚歎 碧落空茫茫	
中唐	296.	孟郊	寄張籍	未見天子面 不如雙盲人 賈生對文帝 終日猶悲辛 夫子亦如盲 所以空泣麟 有時獨齋心 髣髴夢稱臣 夢中稱臣言 覺後眞埃塵 東京有眼富不如 西京無眼貧西京 無眼猶有耳隔牆 時聞天子車轔轔 轔轔車聲輾冰玉 南郊壇上禮百神 西明寺後窮瞎張太祝 縱爾有眼誰爾珍 天子咫尺不得見 不如閉眼且養眞	卷三百七十八，12，P4238
中唐	297.	李賀	感諷五首：二	奇俊無少年 日車何躃躃 我待紆雙綬 遺我星星髮 都門賈生墓 青蠅久斷絕 寒食搖揚天 憤景長肅殺 皇漢十二帝 唯帝稱睿哲 一夕信豎兒 文明永淪歇	卷三百九十一，12，P4411

中唐	298.	張碧	秋日登岳陽樓晴望	三秋倚練飛金盞　洞庭波定平如剗 天高雲卷綠羅低　一點君山礙人眼 漫漫萬頃鋪琉璃　煙波闊遠無鳥飛 西南東北競無際　直疑侵斷青天涯 屈原回日牽愁吟　龍宮感激致應沈 賈生憔悴說不得　茫茫煙靄堆湖心	卷四百六十九，14，P5338
中唐	299.	鄭立之	哭林傑	才高未及賈生年　何事孤魂逐逝川 螢聚帳中人已去　鶴離臺上月空圓	卷四百七十二，14，P5361
中唐	300.	李紳	逾嶺嶠止荒陬抵高要	天將南北分寒燠　北被羔裘南卉服 寒氣凝爲戎虜驕　炎蒸結作蟲虺毒 周王止化惟荆蠻　漢武鑿遠通孱顔 南標銅柱限荒徼　五嶺從兹窮險艱 衡山截斷炎方北　迴雁峯南瘴煙黑 萬壑奔傷溢作瀧　湍飛浪激如繩直 千崖傍聳猿嘯悲　丹蛇玄虺潛蜲蛇 瀧夫擬檝劈高浪　瞥忽浮沈如電隨 嶺頭刺竹蒙籠密　火拆紅蕉焰燒日 嶺上泉分南北流　行人照水愁腸骨 陰森石路盤縈紆　雨寒日煖常斯須 瘴雲暫卷火山外　蒼茫海氣窮番禺 鷓鴣猿鳥聲相續　椎髻曉呼同戚促	卷四百八十，15，P5463

				百處谿灘異雨晴　四時雷電迷昏旭 魚腸雁足望緘封　地遠三江嶺萬重 魚躍豈通清遠峽　雁飛難渡漳江東 雲蒸地熱無霜霰　桃李冬華匪時變 天際長垂飲澗虹　簷前不去銜泥燕 幸逢雷雨盪妖昏　提挈悲歡出海門 西日眼明看少長　北風身醒辨寒溫 賈生謫去因前席　痛哭書成竟何益 物忌忠良表是非　朝驅絳灌爲讎敵 明皇聖德異文皇　不使無辜困鬼方 漢日傅臣終委棄　如今衰叟重輝光 高明白日恩深海　齒髮雖殘壯心在 空愧駑駘異一毛　無令朽骨慚千載	
中唐	301.	姚合	寄主客劉郎中	漢朝共許賈生賢　遷謫還應是宿緣 仰德多時方會面　拜兄何暇更論年 嵩山晴色來城裏　洛水寒光出岸邊 清景早朝吟麗思　題詩應費益州牋	卷四百九十七，15，P5646
中唐	302.	張祜	酬武蘊之乙丑之歲始見華髮余自悲遂成繼和	賈生年尚少　華髮近相侵　不是流光促 因緣別恨深　憐君成苦調　感我獨長吟 豈料清秋日　星星共映簪	卷五百十，15，P5816

中唐	303.	盧綸	奉和陝州十四翁中丞寄雷州二十翁司戶	聯飛獨不前，迴落海南天。賈傅竟行矣，邵公唯泫然。瘴開山更遠，路極水無邊。沈劣本多感，況聞原上篇。	……〔3142〕277，9
中唐	304.	盧綸	夜中得循州趙司馬侍郎書因寄回使	瘴海寄雙魚，中宵達我居。兩行燈下淚，一紙嶺南書。地說炎蒸極，人稱老病餘。殷勤報賈傅，莫共酒杯疏	……〔3158〕278，9
中唐	305.	竇常	奉寄辰州房使君郎中	漢代文明今盛明，猶將賈傅暫專城。 何妨密旨先符竹，莫是除書誤姓名。 蝸舍喜時春夢去，隼旟行處瘴江清。 新年只可三十二，卻笑潘郎白髮生。	
晚唐	306.	羅隱	湘南春日懷古	晴江春暖蘭蕙薰　鳧鷖苒苒鷗著羣 洛陽賈誼自無命　少陵杜甫兼有文 空闊遠帆遮落日　蒼茫野樹礙歸雲 松醪酒好昭潭靜　閒過中流一弔君	卷六百五十六，19，P7543
晚唐	307.	羅隱	秋日懷賈隨進士	邊寇日騷動　故人音信稀　長纓慚賈誼 孤憤憶韓非　曉匣魚腸冷　春園鴨掌肥 知君安未得　聊且示忘機	卷六百五十九，19，P7567
晚唐	308.	羅隱	寄侯博士	規諫揚雄賦　邅迴賈誼官　久貧還往少 孤立轉遷難　清鏡流年急　高槐旅舍寒 侏儒亦何有　飽食向長安	卷六百五十九，19，P7568

晚唐	309.	韓偓	八月六日作四首：四	坐看包藏負國恩　無才不得預經綸 袁安墜睫尋憂漢　賈誼濡毫但過秦 威鳳鬼應遮矢射　靈犀天與隔埃塵 隄防瓜李能終始　免愧於心負此身	卷六百八十一，20，P7809
晚唐	310.	黃滔	喜侯舍人蜀中新命三首：三	賈誼纔承宣室召　左思唯預祕書流 賦家達者無過此　翰苑今朝是獨遊 立被御爐煙氣逼　吟經棧閣雨聲秋 內人未識江淹筆　竟問當時不早求	卷七百五，21，P8109
晚唐	311.	徐鉉	亞元舍人不替深知猥貽佳作三篇清絕不敢輕酬因爲長歌聊以爲報未竟復得子喬校書示問故兼寄陳君庶資一笑耳	海陵城裏春正月　海畔朝陽照殘雪 城中有客獨登樓　遙望天邊白銀闕 白銀闕下何英英　雕鞍繡轂趨承明 閶門曉闢旌旗影　玉墀風細佩環聲 此處追飛皆俊彥　當年何事容疵賤 懷鉛晝坐紫微宮　焚香夜直明光殿 王言簡靜官司閒　朋好殷勤多往還 新亭風景如東洛　邙嶺林泉似北山 光陰暗度盃盂裏　職業未妨談笑間 有時邀賓復攜妓　造門不問都非是 酣歌叫笑驚四鄰　賦筆縱橫動千字 任他銀箭轉更籌　不怕金吾司夜吏 可憐諸貴賢且才　時情物望兩無猜	卷七百五十，22，P8569

伊余獨稟狂狷性　褊量多言仍薄命
呑舟可漏豈無恩　負乘自貽非不幸
一朝削跡爲遷客　旦暮青雲千里隔
離鴻別雁各分飛　折柳攀花兩無色
盧龍渡口問迷津　瓜步山前送暮春
白沙江上曾行路　青林花落何紛紛
漢皇昔幸回中道　極目牛羊臥芳草
舊宅重游盡隙荒　故人相見多衰老
禪智寺，山光橋　風瑟瑟兮雨蕭蕭
行盃已醒殘夢斷　征途未極離魂消
海陵郡中陶太守　相逢本是隨行舊
乍申拜起已開眉　卻問辛勤還執手
精廬水榭最清幽　一稅征車聊駐留
閉門思過謝來客　知恩省分寬離憂
郡齋勝境有後池　山亭菌閣互參差
有時虛左來相召　舉白飛觴任所爲
多才太守能撾鼓　醉送金船間歌舞
酒酣耳熱眼生花　暫似京華歡會處
歸來旅館還端居　清風朗月夜窗虛
駸駸流景歲云暮　天涯望斷故人書
春來憑檻方歎息　仰頭忽見南來翼

				足繫紅箋墮我前 引頸長鳴如有言 開緘試讀相思字 乃是多情喬亞元 短韻三篇皆麗絕 小梅寄意情偏切 金蘭投分一何堅 銀鉤置袖終難滅 醉後狂言何足奇 感君知己不相遺 長卿曾作美人賦 玄成今有責躬詩 報章欲託還京信 筆拙紙窮情未盡 珍重芸香陳子喬 亦解貽書遠相問 寧須買藥療羈愁 只恨無書消鄙吝 游處當時靡不同 歡娛今日兩成空 天子尙應憐賈誼 時人未要嘲揚雄 曲終筆閣緘封已 翩翩驛騎行塵起 寄向中朝謝故人 爲說相思意如此	
晚唐	312.	徐鉉	還過東都留守周公筵上贈座客	賈生三載在長沙 故友相思道路賒 已分終年甘寂寞 豈知今日還京華 麟符上相恩偏厚 隋苑留歡日欲斜 明旦江頭倍惆悵 遠山芳草映殘霞	卷七百五十三，22，P8571
晚唐	313.	徐鉉	送彭秀才	賈生去國已三年 短褐閒行皖水邊 盡日野雲生舍下 有時京信到門前 無人與和投湘賦 愧子來浮訪戴船 滿袖新詩好迴去 莫隨騷客醉林泉	卷七百五十四，22，P8575

晚唐	314.	徐鉉	寄蘄州高郎中	賈傅棲遲楚澤東，蘭皋三度換秋風。 紛紛世事來無盡，黯黯離魂去不通。 直道未能勝社鼠，孤飛徒自歎冥鴻。 知君多少思鄉恨，併在山城一笛中。	……〔8553〕751，22
晚唐	315.	徐鉉	和江州江中丞見寄	賈傅南遷久，江關道路遙。北來空見雁，西去不如潮。鼠穴依城社，鴻飛在泬寥。高低各有處，不擬更相招。	……〔8563〕752，22
晚唐	316.	杜牧	感懷詩一首	高文會隋季 提劍徇天意 扶持萬代人 步驟三皇地 聖云繼之神 神仍用文治 德澤酌生靈 沈酣薰骨髓 旄頭騎箕尾 風塵薊門起 胡兵殺漢兵 屍滿咸陽市 宣皇走豪傑 談笑開中否 蟠聯兩河間 燼萌終不弭 號爲精兵處 齊蔡燕趙魏 合環千里疆 爭爲一家事 逆子嫁虜孫 西鄰聘東里 急熱同手足 唱和如宮徵 法制自作爲 禮文爭僭擬 壓階螭鬪角 畫屋龍交尾 署紙日替名 分財賞稱賜 剞隍{咸次}萬尋 繚垣疊千雉 誓將付孱孫 血絕然方已 九廟仗神靈 四海爲輸委 如何七十年 汗赩含羞恥 韓彭不再生 英衛皆爲鬼 凶門爪牙輩 穰穰如兒戲	卷五百二十，16，P5937

				累聖但日吁 閫外將誰寄 屯田數十萬 隄防常慴惴 急征赴軍須 厚賦資凶器 因隳畫一法 且逐隨時利 流品極蒙尨 網羅漸離弛 夷狄日開張 黎元愈憔悴 邈矣遠太平 蕭然盡煩費 至於貞元末 風流恣綺靡 艱極泰循來 元和聖天子 元和聖天子 英明湯武上 茅茨覆宮殿 封章綻帷帳 伍旅拔雄兒 夢卜庸眞相 勃雲走轟霆 河南一平盪 繼于長慶初 燕趙終舁襁 攜妻負子來 北闕爭頓顙 故老撫兒孫 爾生今有望 茹鯁喉尚隘 負重力未壯 坐幄無奇兵 呑舟漏疏網 骨添薊垣沙 血漲滹沱浪 祗云徒有征 安能問無狀 一日五諸侯 奔亡如鳥往 取之難梯天 失之易反掌 蒼然太行路 翦翦還榛莽 關西賤男子 誓肉虜杯羹 請數繫虜事 誰其爲我聽 蕩蕩乾坤大 曈曈日月明 叱起文武業 可以豁洪溟 安得封域內 長有扈苗征 七十里百里 彼亦何嘗爭 往往念所至 得醉愁蘇醒 韜舌辱壯心 叫閽無助聲 聊書感懷韻 焚之遺賈生	

晚唐	317.	杜牧	朱坡絕句三首：一	故國池塘倚御渠　江城三詔換魚書 賈生辭賦恨流落　祗向長沙住歲餘	卷五百二十一，16，P5959
晚唐	318.	杜牧	聞開江相國宋下世二首：一	權門陰進奪移才　驛騎如星墮峽來 晁氏有恩忠作禍　賈生無罪直爲災 貞魂誤向崇山沒　冤氣疑從湘水回 畢竟成功何處是　五湖雲月一帆開	卷五百二十六，16，P6020
晚唐	319.	杜牧	送薛種遊湖南	賈傅松醪酒，秋來美更香。 憐君片雲思，一去繞瀟湘。	……〔5982〕523，16
晚唐	320.	許渾	聞開江相國宋下世二首：一	權門陰進奪移才　驛騎如星墮峽來 晁氏有恩忠作禍　賈生無罪直爲災 貞魂誤向崇山沒　冤氣疑從湘水回 畢竟成功何處是　五湖雲月一帆開	卷五百三十六，16，P6122
晚唐	321.	李商隱	賈生	宣室求賢訪逐臣　賈生才調更無倫 可憐夜半虛前席　不問蒼生問鬼神 浩曰：義山退居數年，起而應辟，故每以逐客逐臣自喻，唐人習氣也。上章亦以賈生自比。此蓋至昭州修祀事，故以借慨，不解者乃以爲議論。	卷五百四十，16，P6208
晚唐	322.	李商隱	哭劉司戶蕡	路有論冤謫　言皆在中興　空聞遷賈誼 不待相孫弘　江闊惟回首　天高但撫膺 去年相送地　春雪滿黃陵 程曰：弘以再徵擢用至相，苟蕡不死，未必不然，所以曰不待也。二句言遠斥之後不能復徵用。	卷五百四十，16，P6210

晚唐	323.	李商隱	自桂林奉使江陵途中感懷寄獻尚書	下客依蓮幕　明公念竹林　縱然膺使命 何以奉徽音　投刺雖傷晚　酬恩豈在今 迎來新瑣闥　從到碧瑤岑　水勢初知海 天文始識參　固慚非賈誼　惟恐後陳琳 前席驚虛辱　華樽許細斟　尙憐秦痔苦 不遣楚醪沈　既載從戎筆　仍披選勝襟 瀧通伏波柱　簾對有虞琴　宅與嚴城接 門藏別岫深　閣涼松冉冉　堂靜桂森森 社內容周續　鄉中保展禽　白衣居士訪 烏帽逸人尋　佞佛將成傳　耽書或類淫 長懷五羖贖　終著九州箴　良訊封鴛綺 餘光借玳簪　張衡愁浩浩　沈約瘦愔愔 蘆白疑黏鬢　楓丹欲照心　歸期無雁報 旅抱有猿侵　短日安能駐　低雲只有陰 亂鴉衝曬網　寒女簇遙砧　東道違寧久 西園望不禁　江生魂黯黯　泉客淚涔涔 逸翰應藏法　高辭肯浪吟　數須傳庾翼 莫獨與盧諶　假寐憑書簏　哀吟叩劍鐔 未嘗貪偃息　那復議登臨　彼美迴清鏡 其誰受曲針　人皆向燕路　無乃費黃金	卷五百四十一，16，P6239

晚唐	324.	李商隱	異俗二首：二	戶盡懸秦網　家多事越巫　未曾容獺祭 只是縱豬都　點對連鰲餌　搜求縛虎符 賈生兼事鬼　不信有洪爐	卷五百三十九，16，P6146
晚唐	325.	李商隱	〔安定〕城樓	迢遞高城百尺樓　綠楊枝外盡汀洲 賈生年少虛垂涙　王粲春來更遠遊 永憶江湖歸白髮　欲回天地入扁舟 不知腐鼠成滋味　猜意鵷雛竟未休 應鴻博不中選而至涇原時作也。玩三四顯然矣。其應鴻博不中，已因往依茂元之故。	卷五百四十，16，P6192
晚唐	326.	李商隱	城上	有客虛投筆　無憀獨上城　沙禽失侶遠 江樹著陰輕　邊遽稽天討　軍須竭地征 賈生游刃極　作賦又論兵 桂州近長沙，故屢以賈生自比	卷五百四十一，16，P6249
晚唐	327.	李商隱	潭州	潭州官舍暮樓空，今古無端入望中。 湘涙淺深滋竹色，楚歌重疊怨蘭叢。 陶公戰艦空灘雨，賈傅承塵破廟風。 目斷故園人不至，松醪一醉與誰同。	……〔6148〕539，16
晚唐	328.	趙嘏	重遊楚國寺	往事飄然去不迴　空餘山色在樓臺 池塘風暖雁尋去　松桂寺高人獨來 莊叟著書眞達者　賈生揮涕信悠哉 老僧心地閒於水　猶被流年日日催	卷五百四十九，17，P6362

晚唐	329.	唐彥謙	咸通中始聞褚河南歸葬陽翟是歲上平徐方大肆慶賞又詔八品錫其裔孫追敍風概因成二十韻	冊府藏餘烈 皇綱正本朝 不聽還笏諫 幾覆綴旒祧 咫尺言終直 愴惶道已消 淚心傳位日 揮涕授遺朝 飛燕潛來趙 黃龍豈見譙 既迷秦帝鹿 難問賈生鵬 穆卜緘縢祕 金根轍跡遙 北軍那奪印 東海漫難橋 羅織黃門訟 笙簧白骨銷 炎方無信息 丹旐竟淪漂 邂逅江魚食 淒涼楚客招 文忠徒謚議 子卯但簫韶 未見公侯復 尋傷嗣續凋 流年隨水逝 高誼薄層霄 杜石林公遠 縑緗故國饒 奇蹤天驥活 遺軸錦鸞翹 近者淮夷戮 前年歸馬調 始聞移北葬 兼議蔭山苗 聖澤覃將溥 貞魂喜定飄 異時窮巷客 懷古漫成謠	卷六百七十二，20，P7689
晚唐	330.	唐彥謙	八月十六日夜月	斷腸佳賞固難期 昨夜銷魂更不疑 丹桂影空蟾有露 綠槐陰在鵲無枝 賴將吟詠聊惆悵 早是疏頑耐別離 堪恨賈生曾慟哭 不緣清景爲憂時	卷六百七十二，20，P7692
晚唐	331.	李洞	題慈恩友人房	賈生耽此寺 勝事入詩多 鶴宿星千樹 僧歸燒一坡 塔稜垂雪水 江色映茶鍋 長久堪棲息 休言憶鏡波	卷七百二十二，21，P8283

晚唐	332.	李洞	懷圭峯影林泉	吾家舊物賈生傳　入內遙分錫杖泉 鶴去帝移宮女散　更堪嗚咽過樓前	卷七百二十三，21，P8302
晚唐	333.	李洞	賦得送賈島謫長江	敲驢吟雪月，謫出國西門。行傍長江影，愁深汨水魂。筇攜過竹寺，琴典在花村。飢拾山松子，誰知賈傳孫。	……〔8273〕721，21
晚唐	334.	羅衮	清明登奉先城樓	年來年去只艱危　春半堯山草尚衰 四海清平耆舊見　五陵寒食小臣悲 煙銷井邑隈樓檻　雪滿川原泥酒卮 拭盡賈生無限淚　一行歸雁遠參差	卷七百三十四，21，P8386
晚唐	335.	貫休	送張拾遺赴施州司戶	道之大道古太古　二字爲名爭莽鹵 社稷安危在直言　須歷堯階撾諫鼓 恭聞吾皇至聖深無比　推席卻几聽至理 一言偶未合堯聰　賈生須看湘江水 君不見頃者百官排闥赴延英 陽城不死存令名　又不見仲尼遙奇司馬子 珮玉垂紳合如此　公乎公乎施之掾 江上春風喜相見　畏天之命復行行 芙蓉爲衣勝絁絹　好音入耳應非久 三峽聞猿莫迴首　且啜千年羹　醉巴酒	卷八百二十七，23，P9322
晚唐	336.	貫休	送吳融員外赴闕	漢文思賈傳，賈傳遂生還。今日又如此，送君非等閒。雲寒猶惜雪，燒猛似烹山。應笑無機者，騰騰天地間。	831，23……〔9376〕

晚唐	337.	吳筠	覽古十四首：七	魯侯祈政術　尼父從棄捐　漢主思英才 賈生被排遷　始皇重韓子　及覩乃不全 武帝愛相如　既徵復忘賢　貴遠世咸爾 賤今理共然　方知古來主　難以効當年	卷八百五十三，24，P9645
晚唐	338.	崔櫓	山路木芙蓉	不向橫塘泥裏栽，兩株晴笑碧巖隈。 枉教絕世深紅色，只向深山僻處開。 萬里王孫應有恨，三年賈傅惜無才。 緣花更歎人間事，半日江邊悵望迴。	884，25，9997
晚唐	339.	曹松	吊賈島二首	青旆低寒水，清笳出曉風。鳥來傷賈傅，馬立葬滕公。松柏青山上，城池白日中。一朝今古隔，惟有月明同。（此首本集不載，見唐詩類苑）。	……〔8234〕716，21
晚唐	340.	崔塗	湘中秋懷遷客	蘭杜曉香薄，汀洲夕露繁。併聞燕塞雁，獨立楚人村。霧散孤城上，灘迴曙枕喧。不堪逢賈傅，還欲弔湘沅。	……〔7774〕679，20
晚唐	341.	吳融	南遷途中作七首 登七盤嶺二首	才非賈傅亦遷官，五月驅羸上七盤。 從此自知身計定，不能迴首望長安。	……〔7879〕686，20

	342.	王珪	詠淮陰侯	秦王日凶慝 豪傑爭共亡 信亦胡爲者 劍歌從項梁 項羽不能用 脫身歸漢王 道契君臣合 時來名位彰 北討燕承命 東驅楚絕糧 斬龍堰濰水 擒豹熸夏陽 功成享天祿 建旗還南昌 千金答漂母 百錢酬下鄉 吉凶成糾纏 倚伏難預詳 弓藏狡兔盡 慷慨念心傷 詠史悼韓信	卷三十，2，P429
	343.	李白	相和歌辭： 猛虎行	朝作猛虎行 暮作猛虎吟 腸斷非關隴頭水 淚下不爲雍門琴 旌旗繽紛兩河道 戰鼓驚山欲傾倒 秦人半作燕地囚 胡馬翻銜洛陽草 一輸一失關下兵 朝降夕叛幽薊城 巨鼇未斬海水動 魚龍奔走安得寧 頗似楚漢時 翻覆無定止 朝過博浪沙 暮入淮陰市 張良未遇韓信貧 劉項存亡在兩臣 暫到下邳受兵略 來投漂毋作主人 賢哲栖栖古如此 今時亦棄青雲士 有策不敢犯龍鱗 竄身南國避胡塵 寶書長劍挂高閣 金鞍駿馬散故人 昨日方爲宣城客 掣鈴交通二千石 有時六博快壯心	卷十九，1，P223

				繞牀三帀呼一擲 楚人每道張旭奇 心藏風雲世莫知 三吳邦伯多顧盼 四海雄俠皆相推 蕭曹曾作沛中吏 攀龍附鳳當有時 溧陽酒樓三月春 楊花漠漠愁殺人 胡人綠眼吹玉笛 吳歌白紵飛梁塵 丈夫相見且爲樂 槌牛撾鼓會衆賓 我從此去釣東海 得魚笑寄情相親	
	344.	李白	雜曲歌辭： 行路難三首：二	大道如青天 我獨不得出 羞逐長安社中兒 赤雞白狗賭梨栗 彈劍作歌奏苦聲 曳裾王門不稱情 淮陰市井笑韓信 漢朝公卿忌賈生 君不見昔時燕家重郭隗 擁篲折腰無嫌猜 劇辛樂毅感恩分 輸肝剖膽效英才 昭王白骨縈蔓草 誰人更掃黃金臺 行路難，歸去來	卷二十五，2，P344
	345.	李白	贈新平少年	韓信在淮陰 少年相欺凌 屈體若無骨 壯心有所憑 一遭龍顏君 嘯咤從此興 千金答漂母 萬古共嗟稱 而我竟何爲 寒苦坐相仍 長風入短袂 兩手如懷冰 故友不相恤 新交寧見矜 摧殘檻中虎 羈紲鞲上鷹 何時騰風雲 搏擊申所能	卷一百六十八，5，P1739

	346.	李白	答王十二寒夜獨酌有懷	昨夜吳中雪 子猷佳興發 萬里浮雲卷碧山 青天中道流孤月 孤月滄浪河漢清 北斗錯落長庚明 懷余對酒夜霜白 玉牀金井水峥嶸 人生飄忽百年內 且須酣暢萬古情 君不能狸膏金距學鬬雞 坐令鼻息吹虹霓 君不能學哥舒橫行青海夜帶刀 西屠石堡取紫袍 吟詩作賦北窗裏 萬言不直一杯水 世人聞此皆掉頭 有如東風射馬耳 魚目亦笑我 請與明月同 驊騮拳跼不能食 蹇驢得志鳴春風 折楊皇華合流俗 晉君聽琴枉清角 巴人誰肯和陽春 楚地由來賤奇璞 黃金散盡交不成 白首爲儒身被輕 一談一笑失顏色 蒼蠅貝錦喧謗聲 曾參豈是殺人者 讒言三及慈母驚 與君論心握君手 榮辱於余亦何有 孔聖猶聞傷鳳麟 董龍更是何雞狗 一生傲岸苦不諧 恩疏媒勞志多乖 嚴陵高揖漢天子 何必長劍拄頤事玉階 達亦不足貴 窮亦不足悲	卷一百七十八，5，P1820

				韓信羞將絳灌比　禰衡恥逐屠沽兒 君不見李北海　英風豪氣今何在 君不見裴尚書　土墳三尺蒿棘居 少年早欲五湖去　見此彌將鐘鼎疏	
	347.	杜甫	宴王使君宅題二首：一	漢主追韓信　蒼生起謝安　吾徒自漂泊 世事各艱難　逆旅招邀近　他鄉思緒寬 不材甘朽質　高臥豈泥蟠 首章：宴中有感。古人皆獲大用，而使君乃漂泊艱難，惜其不適也。若已之逆旅他鄉，亦唯借酒寬懷耳。不才高臥，豈望泥蟠復奮乎？又自解也。五六點宴。	卷二百三十二，7，P2365
	348.	岑參	過梁州奉贈張尚書大夫公	漢中二良將　今昔各一時　韓信此登壇 尚書復來斯　手把銅虎符　身總丈人師 錯落北斗星　照耀黑水湄　英雄若神授 大材濟時危　頃歲遇雷雲　精神感靈祇 勳業振青史　恩德繼鴻私　羌虜昔未平 華陽積僵屍　人煙絕墟落　鬼火依城池 巴漢空水流　褒斜惟鳥飛　自公布德政 此地生光輝　百堵創里閭　千家恤惸嫠 層城重鼓角　甲士如熊羆　坐嘯風自調 行春雨仍隨　芃芃麥苗長　藹藹桑葉肥	卷一百九十八，6，P2024

				浮客相與來 羣盜不敢窺 何幸承嘉惠 小年即相知 富貴情易疏 相逢心不移 置酒宴高館 嬌歌雜青絲 錦席繡拂廬 玉盤金屈卮 春景透高戟 江雲簭長麾 櫪馬嘶柳陰 美人映花枝 門傳大夫印 世擁上將旗 承家令名揚 許國苦節施 戎幕寧久駐 台階不應遲 別有彈冠士 希君無見遺	
	349.	岑參	赴嘉州過城固縣尋永安超禪師房	滿寺枇杷冬著花 老僧相見具袈裟 漢王城北雪初霽 韓信臺西日欲斜 門外不須催五馬 林中且聽演三車 豈料巴川多勝事 爲君書此報京華	卷二百一，6，P2098
中唐	350.	劉禹錫	韓信廟	將略兵機命世雄 蒼黃鍾室歎良弓 遂令後代登壇者 每一尋思怕立功 嘆議君臣關係，譏將怕立功	卷三百六十五，11，P4118
	351.	李紳	卻過淮陰弔韓信廟	功高自棄漢元臣 遺廟陰森楚水濱 英主任賢增虎翼 假王徼福犯龍鱗 賤能忍恥卑狂少 貴乏懷忠近佞人 徒用千金酬一飯 不知明哲重防身 談君臣關係（明哲保身）	卷四百八十二，15，P5488

	352.	殷堯藩（中唐）	韓信廟	長空鳥盡將軍死　無復中原入馬蹄 身向九泉還屬漢　功超諸將合封齊 荒涼古廟惟松柏　咫尺長陵又鹿麋 此日深憐蕭相國　竟無一語到金閨	卷四百九十二，15，P5570
	353.	王涯（中唐）	從軍詞三首：一	戈甲從軍久　風雲識陣難 今朝拜韓信　計日斬成安	卷三百四十六，11，P3875
	354.	陳羽（中唐）	旅次沔陽聞克復而用師者窮兵黷武因書簡之	江上煙消漢水清　王師大破綠林兵 干戈用盡人成血　韓信空傳壯士名	卷三百四十八，11，P3894
	355.	陳羽 江東人	宿淮陰作	秋燈點點淮陰市　楚客聯檣宿淮水 夜深風起魚鼈腥　韓信祠堂明月裏	卷三百四十八，11，P3896
	356.	白居易 令狐楚	宣武令狐相公以詩寄贈傳播吳中聊奉短草用申酬謝	新詩傳詠忽紛紛　楚老吳娃耳徧聞 盡解呼爲好才子　不知官是上將軍 辭人命薄多無位　戰將功高少有文 謝朓篇章韓信鉞　一生雙得不如君	卷四百四十七，13，P5020
晚唐	357.	許渾	淮陰阻風寄呈楚州韋中丞	垂釣京江欲白頭　江魚堪釣卻西游 劉伶臺下稻花晚　韓信廟前楓葉秋 淮月未明先倚檻　海雲初起更維舟 河橋有酒無人醉　獨上高城望庾樓	卷五百三十四，16，P6095

	358.	許渾	韓信廟	朝言雲夢暮南巡　已爲功名少退身 盡握兵權猶不得　更將心計託何人 言君臣關係	卷五百三十八，16，P6139
	359.	李商隱	四皓廟	本爲留侯慕赤松　漢庭方識紫芝翁 蕭何只解追韓信　豈得虛當第一功	卷五百四十一，16，P6225
	360.	薛能（晚唐）	題後集	詩源何代失澄清　處處狂波汙後生 常感道孤吟有淚　卻緣風壞語無情 難甘惡少欺韓信　枉被諸侯殺禰衡 縱到緱山也無益　四方聯絡盡蛙聲	卷五百六十，17，P6505
	361.	李羣玉	獻王中丞	登仙望絕李膺舟　從此青蠅點遂稠 半夜劍吹牛斗動　二年門掩雀羅愁 張儀會展平生舌　韓信那慚跨下羞 他日圖勳畫麟閣　定呈肝膽始應休	卷五百六十九，17，P6601
	362.	溫庭筠	贈蜀府將	十年分散劍關秋　萬事皆隨錦水流 志氣已曾明漢節　功名猶自滯吳鉤 鵰邊認箭寒雲重　馬上聽笳塞草愁 今日逢君倍惆悵　灌嬰韓信盡封侯	卷五百七十八，17，P6716
	363.	胡曾	詠史詩：泜水	韓信經營按鎮鄉　臨戎叱咤有誰加 猶疑轉戰逢勍敵　更向軍中問左車 詠史盛頌韓信之背水之戰	卷六百四十七，19，P7435

	364.	胡曾	詠史詩：雲夢	漢祖聽讒不可防　僞遊韓信果罹殃 十年辛苦平天下　何事生擒入帝鄉 議韓信受讒遭迫害	卷六百四十七，19，P7435
	365.	韓偓	和王舍人撫州飲席贈韋司空	樓臺掩映入春寒　絲竹錚鏦向夜闌 席上弟兄皆杞梓　花前賓客盡鴛鸞 孫弘莫惜頻開閤　韓信終期別築壇 削玉風姿官水土　黑頭公自古來難	卷六百八十二，20，P7816
	366.	韋莊	覩軍迴戈	關中羣盜已心離　關外猶聞羽檄飛 御苑綠莎嘶戰馬　禁城寒月搗征衣 漫教韓信兵塗地　不及劉琨嘯解圍 昨日屯軍還夜遁　滿車空載洛神歸	卷六百九十六，20，P8011
	367.	韋莊	題淮陰侯廟	滿把椒漿奠楚祠　碧幢黃鉞舊英威 能扶漢代成王業　忍見唐民陷戰機 雲夢去時高鳥盡　淮陰歸日故人稀 如何不借平齊策　空看長星落賊圍	卷六百九十七，20，P8019
	368.	羅隱	韓信廟	翦項移秦勢自雄　布衣還是負深功 寡妻稚女俱堪恨　卻把餘杯奠蒯通	卷六百六十四，19，P7608
	369.	羅隱	書淮陰侯傳	寒燈挑盡見遺塵　試瀝椒漿合有神 莫恨高皇不終始　滅秦謀項是何人	卷六百六十四，19，P7619

	370.	翁承贊	天祐元年以右拾遺使冊閩王而作	蓬萊宮闕曉光勻　紅案舁麻降紫宸 鸞奏八音諧律呂　鳳銜五色顯絲綸 蕭何相印鈞衡重　韓信齋壇雨露新 得侍丹墀官異寵　此身何幸沐恩頻	卷七百三，21，P8090
	371.	李瀚	蒙求	同上	卷八百八十一，25，P9960
李廣	372.	鮑溶	相和歌辭：苦戰遠征人	征人歌古曲　攜手上河梁　李陵死別處 杳杳玄冥鄉　憶昔從此路　連年征鬼方 久行迷漢曆　三洗氈衣裳　百戰身且在 微功信難忘　遠承雲臺議　非勢孰敢當 落日弔李廣　白身過河陽　閒弓失月影 勞劍無龍光　去日始束髮　今來髮成霜 虛名乃閒事　生見父母鄉　掩抑大風歌 裴回少年場　誠哉古人言　鳥盡良弓藏	卷十九，1，P232
	373.	楊炯	送李庶子致仕還洛	此地傾城日　由來供帳華　亭逢李廣騎 門接邵平瓜　原野煙氛匝　關河遊望賒 白雲斷巖岫　綠草覆江沙　詔賜扶陽宅 人榮御史車　灞池一相送　流涕向煙霞	卷五十，2，P615
	374.	李白	塞下曲六首：六	烽火動沙漠　連照甘泉雲　漢皇按劍起 還召李將軍　兵氣天上合　鼓聲隴底聞 橫行負勇氣　一戰淨妖氛	卷一百六十四，5，P1700

	375.	杜甫	曲江三章章五句：三	自斷此生休問天 杜曲幸有桑麻田 故將移住南山邊 短衣匹馬隨李廣 看射猛虎終殘年 三章志在歸隱，其辭激，窮達休問於天，首句陡然截住，因杜曲，故及南因南山，故及李廣射虎，一時感慨之情豪從之氣，殆有不能自掩者。	卷二百十六，7，P2260
	376.	杜甫	寄岳州賈司馬六丈巴州嚴八使君兩閣老五十韻	衡岳啼猿裏 巴州鳥道邊 故人俱不利 謫宦兩悠然 開闢乾坤正 榮枯雨露偏 長沙才子遠 釣瀨客星懸 （盧注：開闢，榮枯二句，乃全篇關鍵。此承謫宦而言。當乾坤反正之日，人各沾恩，特以質有榮枯，故受此雨露者偏異耳。語本微婉，舊注直云歎不得蒙恩而見，未免語涉懟上矣。） 憶昨趨行殿 殷憂捧御筵 討胡愁李廣 奉使待張騫 無復雲臺仗 虛修水戰船 蒼茫城七十 流落劍三千 畫角吹秦晉 旄頭俯澗瀍 小儒輕董卓 有識笑苻堅 浪作禽塡海 那將血射天 萬方思助順 一鼓氣無前 陰散陳倉北 晴熏太白巔 亂麻屍積衛 破竹勢臨燕 法駕還雙闕 王師下八川 此時霑奉引 佳氣拂周旋 貔虎開金甲 麒麟受玉鞭 侍臣諳入仗 廏馬解登仙	卷二百二十五，7，P2428

花動朱樓雪 城凝碧樹煙 衣冠心慘愴
故老淚潺湲 哭廟悲風急 朝正霽景鮮
月分梁漢米 春得水衡錢 內蕊繁於纈
宮莎軟勝綿 恩榮同拜手 出入最隨肩
晚著華堂醉 寒重繡被眠 轡齊兼秉燭
書枉滿懷牋 每覺升元輔 深期列大賢
秉鈞方咫尺 鎩翮再聯翩 禁掖朋從改
微班性命全 青蒲甘受戮 白髮竟誰憐
弟子貧原憲 諸生老伏虔 師資謙未達
鄉黨敬何先 舊好腸堪斷 新愁眼欲穿
翠乾危棧竹 紅膩小湖蓮 賈筆論孤憤
嚴詩賦幾篇 定知深意苦 莫使衆人傳
貝錦無停織 朱絲有斷弦 浦鷗防碎首
霜鶻不空拳 地僻昏炎瘴 山稠隘石泉
且將棋度日 應用酒爲年 典郡終微眇
治中實棄捐 安排求傲吏 比興展歸田
去去才難得 蒼蒼理又玄 古人稱逝矣
吾道卜終焉 隴外翻投迹 漁陽復控弦
笑爲妻子累 甘與歲時遷 親故行稀少
兵戈動接聯 他鄉饒夢寐 失侶自屯邅
多病加淹泊 長吟阻靜便 如公盡雄俊
志在必騰騫

	377.	杜甫	將赴荆南寄別李劍州	使君高義驅今古 寥落三年坐劍州 但見文翁能化俗 焉知李廣未封侯 路經灩澦雙蓬鬢 天入滄浪一釣舟 戎馬相逢更何日 春風迴首仲宣樓 上四句寄李劍州，下四句將赴荊南。能化俗：承劍州，此引太守事。未封侯，承流落。此用同姓人。灩澦滄浪，自夔適荊之地。雙鬢傷老，一舟言貧。江樓回首，到而思蜀交，仍與高義相關。	卷二百二十八，7，P2473
	378.	杜甫	南極	南極青山衆 西江白谷分 古城疏落木 荒戍密寒雲 歲月蛇常見 風飆虎或聞 近身皆鳥道 殊俗自人羣 睥睨登哀柝 矛弧照夕曛 亂離多醉尉 愁殺李將軍	卷二百三十，7，P2526
	379.	王維	李陵詠	漢家李將軍 三代將門子 結髮有奇策 少年成壯士 長驅塞上兒 深入單于壘 旄旗列相向 簫鼓悲何已 日暮沙漠陲 戰聲煙塵裏 將令驕虜滅 豈獨名王侍 既失大軍援 遂嬰穹廬恥 少小蒙漢恩 何堪坐思此 深衷欲有報 投軀未能死 引領望子卿 非君誰相理	卷一百二十五，4，P1251

	380.	王維	老將行	少年十五二十時　步行奪得胡馬射 射殺中山白額虎　肯數鄴下黃鬚兒 一身轉戰三千里　一劍曾當百萬師 漢兵奮迅如霹靂　虜騎崩騰畏蒺藜 衞青不敗由天幸　李廣無功緣數奇 自從棄置便衰朽　世事磋跎成白首 昔時飛箭無全目　今日垂楊生左肘 路傍時賣故侯瓜　門前學種先生柳 蒼茫古木連窮巷　寥落寒山對虛牖 誓令疏勒出飛泉　不似潁川空使酒 賀蘭山下陣如雲　羽檄交馳日夕聞 節使三河募年少　詔書五道出將軍 試拂鐵衣如雪色　聊持寶劍動星文 願得燕弓射天將　恥令越甲鳴吳軍 莫嫌舊日雲中守　猶堪一戰取功勳	卷一百二十五，4，P1257
盛唐	381.	李嘉祐（崔峒）	送馬將軍奏事畢歸滑州使幕	吳門別後蹈滄州　帝里相逢俱白頭 自歎馬卿常帶病　還嗟李廣未封侯 棠梨宮裏瞻龍衮　細柳營前著豹裘 想到滑臺桑葉落　黃河東注荻花秋	卷二百七，6，P2166

	382.	岑參	使交河郡郡在火山脚其地苦熱無雨雪獻封大夫	奉使按胡俗 平明發輪臺 暮投交河城 火山赤崔巍 九月尙流汗 炎風吹沙埃 何事陰陽工 不遣雨雪來 吾君方憂邊 分閫資大才 昨者新破胡 安西兵馬回 鐵關控天涯 萬里何遼哉 煙塵不敢飛 白草空皚皚 軍中日無事 醉舞傾金罍 漢代李將軍 微功合可咍	卷一百九十八，6，P2044
	383.	薛奇童	塞下曲	驕虜初南下 煙塵暗國中 獨召李將軍 夜開甘泉宮 一身許明主 萬里總元戎 霜甲臥不暖 夜半聞邊風 胡天早飛雪 荒徼多轉蓬 寒雲覆水重 秋氣連海空 金鞍誰家子 上馬鳴角弓 自是幽并客 非論愛立功	卷二百二，6，P2110
	384.	高適	塞上	東出盧龍塞 浩然客思孤 亭堠列萬里 漢兵猶備胡 邊塵漲北溟 虜騎正南驅 轉鬬豈長策 和親非遠圖 惟昔李將軍 按節出皇都 總戎掃大漠 一戰擒單于 常懷感激心 願效縱橫謨 倚劍欲誰語 關河空鬱紆	卷二百十一，6，P2190

385.	高適	相和歌辭：燕歌行	漢家煙塵在東北　漢將辭家破殘賊 男兒本自重橫行　天子非常賜顏色 摐金伐鼓下榆關　旌旗逶迤碣石間 校尉羽書飛瀚海　單于獵火照狼山 山川蕭條極邊土　胡騎憑凌雜風雨 戰士軍前半死生　美人帳下猶歌舞 大漠窮秋塞草衰　孤城落日鬬兵稀 身當恩遇常輕敵　力盡關山未解圍 鐵衣遠戍辛勤久　玉箸應啼別離後 少婦城南欲斷腸　征人薊北空回首 邊風飄飄那可度　絕域蒼茫更何有 殺氣三日作陣雲　寒聲一夜傳刁斗 相看白刃血紛紛　死節從來豈顧勳 君不見沙場征戰苦　至今猶憶李將軍	卷十九，1，P225
386.	高適	送渾將軍出塞	將軍族貴兵且強　漢家已是渾邪王 子孫相承在朝野　至今部曲燕支下 控弦盡用陰山兒　登陣常騎大宛馬 銀鞍玉勒繡螯弧　每逐嫖姚破骨都 李廣從來先將士　衛青未肯學孫吳 傳有沙場千萬騎　昨日邊庭羽書至 城頭畫角三四聲　匣裏寶刀晝夜鳴 意氣能甘萬里去　辛勤判作一年行	卷二百十三，6，P2219

				黃雲白草無前後 朝建旌旄夕刁斗 塞下應多俠少年 關西不見春楊柳 從軍借問所從誰 擊劍酣歌當此時 遠別無輕繞朝策 平戎早寄仲宣詩	
	387.	王昌齡	出塞二首：一	秦時明月漢時關 萬里長征人未還 但使龍城飛將在 不教胡馬度陰山	卷一百四十三，4，P1444
盛唐	388.	袁瓘	鴻門行	少年買意氣 百金不辭費 學劍西入秦 結交北遊魏 秦魏多豪人 與代亦殊倫 由來不相識 皆是暗相親 寶馬青絲轡 狐裘貂鼠服 晨過劇孟游 暮投咸陽宿 然諾本云云 諸侯莫不聞 猶思百戰術 更逐李將軍 始從灞陵下 遙遙度朔野 北風聞楚歌 南庭見胡馬 胡馬秋正肥 相邀夜合圍 戰酣烽火滅 路斷救兵稀 白刃縱橫逼 黃塵飛不息 虜騎血灑衣 單于淚沾臆 獻凱雲臺中 自言塞上雄 將軍行失勢 部曲遂無功 新人不如舊 舊人不相救 萬里長飄飖 十年計不就 棄置難重論 驅馬度鴻門 行看楚漢事 不覺風塵昏 寶劍中夜撫 悲歌聊自舞 此曲不可終 曲終淚如雨	卷一百二十，4，P1208

中唐	389.	顧況	嵇山道芬上人畫山水歌	鏡中眞僧白道芬　不服朱審李將軍 涤汗平鋪洞庭水　筆頭點出蒼梧雲 且看八月十五夜　月下看山盡如畫	卷二百六十五，8，P2946
中唐	390.	韓翃	贈別太常李博士兼寄兩省舊遊	兩年戴武弁　趨侍明光殿　一朝簪惠文 客事信陵君　簡異當朝執　香非寓直熏 差肩何記室　攜手李將軍 玉鐙初回酸棗館　金細正舞石榴裙 忽驚萬事隨流水　不見雙旌逐塞雲 感舊撫心多寂寂　與君相遇頭初白 暫誇五首軍中詩　還憶萬年枝下客 昨日留歡今送歸　空披秋水映斜暉 閒吟佳句對孤鶴　惆悵寒霜落葉稀	卷二百四十三，8，P2734
中唐	391.	崔峒	送馮八將軍奏事畢歸滑臺幕府	王門別後到滄洲　帝里相逢俱白頭 自歎馬卿常帶疾　還嗟李廣不封侯 棠梨宮裏瞻龍袞　細柳營中著虎裘 想到滑臺桑葉落　黄河東注杏園秋	卷二百九十四，9，P3348
中唐	392.	武元衡	長安敍懷寄崔十五	延首直城西　花飛綠草齊　迢遙隔山水 悵望思遊子　百囀黄鸝細雨中 千條翠柳衡門裏　門對長安九衢路 愁心不惜芳菲度　風塵冉冉秋復春 鐘鼓喧喧朝復暮　漢家宮闕在中天	卷三百十六，10，P3547

				紫陌朝臣車馬連 蕭蕭霓旌合仙杖 悠悠劍佩入爐煙 李廣少時思報國 終軍未遇敢論邊 無媒守儒行 榮悴紛相映 家甚長卿貧 身多公幹病 不知身病竟如何 懶向青山眠薜蘿 雞黍空多元伯惠 琴書不見子猷過 超名累歲與君同 自歎還隨鷁退風 聞說唐生子孫在 何當一爲問窮通	
	393.	元稹	奉和浙西大夫李德裕述夢四十韻大夫本題言贈於夢中詩賦以寄一二僚友故今所和者亦止述翰苑舊游而已次本韻	聞有池塘什 還因夢寐遭 攀禾工類蔡 詠豆敏過曹 莊蝶玄言祕 羅禽藻思高 戈矛排筆陣 貔虎讓文韜 綵繢鸞凰頸 權奇驥騄髦 神樞千里應 華衮一言褒 李廣留飛箭 王祥得佩刀 傳乘司隸馬 繼染翰林毫 辨穎？超脫 詞鋒豈足囊 金剛錐透玉 鑌鐵劍吹毛 顧我曾陪附 思君正鬱陶 近酬新樂錄 仍寄續離騷 阿閣偏隨鳳 方壺共跨鼇 借騎銀杏葉 橫賜錦垂萄 冰井分珍果 金瓶貯御醪 獨辭珠有戒 廉取玉非叨 麥紙侵紅點 蘭燈燄碧高 代予言不易 承聖旨偏勞 繞月同棲鵲 驚風比夜獒 吏傳開鎖契	卷四百二十三，12，P4646

				神撼引鈴絛　渥澤深難報　危心過自操 犯顏誠懇懇　騰口懼忉忉　佩寵雖緺綬 安貧尚葛袍　賓親多謝絕　延薦必英豪 分阻杯盤會　閒隨寺觀遨　祇園一林杏 仙洞萬株桃　澥海滄波減　昆明劫火熬 未陪登鶴駕　已訃墮烏號　痛淚過江浪 冤聲出海濤　尚看恩詔溼　已夢壽宮牢 再造承天寶　新持濟巨篙　猶憐弊簪履 重委舊旌旄　北望心彌苦　西回首屢搔 九霄難就日　兩浙僅容舠　暮竹寒窗影 衰楊古郡濠　魚鰕集橘市　鶴鸛起亭皋 朽刃休衝斗　良弓枉在弢　早彎摧虎兕 便鑄墾蓬蒿　漁艇宜孤棹　樓船稱萬艘 量材分用處　終不學滔滔	
晚唐	394.	吳融	赴闕次留獻荊南成相公三十韻	分閫兼文德　持衡有武功　荊南知獨去 海內更誰同　拔地孤峯秀　當天一鶚雄 雲生五色筆　月吐六鈞弓　骨格凌秋聳 心源見底空　神清餐沆瀣　氣逸飲洪濛 臨事成奇策　全身仗至忠　解鞍欺李廣 煮弩笑臧洪　往昔逢多難　來茲故統戎 卓旗雲夢澤　撲火細腰宮　鏟土樓臺搆	卷六百八十五，20，P7866

				連江雉堞籠 似平鋪掌上 疑湧出壺中 豈是勞人力 寧因役鬼工 本遺三戶在 今匝萬家通 畫舸橫青雀 危檣列綵虹 席飛巫峽雨 袖拂宋亭風 場廣盤毬子 池閒引釣筒 禮賢金璧賤 煦物雪霜融 酒滿梁塵動 棋殘漏滴終 儉常資澹靜 貴絕恃穹崇 唯要臣誠顯 那求帝渥隆 甘棠名異奭 大樹姓非馮 自念爲遷客 方諧謁上公 痛知遭止棘 頻歎委飄蓬 借宅誅茅綠 分囷指粟紅 只慚燕館盛 寧覺阮途窮 渙汗霑明主 滄浪別釣翁 去曾憂塞馬 歸欲逐邊鴻 積感深於海 銜恩重極嵩 行行柳門路 回首下離東	
晚唐	395.	徐夤	贈楊著	藻麗熒煌冠士林 白華榮養有曾參 十年去里荊門改 八歲能詩相座吟 李廣不侯身漸老 子山操賦恨何深 釣魚臺上頻相訪 共說長安淚滿襟	卷七百九，21，P8164
晚唐	396.	沈彬	塞下三首：三	月冷榆關過雁行 將軍寒笛老思鄉 貳師骨恨千夫壯 李廣魂飛一劍長 戍角就沙催落日 陰雲分磧護飛霜 誰知漢武輕中國 閒奪天山草木荒	卷七百四十三，21，P8456

	397.	李瀚	蒙求	同上	卷八百八十一，25，P9960
晚唐	398.	李頻	贈李將軍	吾宗偏好武　漢代將家流　走馬辭中禁 屯軍向渭州　天心待破虜　陣面許封侯 卻得河源水　方應洗國讐	卷五百八十九，18，P6838
晚唐	399.	崔道融	題李將軍傳	猿臂將軍去似飛　彎弓百步虜無遺 漢文自與封侯得　何必傷嗟不遇時	卷七百十四，21，P8209
	400.	溫庭筠	傷溫德彝	昔年戎虜犯榆關　一敗龍城匹馬還 侯印不聞封李廣　他人丘壟似天山	卷五百七十九，17，P6728
	401.	盧綸	送餞從叔辭豐州幕歸嵩陽舊居	白鬚宗孫侍坐時　願持壽酒前致詞 鄙詞何所擬　請自邊城始　邊城貴者李將軍 戰鼓遙疑天上聞　屯田布錦周千里 牧馬攢花溢萬羣　白雲本是喬松伴 來遶青營復飛散　三聲畫角咽不通 萬里蓬根一時斷　豐州聞說似涼州 沙塞晴明部落稠　行客已去依獨戍 主人猶自在高樓　夢親旌旆何由見 每阻清風一回面　洞裏先生那怪遲 人天無路自無期　砂泉丹井非同味 桂樹榆林不并枝　吾翁致身殊得計 地仙亦是三千歲　莫著戎衣期上清 東方曼倩逢人輕	卷二百七十六，9，P3136

	402.	杜牧	贈張祜	詩韻一逢君 平生稱所聞 粉毫唯畫月 瓊尺只裁雲 鯨陣人人懾 秋星歷歷分 數篇留別我 羞殺李將軍	卷五百二十四，16，P5993
	403.	李商隱	舊將軍	雲臺高議正紛紛 誰定當時蕩寇勳 日暮灞陵原上獵 李將軍是故將軍	卷五百四十，16，P6209
	404.	曹鄴	東武吟	心如山上虎 身若倉中鼠 惆悵倚市門 無人與之語 夜宴李將軍 欲望心相許 何曾聽我言 貪謔邯鄲女 獨上黃金臺 淒涼淚如雨	卷五百九十三，18，P6873
	405.	羅隱	韋公子	擊柱狂歌慘別顏 百年人事夢魂間 李將軍自嘉聲在 不得封侯亦自閒	卷六百六十四，19，P7608
	406.	陳陶	塞下曲：一	邊頭能走馬 猿臂李將軍 射虎羣胡伏 開弓絕塞聞 海山諳向背 攻守別風雲 只爲坑降罪 輕車未轉勳	卷七百四十五，21，P8465
	407.	無名氏	胡笳曲	月明星稀霜滿野 氈車夜宿陰山下 漢家自失李將軍 單于公然來牧馬	卷七百八十六，22，P8865
	408.	皎然	武源行贈丘卿岑	昔年羣盜阻江東 吳山動搖楚澤空 齊人亦戴蜂蠆毒 美稷化爲荊棘叢 洶洶四顧多窟穴 浮雲白波名不同 萬人死地當虎口 一旦生涯懸瞉中	卷八百二十一，23，P9266

				昨日將軍徇死節　悉向生民陷成血 胸中豹略張陣雲　握內蛇矛揮白雪 長洲南去接孤城　居人散盡鼓譟驚 三春不見芳草色　四面唯聞刁斗聲 此時狂寇紛如市　君當要衝固深壘 縱橫計出皆獲全　士卒身先每輕死 掃平氛祲望吳門　人間歲美桑柘繁 比屋生全受君賜　連營罷戰賴君恩 如何棄置功不錄　通籍無名滯江曲 灞亭不重李將軍　漢爵猶輕蘇屬國 荒營寂寂隱山椒　春意空驚故柳條 野戰攻城盡如此　即今誰是霍嫖姚	
初唐	409.	駱賓王	古體詩：雜詩	山河千里國　城闕九重門　不覩皇居壯 安知天子尊　皇居帝里崤函谷 鶉野龍山侯甸服　五緯連影集星躔 八水分流橫地軸　秦塞重關一百二 漢家離宮三十六　桂殿嶔岑對玉樓 椒房窈窕連金屋　三條九陌麗城隈 萬戶千門平旦開　複道斜通鳷鵲觀 交衢直指鳳皇臺　劍履南宮入 簪纓北闕來　聲名冠寰宇　文物象昭回	揚雄

				鉤陳肅蘭戺 璧沼浮槐市 銅羽應風回 金莖承露起 校文天祿閣 習戰昆明水 朱邸抗平臺 黃扉通戚里 平臺戚里帶崇墉 炊金饌玉待鳴鐘 小堂綺帳三千戶 大道青樓十二重 寶蓋雕鞍金絡馬 蘭窗繡柱玉盤龍 繡柱璇題粉壁映 鏘金鳴玉王侯盛 王侯貴人多近臣 朝遊北里暮南鄰 陸賈分金將讌喜 陳遵投轄正留賓 趙李經過密 蕭朱交結親 丹鳳朱城白日暮 青牛紺幰紅塵度 俠客珠彈垂楊道 倡婦銀鉤采桑路 倡家桃李自芳菲 京華遊俠盛輕肥 延年女弟雙鳳入 羅敷使君千騎歸 同心結縷帶 連理織成衣 春朝桂尊尊百味 秋夜蘭燈燈九微 翠幌珠簾不獨映 清歌寶瑟自相依 且論三萬六千是 寧知四十九年非 古來榮利若浮雲 人生倚伏信難分 始見田竇相移奪 俄聞衞霍有功勳 未厭金陵氣 先開石槨文 朱門無復張公子 灞亭誰畏李將軍 相顧百齡皆有待 居然萬化咸應改	

				桂枝芳氣已銷亡 柏梁高宴今何在 春去春來苦自馳 爭名爭利徒爾爲 久留郎署終難遇 空掃相門誰見知 當時一旦擅豪華 自言千載長驕奢 倏忽摶風生羽翼 須臾失浪委泥沙 黃雀徒巢桂 青門遂種瓜 黃金銷鑠素絲變 一貴一賤交情見 紅顏宿昔白頭新 脫粟布衣輕故人 故人有湮淪 新知無意氣 灰死韓安國 羅傷翟廷尉 已矣哉 歸去來 馬卿辭蜀多文藻 揚雄仕漢乏良媒 三冬自矜誠足用 十年不調幾邅回 汲黯薪逾積 孫弘閣未開 誰惜長沙傅 獨負洛陽才	
初唐	410.	高適	酬裴秀才	男兒貴得意 何必相知早 飄蕩與物永 躊跎覺年老 長卿無產業 季子慚妻嫂 此事難重陳 未於衆人道	卷二百十一，6，2193
初唐	411.	魏萬	金陵酬李翰林謫仙子	君抱碧海珠 我懷藍田玉 各稱希代寶 萬里遙相燭 長卿慕藺久 子猷意已深 平生風雲人 暗合江海心 去秋忽乘興 命駕來東土 謫仙遊梁園 愛子在鄒魯 二處一不見 拂衣向江東 五兩挂海月	卷二百六十一，8，2905

				扁舟隨長風 南遊吳越徧 高揖二千石 雪上天台山 春逢翰林伯 宣父敬項橐 林宗重黃生 一長復一少 相看如弟兄 惕然意不盡 更逐西南去 同舟入秦淮 建業龍盤處 楚歌對吳酒 借問承恩初 宮買長門賦 天迎駟馬車 才高世難容 道廢可推命 安石重攜妓 子房空謝病 金陵百萬戶 六代帝王都 虎石據西江 鍾山臨北湖 二山信爲美 王屋人相待 應爲岐路多 不知歲寒在 君游早晚還 勿久風塵間 此別未遠別 秋期到仙山	
	412.	杜甫	同元使君舂陵行	遭亂髮盡白 轉衰病相嬰 沈綿盜賊際 狼狽江漢行 歎時藥力薄 爲客羸瘵成 吾人詩家秀 博采世上名 粲粲元道州 前聖畏後生 觀呼舂陵作 欻見俊哲情 復覽賊退篇 結也實國楨 賈誼昔流慟 匡衡常引經 道州憂黎庶 詞氣浩縱橫 兩章對秋月 一字偕華星 至君唐虞際 純樸憶大庭 何時降璽書 用爾爲丹青 獄訟永衰息 豈唯偃甲兵 悽惻念誅求 薄斂近休明 乃知正人意 不苟飛長纓	卷二百二十二，7，2360

				涼飆振南岳 之子寵若驚 色阻金印大 興含滄浪清 我多長卿病 日夕思朝廷 肺枯渴太甚 漂泊公孫城 呼兒具紙筆 隱几臨軒楹 作詩呻吟內 黑澹字攲傾 感彼危苦詞 庶幾知者聽 （小序）：覽道州元使君結舂陵行，兼賊退後示官吏作二首，志之曰：當天子分憂之地，效漢官良吏之目。今盜賊未息，知民疾苦，得結輩十數公，落落然參錯天下爲邦伯，萬物吐氣，天下少安，可得矣。不意復見比興體制，微婉頓挫之詞，感而有詩。增諸卷軸，簡知我者，不必寄元。）	
	413.	杜甫	送高司直尋封閬州	丹雀銜書來 暮棲何鄉樹 驊騮事天子 辛苦在道路 司直非冗官 荒山甚無趣 借問泛舟人 胡爲入雲霧 與子姻婭間 即親亦有故 萬里長江邊 邂逅一相遇 長卿消渴再 公幹沈綿屢 清談慰老夫 開卷得佳句 時見文章士 欣然澹情素 伏枕聞別離 疇能忍漂寓 良會苦短促 溪行水奔注 熊羆咆空林 游子慎馳騖 西謁巴中侯 艱險如跬步 主人不世才 先帝常特顧 拔爲天軍佐 崇大王法度	卷二百二十二，7，2368

				淮海生清風 南翁尙思慕 公宮造廣廈 木石乃無數 初聞伐松柏 猶臥天一柱 我瘦書不成 成字讀亦誤 爲我問故人 勞心練征戍	
	414.	杜甫	奉送魏六丈佑少府之交廣	賢豪贊經綸 功成空名垂 子孫不振耀 歷代皆有之 鄭公四葉孫 長大常苦飢 眾中見毛骨 猶是麒麟兒 磊落貞觀事 致君樸直詞 家聲蓋六合 行色何其微 遇我蒼吾陰 忽驚會面稀 議論有餘地 公侯來未遲 虛思黃金貴 自笑青雲期 長卿久病渴 武帝元同時 季子黑貂敝 得無妻嫂欺 尙爲諸侯客 獨屈州縣卑 南游炎海甸 浩蕩從此辭 窮途仗神道 世亂輕土宜 解帆歲云暮 可與春風歸 出入朱門家 華屋刻蛟螭 玉食亞王者 樂張游子悲 侍婢豔傾城 綃綺輕霧霏 掌中琥珀鍾 行酒雙逶迤 新歡繼明燭 梁棟星辰飛 兩情顧盼合 珠碧贈于斯 上貴見肝膽 下貴不相疑 心事披寫間 氣酣達所爲 錯揮鐵如意 莫避珊瑚枝 始兼逸邁興 終慎賓主儀 戎馬闇天宇 嗚呼生別離	卷二百二十三，7，2380

	415.	杜甫	上韋左相二十韻	鳳曆軒轅紀 龍飛四十春 八荒開壽域 一氣轉洪鈞 霖雨思賢佐 丹青憶老臣 應圖求駿馬 驚代得麒麟 沙汰江河濁 調和鼎鼐新 韋賢初相漢 范叔已歸秦 盛業今如此 傳經固絕倫 豫樟深出地 滄海闊無津 北斗司喉舌 東方領搢紳 持衡留藻鑑 聽履上星辰 獨步才超古 餘波德照鄰 聰明過管輅 尺牘倒陳遵 豈是池中物 由來席上珍 廟堂知至理 風俗盡還淳 才傑俱登用 愚蒙但隱淪 長卿多病久 子夏索居頻 回首驅流俗 生涯似衆人 巫咸不可問 鄒魯莫容身 感激時將晚 蒼茫興有神 爲公歌此曲 涕淚在衣巾	卷二百二十四，7，2388
	416.	杜甫	贈陳二補闕	世儒多汨沒 夫子獨聲名 獻納開東觀 君王問長卿 皁雕寒始急 天馬老能行 自到青冥裏 休看白髮生	卷二百二十四，7，2395
	417.	杜甫	奉贈蕭二十使君	惜在嚴公幕 俱爲蜀使臣 艱危參大府 前後間清塵 起草鳴先路 乘槎動要津 王鳧聊暫出 蕭雉只相馴 終始任安義 荒蕪孟母鄰 聯翩匍匐禮 意氣死生親	卷二百三十三，7，2575

				張老存家事 嵇康有故人 食恩慚鹵莽 鏤骨抱酸辛 巢許山林志 夔龍廊廟珍 鵬圖乃矯翼 熊軾且移輪 磊落衣冠地 蒼茫土木身 塤篪鳴自合 金石瑩逾新 重憶羅江外 同遊錦水濱 結歡隨過隙 懷舊益霑巾 曠絕含香舍 稽留伏枕辰 停驂雙闕早 迴雁五湖春 不達長卿病 從來原憲貧 監河受貸粟 一起轍中鱗	
	418.	王維	送嚴秀才還蜀	寧親爲令子 似舅即賢甥 別路經花縣 還鄉入錦城 山臨青塞斷 江向白雲平 獻賦何時至 明君憶長卿	卷一百二十六，4，1268
	419.	王維	春過賀遂員外藥園	前年槿籬故 新作藥欄成 香草爲君子 名花是長卿 水穿盤石透 藤繫古松生 畫畏開廚走 來蒙到屣迎 蔗漿菰米飯 蒟醬露葵羹 頗識灌園意 於陵不自輕	卷一百二十七，4，1291
盛唐	420.	岑參	司馬相如琴臺	相如琴臺古 人去臺亦空 臺上寒蕭條 至今多悲風 荒臺漢時月 色與舊時同	卷一百九十八，6，P2043
盛唐	421.	錢起	和萬年成少府寓直	赤縣新秋夜 文人藻思催 鐘聲自仙掖 月色近霜臺 一葉兼螢度 孤雲帶雁來 明朝紫書下 應問長卿才	卷二百三十七，7，2624

盛唐	422.	錢起	送萬兵曹赴廣陵	秋日思還客 臨流語別難 楚城將坐嘯 郢曲有餘悲 山晚桂花老 江寒蘋葉衰 應須楊得意 更誦長卿辭	卷二百三十七，7，2640
盛唐	423.	任華	寄李白	古來文章有能奔逸氣 聳高格 清人心神 驚人魂魄 我聞當今有李白 大獵賦，鴻猷文 嗤長卿，笑子雲 班張所作瑣細不入耳 未知卿雲得在嗤笑限 登廬山，觀瀑布 海風吹不斷 江月照還空 余愛此兩句 登天台，望渤海 雲垂大鵬飛 山壓巨鰲背 斯言亦好在 至於他作多不拘常律 振擺超騰 既俊且逸 或醉中操紙 或興來走筆 手下忽然片雲飛 眼前劃見孤峯出 而我有時白日忽欲睡 睡覺欻然起攘臂 任生知有君 君也知有任生未 中間聞道在長安 及余戾止 君已江東訪元丹 邂逅不得見君面 每常把酒 向東望良久 見說往年在翰林 胸中矛戟何森森 新詩傳在宮人口 佳句不離明主心 身騎天馬多意氣 目送飛鴻對豪貴	卷二百六十一，8，2902

				承恩召入凡幾迴 待詔歸來仍半醉 權臣妒盛名 羣犬多吠聲 有勑放君卻歸隱淪處 高歌大笑出關去 且向東山爲外臣 諸侯交迓馳朱輪 白璧一雙買交者 黃金百鎰相知人 平生傲岸其志不可測 數十年爲客 未嘗一日低顏色 八詠樓中坦腹眠 五侯門下無心憶 繁花越臺上 細柳吳宮側 綠水青山知有君 白雲明月偏相識 養高兼養閒 可望不可攀 莊周萬物外 范蠡五湖間 人傳訪道滄海上 丁令王喬每往還 蓬萊徑是曾到來 方丈豈唯方一丈 伊余每欲乘興往相尋 江湖擁隔勞寸心 今朝忽遇東飛翼 寄此一章表胸臆 儻能報我一片言 但訪任華有人識	
盛唐	424.	皇甫冉	送魏六侍御葬	哭葬寒郊外 行將何所從 盛曹徒列柏 新墓已栽松 海月同千古 江雲覆幾重 舊書曾諫獵 遺草議登封 疇昔輕三事 嘗期老一峯 門臨商嶺道 窗引洛城鐘 應積泉中恨 無因世上逢 招尋偏見厚 疏慢亦相容 張范唯通夢 求羊永絕蹤 誰知長卿疾 歌賦不還邛	卷二百五十，8，2831

盛唐	425.	崔顥	贈懷一上人	法師東南秀　世實豪家子　削髮十二年 誦經峨眉裏　自此照羣蒙　卓然爲道雄 觀生盡入妄　悟有皆成空　淨體無衆染 苦心歸妙宗　一朝敕書至　召入承明宮 說法金殿裏　焚香清禁中　傳燈遍都邑 杖錫遊王公　天子揖妙道　羣僚趨下風 我法本無著　時來出林壑　因心得化城 隨病皆與藥　上啓黄屋心　下除蒼生縛 一從入君門　說法無朝昏　帝作轉輪王 師爲持戒尊　軒風灑甘露　佛雨生慈根 但有滅度理　而生開濟恩　復聞江海曲 好殺成風俗　帝曰我上人　爲除羶腥欲 是日發西秦　東南至蘄春　風將衡桂接 地與吳楚鄰　舊少清信士　實多漁獵人 一聞吾師至　捨網江湖濱　作禮懺前惡 潔誠期後因　因成日既久　事濟身不守 更出淮楚間　復來荆河口　荆河馬卿岑 茲地近道林　入講鳥常狎　坐禪獸不侵 都非緣未盡　曾是教所任　故我一來事 永承微妙音　竹房見衣鉢　松宇清身心 早悔業至淺　晚成計可尋　善哉遠公義 清淨如黄金	卷一百三十，4，1322

中唐	426.	韋應物	答李澣三首：二	馬卿猶有壁 漁父自無家 想子今何處 扁舟隱荻花	卷一百九十，6，1943
中唐	427.	張祜	琴曲歌辭：司馬相如琴歌	鳳兮鳳兮非無凰 山重水闊不可量 梧桐結陰在朝陽 濯羽弱水鳴高翔	卷二十三，1，P307
中唐	428.	盧綸	冬日登城樓有懷因贈程騰	生涯何事多羈束 賴此登臨暢心目 郭南郭北無數山 萬井逶迤流水間 彈琴對酒不知暮 岸幘題詩身自閒 風聲肅肅雁飛絕 雲色茫茫欲成雪 遙思海客天外歸 坐想征人兩頭別 世情多以風塵隔 泣盡無因畫籌策 誰知白首窗下人 不接朱門坐中客 賤亦不足歎 貴亦不足陳 長卿未遇楊朱泣 蔡澤無媒原憲貧 如今萬乘方用武 國命天威借貔虎 窮達皆爲身外名 公侯可廢刀頭取 君不見漢家邊將在邊庭 白羽三千出井陘 當風看獵擁珠翠 豈在終年窮一經	卷二百七十九，9，3173
中唐	429.	李端	重送鄭宥歸蜀因寄何兆	黃花西上路何如 青壁連天雁亦疏 爲報長卿休滌器 漢家思見茂陵書	卷二百八十六，9，3281

中唐	430.	薛濤	續嘉陵驛詩獻武相國	蜀門西更上青天 強爲公歌蜀國弦 卓氏長卿稱士女 錦江玉壘獻山川	卷八百三，23，9043
中唐	431.	武元衡	長安敍懷寄崔十五	延首直城西 花飛綠草齊 迢遙隔山水 悵望思遊子 百囀黄鸝細雨中 千條翠柳衡門裏 門對長安九衢路 愁心不惜芳菲度 風塵冉冉秋復春 鐘鼓喧喧朝復暮 漢家宮闕在中天 紫陌朝臣車馬連 蕭蕭霓旌合仙杖 悠悠劍佩入爐煙 李廣少時思報國 終軍未遇敢論邊 無媒守儒行 榮悴紛相映 家甚長卿貧 身多公幹病 不知身病竟如何 懶向青山眠薜蘿 雞黍空多元伯惠 琴書不見子猷過 超名累歲與君同 自歎還隨鷁退風 聞說唐生子孫在 何當一爲問窮通	卷三百十六，10，3547
中唐	432.	劉禹錫	酬湖州崔郎中見寄	風箏吟秋空 不肖指爪聲 高人靈府間 律呂伴咸英 昔年與兄遊 文似馬長卿 今來寄新詩 乃類陶淵明 磨礱老益智 吟詠閒彌精 豈非山水鄉 蕩漾神機清 渚煙蕙蘭動 溪雨虹蜺生 馮君虛上舍 待余乘興行	卷三百五十五，11，3990

中唐	433.	李賀	詠懷二首：一	長卿懷茂陵 綠草垂石井 彈琴看文君 春風吹鬢影 梁王與武帝 棄之如斷梗 惟留一簡書 金泥泰山頂	卷三百九十，12，4394
中唐	434.	李賀	南園十三首：七	長卿牢落悲空舍 曼倩詼諧取自容 見買若耶溪水劍 明朝歸去事猿公	卷三百九十，12，4401
晚唐	435.	許渾	秋日行次關西	金風蕩天地 關西羣木凋 早霜雞喔喔 殘月馬蕭蕭 紫陌秦山近 青楓楚樹遙 還同長卿志 題字滿河橋	卷五百三十二，16，6078
	436.	李商隱	寄蜀客	君到臨邛問酒壚 近來還有長卿無 金徽卻是無情物 不許文君憶故夫	卷五百四十，16，6199
	437.	溫庭筠	秋日旅舍寄義山李侍御	一水悠悠隔渭城 渭城風物近柴荊 寒蛩乍響催機杼 旅雁初來憶弟兄 自爲林泉牽曉夢 不關砧杵報秋聲 子虛何處堪消渴 試向文園問長卿	卷五百八十三，17，6756
晚唐	438.	崔玨	道林寺	臨湘之濱麓之隅 西有松寺東岸無 松風千里攏不斷 竹泉瀉入于僧廚 宏梁大棟何足貴 山寺難有山泉俱 四時唯夏不敢入 燭龍安敢停斯須 遠公池上種何物 碧羅扇底紅鱗魚 香閣朝鳴大法鼓 天宮夜轉三乘書 野花市井栽不著 山雞飲啄聲相呼 金檻僧迴步步影 石盆水濺聯聯珠	卷五百九十一，18，6857

				北臨高處日正午　舉手欲摸黃金烏 遙江大船小於葉　遠村雜樹齊如蔬 潭州城郭在何處　東邊一片青模糊 今來古往人滿地　勞生未了歸丘墟 長卿之門久寂寞　五言七字誇規模 我吟杜詩清入骨　灌頂何必須醍醐 白日不照耒陽縣　皇天厄死飢寒軀 明珠大貝採欲盡　蚌蛤空滿赤沙湖 今我題詩亦無味　懷賢覽古成長吁 不如興罷過江去　已有好月明歸途	
晚唐	439.	方干	送姚舒下第遊蜀	蜀路何迢遞　憐君獨去遊　風煙連北虜 山水似東甌　九折盤荒坂　重江遶漢州 臨邛一壺酒　能遣長卿愁	卷六百四十八，19，7441
	440.	羅隱	舊遊	良時不復再　漸老更難言　遠水猶經眼 高樓似斷魂　依依宋玉宅　歷歷長卿村 今日空江畔　相於只酒樽	卷六百五十九，19，7566
	441.	羅隱	封禪寺居	盛禮何由覩　嘉名偶寄居　周南太史淚 蠻徼長卿書　砌竹搖風直　庭花泣露疏 誰能賦秋興　千里隔吾廬	卷六百五十九，19，7569
晚唐	442.	鄭谷	寄職方李員外	曾袖篇章謁長卿　今來附鳳事何榮 星臨南省陪仙步　春滿東朝接珮聲 談笑不拘先後禮　歲寒仍契子孫情 龍墀仗下天街暖　共看圭峯并馬行	卷六百七十六，20，7754

	443.	韓偓	中秋禁直	星斗疏明禁漏殘 紫泥封後獨凭闌 露和玉屑金盤冷 月射珠光貝闕寒 天襯樓臺籠苑外 風吹歌管下雲端 長卿祗爲長門賦 未識君臣際會難	卷六百八十，20，7788
	444.	黃滔	喜翁文堯員外病起	衛玠羊車懸 長卿駟馬姿 天嫌太端正 神乃減風儀 飲冰俾消渴 斷穀皆清羸 越僧誇艾炷 秦女隔花枝 自能論苦器 不假求良醫 驚殺漳濱鬼 錯與劉生隨 昨日已如虎 今朝謁荀池 揚鞭入王門 四面人熙熙 青桂任霜霰 尺璧無瑕疵 迴塵卻惆悵 歸闕難遲遲	卷七百四，21，8095
	445.	黃滔	新野道中	野堂如雪草如茵 光武城邊一水濱 越客歸遙春有雨 杜鵑啼苦夜無人 東堂歲去銜杯懶 南浦期來落淚頻 莫道還家不惆悵 蘇秦羈旅長卿貧	卷七百五，21，8111
	446.	黃滔	奉和翁文堯員外文秀光賢書錦之什：一	鄉名里號一朝新 乃覺台恩重萬鈞 建水閩山無故事 長卿嚴助是前身 清泉引入旁添潤 嘉樹移來別帶春 莫凭欄干剩留駐 內庭虛位待才臣	卷七百五，21，8121
	447.	殷文圭	江南秋日	水國由來稱道情 野人經此頓神清 一篷秋雨睡初起 半硯冷雲吟未成 青笠漁兒筒釣沒 蒨衣菱女畫橈輕 冰綃寫上江南景 寄與金鑾馬長卿	卷七百七，21，8135

	448.	徐夤	義通里寓居即事	家仕寒梅翠嶺東　長安時節詠途窮 牡丹窠小春餘雨　楊柳絲疏夏足風 愁鬢已還年紀白　衰容寧藉酒杯紅 長卿甚有淩雲作　誰與清吟遶帝宮	卷七百九，21，8158
	449.	徐絃	亞元舍人不替深知猥貽佳作三篇清絕不敢輕酬因爲長歌聊以爲報未竟復得子喬校書示問故兼寄陳君庶資一笑耳	海陵城裏春正月　海畔朝陽照殘雪 城中有客獨登樓　遙望天邊白銀闕 白銀闕下何英英　雕鞍繡轂趨承明 閶門曉闢旌旗影　玉墀風細佩環聲 此處追飛皆俊彥　當年何事容疵賤 懷鉛晝坐紫微宮　焚香夜直明光殿 王言簡靜官司閒　朋好殷勤多往還 新亭風景如東洛　卭嶺林泉似北山 光陰暗度盃盂裏　職業未妨談笑間 有時邀賓復攜妓　造門不問都非是 酣歌叫笑驚四鄰　賦筆縱橫動千字 任他銀箭轉更籌　不怕金吾司夜吏 可憐諸貴賢且才　時情物望兩無猜 伊余獨稟狂狷性　褊量多言仍薄命 呑舟可漏豈無恩　負乘自貽非不幸 一朝削跡爲遷客　旦暮青雲千里隔 離鴻別雁各分飛　折柳攀花兩無色 盧龍渡口問迷津　瓜步山前送暮春	卷七百五十三，22，8569

			白沙江上曾行路　青林花落何紛紛	
			漢皇昔幸回中道　極目牛羊臥芳草	
			舊宅重游盡隙荒　故人相見多衰老	
			禪智寺，山光橋　風瑟瑟兮雨蕭蕭	
			行盃已醒殘夢斷　征途未極離魂消	
			海陵郡中陶太守　相逢本是隨行舊	
			乍申拜起已開眉　卻問辛勤還執手	
			精廬水榭最清幽　一稅征車聊駐留	
			閉門思過謝來客　知恩省分寬離憂	
			郡齋勝境有後池　山亭菌閣互參差	
			有時虛左來相召　舉白飛觴任所爲	
			多才太守能撾鼓　醉送金船間歌舞	
			酒酣耳熱眼生花　暫似京華歡會處	
			歸來旅館還端居　清風朗月夜窗虛	
			駸駸流景歲云暮　天涯望斷故人書	
			春來憑檻方歎息　仰頭忽見南來翼	
			足繫紅箋墮我前　引頸長鳴如有言	
			開緘試讀相思字　乃是多情喬亞元	
			短韻三篇皆麗絕　小梅寄意情偏切	
			金蘭投分一何堅　銀鉤置袖終難滅	
			醉後狂言何足奇　感君知己不相遺	
			長卿曾作美人賦　玄成今有責躬詩	

				報章欲託還京信　筆拙紙窮情未盡 珍重芸香陳子喬　亦解貽書遠相問 寧須買藥療羈愁　只恨無書消鄙吝 游處當時靡不同　歡娛今日兩成空 天子尙應憐賈誼　時人未要嘲揚雄 曲終筆閣緘封已　翩翩驛騎行塵起 寄向中朝謝故人　爲說相思意如此	
	450.	徐紘	廬陵別朱觀先輩	桂籍知名有幾人　翻飛相續上青雲 解憐才子寧唯我　遠作卑官尙見君 嶺外獨持嚴助節　宮中誰薦長卿文 新詩試爲重高詠　朝漢臺前不可聞	卷七百五十五，22，8591
晚唐	451.	楊萊兒	和趙光遠題壁	長者車塵每到門　長卿非慕卓王孫 定知羽翼難隨鳳　卻喜波濤未化鯤 嬌別翠鈿黏去袂　醉歌金雀碎殘尊 多情多病年應促　早辦名香爲返魂	卷八百二，23，9027
	452.	貫休	送友人之嶺外	五嶺難爲客　君遊早晚回　一囊秋課苦 萬里瘴雲開　金柱根應動　風雷舶欲來 明時好□進　莫滯長卿才	八百三十一，23，9375

	453.	陳子良	讚德上越國公楊素	君侯稱上宰 命世挺才英 本超騏驥足 復蘊風雲情 攄藻掞錦綺 育德潤瑤瓊 已踵四知舉 非無三傑名 濟世同舟檝 匡政本阿衡 雍容入青鎖 肅穆侍丹楹 桂宮擅鳴珮 槐路獨飛纓 高門羅虎戟 綺閣麗彫甍 金罇酌湛湛 歌扇掩盈盈 匈奴軼燕薊 烽火照幽并 天子名薄伐 受脤事專征 七德播雄略 十萬騁行兵 雁行蔽虜甸 魚貫出長城 交河方飲馬 瀚海盛揚旌 拔劍倚天外 蒙犀輝日精 彎弧穿伏石 揮戈斬大鯨 鼓鼙朝作氣 刁斗夜偏鳴 六郡多壯士 三邊豈足平 嶺雲朝合陣 山月夜臨營 胡塵暗馬色 芳樹動笳聲 關雲未盡散 塞霧常自生 川長蔓草綠 峯迴雜花明 小人愧王氏 雕文慚馬卿 濫此叨書記 何以謝過榮 高山徒仰止 終是恨才輕	卷三十九，2，498
	454.	馬素懷	奉和人日讌大明宮恩賜綵縷人勝應制	日宇千門平旦開 天容萬象列昭回 三陽候節金爲勝 百福迎祥玉作杯 就暖風光偏著柳 辭寒雪影半藏梅 何幸得參詞賦職 自憐終乏馬卿才	卷九十三，3，1009

	455.	司馬逸客	雅琴篇	亭亭嶧陽樹 落落千萬尋 獨抱出雲節 孤生不作林 影搖綠波水 彩絢丹霞岑 直幹思有託 雅志期所任 匠者果留盼 雕斵爲雅琴 文以楚山玉 錯以昆吾金 虬鳳吐奇狀 商徵含清音 清音雅調感君子 一撫一弄懷知己 不知鍾期百年餘 還憶朝朝幾千里 馬卿臺上應蕪沒 阮籍帷前空已矣 山情水意君不知 拂匣調弦爲誰理 調弦拂匣倍含情 況復空山秋月明 隴水悲風已嗚咽 離鵾別鶴更淒清 將軍塞外多奇操 中散林間有正聲 正聲諧風雅 欲竟此曲誰知者 自言幽隱乏先容 不道人物知音寡 誰能一奏和天地 誰能再撫歡朝野 朝野歡娛樂未央 車馬駢闐盛彩章 歲歲汾川事簫鼓 朝朝伊水聽笙簧 窈窕樓臺臨上路 妖嬈歌舞出平陽 彈弦本自稱仁祖 吹管由來許季長 猶憐雅歌淡無味 淥水白雲誰相貴 還將逸詞賞幽心 不覺繁聲論遠意 傳聞帝樂奏鈞天 儻冀微躬備五弦 願持東武宮商韻 長奉南熏億萬年	卷一百，4，1073

	456.	無	維揚少年與孟氏贈答詩：	神女得張碩　文君遇長卿 逢時兩相得　聊足慰多情	卷八百六十七，24，9819
初唐	457.	盧照鄰	送幽州陳參軍赴任寄呈鄉曲父老	薊北三千里　關西二十年　馮唐猶在漢 樂毅不歸燕　人同黃鶴遠　鄉共白雲連 郭隗池臺處　昭王尊酒前　故人當已老 舊壑幾成田　紅顏如昨日　衰鬢似秋天 西蜀橋應毀　東周石尚全　灞池水猶綠 榆關月早圓　塞雲初上雁　庭樹欲銷蟬 送君之舊國　揮淚獨潸然	卷四十二，2，529
	458.	張說	南中送北使二首：二	待罪居重譯　窮愁暮雨秋　山臨鬼門路 城繞瘴江流　人事今如此　生涯尚可求 逢君入鄉縣　傳我念京周　別恨歸途遠 離言暮景遒　夷歌翻下淚　蘆酒未消愁 聞有胡兵急　深懷漢國羞　和親先是詐 款塞果爲讎　釋繫應分爵　蠲徒幾復侯 廉頗誠未老　孫叔宜無謀　若道馮唐事 皇恩尚可收	卷八十八，3，972
	459.	薛業	晚秋贈張折衝	都尉今無事　時清但閉關　夜霜戎馬瘦 秋草射堂閒　位以穿楊得　名因折桂還 馮唐眞不遇　歎息鬢毛斑	卷一百十七，4，1185

	460.	王維	重酬苑郎中	何幸含香奉至尊　多慚未報主人恩 草木盡能酬雨露　榮枯安敢問乾坤 仙郎有意憐同舍　丞相無私斷掃門 揚子解嘲徒自遣　馮唐已老復何論 （小序）頃輒奉贈，忽枉見酬，敘末云，且久不遷，因而嘲及，詩落句云，應同羅漢無名欲，故作馮唐老歲年，亦解嘲之類也	卷一百二十八，4.1296
	461.	苑咸	酬王維	蓮花梵字本從天　華省仙郎早悟禪 三點成伊猶有想　一觀如幻自忘筌 爲文已變當時體　入用還推間氣賢 應同羅漢無名欲　故作馮唐老歲年 （小序）王員外兄以予嘗學天竺書，有戲題見贈，然王兄當代詩匠，又精禪理，枉采知音，形於雅作，輒走筆以酬焉，且久未遷，因而嘲及。	卷一百二十九，4，1317
	462.	杜甫	承沈八丈東美除膳部員外阻雨未遂馳賀奉寄此詩	今日西京掾　多除內省郎　通家惟沈氏 謁帝似馮唐　詩律羣公問　儒門舊史長 清秋便寓直　列宿頓輝光　未暇申宴慰 含情空激揚　司存何所比　膳部默悽傷 貧賤人事略　經過霖潦妨　禮同諸父長 恩豈布衣忘　天路牽騏驥　雲臺引棟梁 徒懷貢公喜　颯颯鬢毛蒼	卷二百二十四，7，2401

	463.	杜甫	寄岑嘉州	不見故人十年餘 不道故人無素書 願逢顏色關塞遠 豈意出守江城居 外江三峽且相接 斗酒新詩終日疏 謝朓每篇堪諷誦 馮唐已老聽吹噓 泊船秋夜經春草 伏枕青楓限玉除 眼前所寄選何物 贈子雲安雙鯉魚	卷二百二十九，2494
	464.	杜甫	垂白	垂白馮唐老 清秋宋玉悲 江喧長少睡 樓迥獨移時 多難身何補 無家病不辭 甘從千日醉 未許七哀詩	卷二百三十，7，2522
	465.	杜甫	哭王彭州掄	執友驚淪沒 斯人已寂寥 新文生沈謝 異骨降松喬 北部初高選 東堂早見招 蛟龍纏倚劍 鸞鳳夾吹簫 歷職漢庭久 中年胡馬驕 兵戈闇兩觀 寵辱事三朝 蜀路江干窄 彭門地里遙 解龜生碧草 諫獵阻清霄 頃壯戎麾出 叨陪幕府要 將軍臨氣候 猛士塞風飆 井漏泉誰汲 烽疏火不燒 前籌自多暇 隱几接終朝 翠石俄雙表 寒松竟後凋 贈詩焉敢墜 染翰欲無聊 再哭經過罷 離魂去住銷 之官方玉折 寄葬與萍漂 曠望渥洼道 霏微河漢橋 夫人先即世 令子各清標 巫峽長雲雨 秦城近斗杓 馮唐毛髮白 歸興日蕭蕭	卷二百三十一，7，2550

	466.	杜甫	續得觀書迎就當陽居止正月中旬定出三峽	自汝到荊府 書來數喚吾 頌椒添諷詠 禁火卜歡娛 舟楫因人動 形骸用杖扶 天旋夔子國 春近岳陽湖 發日排南喜 傷神散北吁 飛鳴還接翅 行序密銜蘆 俗薄江山好 時危草木蘇 馮唐雖晚達 終覬在皇都	卷二百三十二，7，2553
	467.	錢起	送張員外出牧岳州	鳳凰銜詔與何人 喜政多才寵寇恂 臺上鴛鸞爭送遠 岳陽雲樹待行春 自憐黃閣知音在 不厭彤幨出守頻 應笑馮唐衰且拙 世情相見白頭新	卷二百三十九，8，2669
	468.	張繼	酬張二十員外前國子博士竇叔向	故交日零落 心賞寄何人 幸與馮唐遇 心同跡復親 語言未終夕 離別又傷春 結念湓城下 聞猿詩興新	卷二百四十二，7，2720
	469.	李端	酬前駕部員外郎苗發	馬融方直校 閱簡復持鉛 素業高風繼 青春壯思全 論文多在夜 宿寺不虛年 自署區中職 同荒郭外田 山鄰三徑絕 野意八行傳 煮玉矜新法 留符識舊仙 涵苔溪溜淺 搖浪竹橋懸 複洞潛棲燕 疏楊半翳蟬 詠歌雖有和 雲錦獨成妍 應以馮唐老 相譏示此篇	卷二百八十六，9，3276

	470.	武元衡	酬陸員外歙州許員外郢州二使君	吳洲雲海接 楚驛夢林長 符節分憂重 鵷鴻去路翔 豔歌愁翠黛 寶瑟韻清商 洲草遙池合 春風曉旆張 晉臣多樂廣 漢主識馮唐 不作經年別 離魂亦未傷	卷三百十七，5，3569
	471.	權德輿	奉和李給事省中書情寄劉苗崔三曹長因呈許陳二閣老	常寮幾處伏明光 新詔聯翩夕拜郎 五夜漏清天欲曙 萬年枝暖日初長 分曹列侍登文石 促膝閒謠接羽觴 共說漢朝榮上賞 豈令三友滯馮唐	卷三百二十一，10，3615
	472.	權德輿	和職方殷郎中留滯江漢初至南宮呈諸公并見寄	十載別文昌 藩符寄武當 師貞上介辟 恩擢正員郎 藻思煙霞麗 歸軒印綬光 還希駐輦問 莫自嘆馮唐	卷三百二十一，10，3617
	473.	楊巨源	同太常尉遲博士闕下待漏	沈沈延閣抱丹墀 松色苔花顯露滋 爽氣曉來青玉甃 薰風宿在翠花旗 方瞻御陌三條廣 猶覺仙門一刻遲 此地含香從白首 馮唐何事怨明時	卷三百三十二，10，3472
	474.	白居易	渭村退居寄禮部崔侍郎翰林錢舍人詩一百韻	聖代元和歲 閒居渭水陽 不才甘命舛 多幸遇時康 朝野分倫序 賢愚定否臧 重文疏卜式 尚少棄馮唐 由是推天運 從茲樂性場 籠禽放高翥 霧豹得深藏 世慮休相擾 身謀且自強 猶須務衣食 未免事農桑 薙草通三徑 開田占一坊 晝扉扃白版 夜碓掃黃粱 隙地治場圃	卷四百三十八，13，4859

閒時糞土疆　枳籬編刺夾　薤壟擘科秧
穡力嫌身病　農心願歲穰　朝衣典杯酒
佩劍博牛羊　困倚栽松鍤　飢提采蕨筐
引泉來後澗　移竹下前岡　生計雖勤苦
家資甚渺茫　塵埃常滿甑　錢帛少盈囊
弟病仍扶杖　妻愁不出房　傳衣念襤褸
舉案笑糟糠　犬吠村胥鬧　蟬鳴織婦忙
納租看縣貼　輸粟問軍倉　夕歇攀村樹
秋行繞野塘　雲容陰慘澹　月色冷悠揚
蕎麥鋪花白　棠梨間葉黃　早寒風摵摵
新霽月蒼蒼　園菜迎霜死　庭蕪過雨荒
檐空愁宿燕　壁闇思啼螿　眼爲看書損
肱因運甓傷　病骸渾似木　老鬢欲成霜
少睡知年長　端憂覺夜長　舊遊多廢忘
往事偶思量　忽憶煙霄路　常陪劍履行
登朝思檢束　入閣學趨蹌　命偶風雲會
恩覃雨露霶　霑枯發枝葉　磨鈍起鋒鋩
崔閣連鑣騖　錢兄接翼翔　齊竽混韶夏
燕石廁琳琅　同日升金馬　分宵直未央
共詞加寵命　合表謝恩光　廐馬驕初跨
天廚味始嘗　朝餔頒餅餌　寒暑賜衣裳
對秉鵝毛筆　俱含雞舌香　青縑衾薄絮
朱裏幕高張　晝食恆連案　宵眠每并牀

差肩承詔旨　連署進封章　起草偏同視
疑文最共詳　滅私容點竄　窮理析毫芒
便共輸肝膽　何曾異肺腸　慎微參石奮
決密與張湯　禁闥青交瑣　宮垣紫界牆
井闌排菡萏　檐瓦鬬鴛鴦　樓額題鳷鵲
池心浴鳳凰　風枝萬年動　溫樹四時芳
宿露凝金掌　晨暉上璧璫　砌筠塗綠粉
庭果滴紅漿　曉從朝興慶　春陪宴柏梁
傳呼鞭索索　拜舞珮鏘鏘　仙仗環雙闕
神兵闢兩廂　火翻紅尾旆　冰卓白竿槍
滉瀁經魚藻　深沈近浴堂　分庭皆命婦
對院即儲皇　貴主冠浮動　親王轡鬧裝
金鈿相照耀　朱紫間熒煌　毬簇桃花綺
歌巡竹葉觴　窪銀中貴帶　昂黛內人妝
賜禊東城下　頒酺曲水傍　尊罍分聖酒
妓樂借仙倡　淺酌看紅藥　徐吟把綠楊
宴迴過御陌　行歇入僧房　白鹿原東脚
青龍寺北廊　望春花景暖　避暑竹風涼
下直閒如社　尋芳醉似狂　有時還後到
無處不相將　雞鶴初雖雜　蕭蘭久乃彰
來燕隗貴重　去魯孔恓惶　聚散期難定
飛沈勢不常　五年同晝夜　一別似參商
屈折孤生竹　銷摧百鍊鋼　途窮任顑頷

				道在肯徬徨 尙念遺簪折 仍憐病雀瘡 衈寒分賜帛 救餒減餘糧 藥物來盈裹 書題寄滿箱 殷勤翰林主 珍重禮闈郎 呴沫誠多謝 摶扶豈所望 提攜勞氣力 吹箧不飛揚 拙劣才何用 龍鍾分自當 妝嫫徒費黛 磨甋詎成璋 習隱將時背 干名與道妨 外身宗老氏 齊物學蒙莊 疏放遺千慮 愚蒙守一方 樂天無怨歎 倚命不劻勷 憤懣胸須豁 交加臂莫攘 珠沈猶是寶 金躍未爲祥 泥尾休搖掉 灰心罷激昂 漸閒親道友 因病事醫王 息亂歸禪定 存神入坐亡 斷癡求慧劍 濟苦得慈航 不動爲吾志 無何是我鄉 可憐身與世 從此兩相忘	
	475.	姚合	春日早朝寄劉起居	九衢寒霧斂 雙闕曙光分 綵杖迎春日 香煙接瑞雲 珮聲清漏間 天語侍臣聞 莫笑馮唐老 還來謁聖君	卷四百九十七，15，5638
	476.	姚合	偶然書懷	十年通籍入金門 自愧名微枉搢紳 鍊得丹砂疑不食 從茲白髮日相親 家山迢遞歸無路 杯酒稀疏病到身 漢有馮唐唐有我 老爲郎吏更何人	卷四百九十八，15，5662

	477.	杜牧	奉送中丞姊夫儔自大理卿出鎮江西敍事書懷因成十二韻	惟帝憂南紀 搜賢與大藩 梅仙調步騍 庾亮拂櫜鞬 一室何勞掃 三章自不冤 精明如定國 孤峻似陳蕃 灞岸秋猶嫩 藍橋水始喧 紅旓罣石壁 黑矟斷雲根 滕閣丹霄倚 章江碧玉奔 一聲仙妓唱 千里暮江痕 私好初童稚 官榮見子孫 流年休挂念 萬事至無言 玉輦君頻過 馮唐將未論 庸書讎萬債 竹塢問樊村	卷五百二十四，16，5991
	478.	趙牧	對酒	雲翁耕扶桑 種黍養日烏 手挼六十花甲子 循環落落如弄珠 長繩繫日未是愚 有翁臨鏡捋白鬚 飢魂弔骨吟古書 馮唐八十無高車 人生如雲在須臾 何乃自苦八尺軀 裂衣換酒且爲娛 勸君朝飲一瓢 夜飲一壺 杞天崩 雷騰騰 桀非堯是何足憑 桐君桂父豈勝我 醉裏白龍多上昇 菖蒲花開魚尾定 金丹始可延君命	卷五百六十三，17，6539
	479.	曹鄴	捕漁謠	天子好征戰 百姓不種桑 天子好年少 無人薦馮唐 天子好美女 夫婦不成雙	卷五百九十二，18，6861

	480.	公乘億	賦得郎官上應列宿	北極佇文昌 南宮曉拜郎 紫泥乘帝澤 銀印佩天光 緯結三台側 鉤連四輔傍 佐商依傳說 仕漢笑馮唐 委佩搖秋色 峨冠帶晚霜 自然符列象 千古耀巖廊	卷六百，18，6943
	481.	張喬	省中偶作	二轉郎曹自勉旃 莎階吟步想前賢 不如何遜無佳句 若比馮唐是壯年 捧制名題黃紙尾 約僧心在白雲邊 乳毛松雪春來好 直夜清閒且學禪	卷六百三十九，19，7333
	482.	鄭谷	省中偶作	三轉郎曹自勉旃 莎階吟步想前賢 未如何遜無佳句 若比馮唐是壯年 捧制名題黃紙尾 約僧心在白雪邊 乳毛松雪春來好 直夜清閒且學禪	卷六百七十六，19，7749
	483.	吳融	寄貫休	休公何處在 知我宦情無 已似馮唐老 方知武子愚 一身仍更病 雙闕又須趨 若得重相見 冥心學半銖	卷六百八十四，20，7854
	484.	李昉	寄孟賓于	初攜書劍別湘潭 金榜標名第十三 昔日聲名喧洛下 近來詩價滿江南 長爲邑令情終屈 縱處曹郎志未甘 莫學馮唐便休去 明君晚事未爲慚	卷七百三十八，14，8418

	485.	徐絃	送陳祕監歸泉州	風滿潮溝木葉飛 水邊行客駐驂騑 三朝恩澤馮唐老 萬里鄉關賀監歸 世路窮通前事遠 半生談笑此心違 離歌不識高堂慶 特地令人淚滿衣	卷七百五十六，22，8605
	486.	劉兼	晚樓寓懷	薄暮疏林宿鳥還 倚樓垂袂復憑欄 月沈江底珠輪淨 雲鎖峯頭玉葉寒 劉毅暫貧雖壯志 馮唐將老自低顏 無言獨對秋風立 擬把朝簪換釣竿	卷七百六十六，22，8689
	487.	劉兼	春夕遣懷	窮通分定莫淒涼 且放歡情入醉鄉 范蠡扁舟終去相 馮唐半世只爲郎 風飄玉笛梅初落 酒汎金樽月未央 休把虛名撓懷抱 九原丘隴盡侯王	卷七百六十六，22，8695
初唐	488.	駱賓王	古體詩：雜詩	山河千里國 城闕九重門 不覩皇居壯 安知天子尊 皇居帝里崤函谷 鶉野龍山侯甸服 五緯連影集星躔 八水分流橫地軸 秦塞重關一百二 漢家離宮三十六 桂殿嶔岑對玉樓 椒房窈窕連金屋 三條九陌麗城隈 萬戶千門平旦開 複道斜通鳷鵲觀 交衢直指鳳皇臺 劍履南宮入 簪纓北闕來 聲名冠寰宇 文物象昭回	卷七十七，3，843

鉤陳肅蘭戺　璧沼浮槐市　銅羽應風回
金莖承露起　校文天祿閣　習戰昆明水
朱邸抗平臺　黃扉通戚里　平臺戚里帶崇墉
炊金饌玉待鳴鐘　小堂綺帳三千戶
大道青樓十二重　寶蓋雕鞍金絡馬
蘭窗繡柱玉盤龍　繡柱璇題粉壁映
鏘金鳴玉王侯盛　王侯貴人多近臣
朝遊北里暮南鄰　陸賈分金將讌喜
陳遵投轄正留賓　趙李經過密　蕭朱交結親
丹鳳朱城白日暮　青牛紺幰紅塵度
俠客珠彈垂楊道　倡婦銀鉤采桑路
倡家桃李自芳菲　京華遊俠盛輕肥
延年女弟雙鳳入　羅敷使君千騎歸
同心結縷帶　連理織成衣　春朝桂尊尊百味
秋夜蘭燈燈九微　翠幌珠簾不獨映
清歌寶瑟自相依　且論三萬六千是
寧知四十九年非　古來榮利若浮雲
人生倚伏信難分　始見田竇相移奪
俄聞衞霍有功勳　未厭金陵氣　先開石槨文
朱門無復張公子　灞亭誰畏李將軍
相顧百齡皆有待　居然萬化咸應改
桂枝芳氣已銷亡　柏梁高宴今何在
春去春來苦自馳　爭名爭利徒爾爲

				久留郎署終難遇 空掃相門誰見知 當時一旦擅豪華 自言千載長驕奢 倏忽摶風生羽翼 須臾失浪委泥沙 黃雀徒巢桂 青門遂種瓜 黃金銷鑠素絲變 一貴一賤交情見 紅顏宿昔白頭新 脫粟布衣輕故人 故人有湮淪 新知無意氣 灰死韓安國 羅傷翟廷尉 已矣哉 歸去來 馬卿辭蜀多文藻 揚雄仕漢乏良媒 三冬自矜誠足用 十年不調幾邅回 汲黯薪逾積 孫弘閣未開 誰惜長沙傅 獨負洛陽才	
	489.	張說	崔司業挽歌二首	海岱英靈氣 膠庠禮樂資 風流滿天下 人物擅京師 疾起揚雄賦 魂遊謝客詩 從今好文主 遺恨不同時	卷八十七，3，959
盛唐	490.	胡皓	同蔡孚起居詠鸚鵡	鸚鵡殊姿致 鸞皇得比肩 常尋金殿裏 每話玉階前 賈誼才方達 揚雄老未遷 能言既有地 何惜爲聞天	卷一百八，4，1123
	491.	孟浩然	田園作	弊廬隔塵喧 惟先養恬素 卜鄰近三徑 植果盈千樹 粵余任推遷 三十猶未遇 書劍時將晚 丘園日已暮 晨興自多懷 晝坐常寡悟 沖天羨鴻鵠 爭食羞雞鶩 望斷金馬門 勞歌采樵路 鄉曲無知己 朝端乏親故 誰能爲揚雄 一薦甘泉賦	卷一百五十九，5，1627

	492.	李白	答杜秀才五松見贈	昔獻長楊賦　天開雲雨歡 當時待詔承明裏　皆道揚雄才可觀 勅賜飛龍二天馬　黃金絡頭白玉鞍 浮雲蔽日去不返　總爲秋風摧紫蘭 角巾東出商山道　採秀行歌詠芝草 路逢園綺笑向人　兩君解來一何好 聞道金陵龍虎盤　還同謝脁望長安 千峯夾水向秋浦　五松名山當夏寒 銅井炎爐歊九天　赫如鑄鼎荊山前 陶公矍鑠呵赤電　回祿睢盱揚紫煙 此中豈是久留處　便欲燒丹從列仙 愛聽松風且高臥　颼飀吹盡炎氛過 登崖獨立望九州　陽春欲奏誰相和 聞君往年遊錦城　章仇尙書倒屣迎 飛箋洛緯奏明主　天書降問迴恩榮 骯髒不能就珪組　至今空揚高蹈名 夫子工文絕世奇　五松新作天下推 吾非謝尙邀彥伯　異代風流各一時 一時相逢樂在今　袖拂白雲開素琴 彈爲三峽流泉音　從茲一別武陵去 去後桃花春水深	卷一百七十八，5，1819

	493.	李白	東武吟	好古笑流俗，素聞賢達風。方希佐明主， 長揖辭成功。白日在高天，迴光燭微躬。 恭承鳳凰詔，欻起雲蘿中。清切紫霄迥， 優游丹禁通。君王賜顏色，聲價凌煙虹。 乘輿擁翠蓋，扈從金城東。寶馬麗絕景， 錦衣入新豐。依巖望松雪，對酒鳴絲桐。 因學揚子雲，獻賦甘泉宮。天書美片善， 清芬播無窮。歸來入咸陽，談笑皆王公。 一朝去金馬，飄落成飛蓬。賓客日疏散， 玉樽亦已空。才力猶可倚，不慚世上雄。 閒作東武吟，曲盡情未終。書此謝知己， 吾尋黃綺翁。	……〔1704〕164，5
	494.	杜甫	奉贈韋左丞二十二韻	紈袴不餓死 儒冠多誤身 丈人試靜聽 賤子請具陳 甫昔少年日 早充觀國賓 讀書破萬卷 下筆如有神 賦料揚雄敵 詩看子建親 李邕求識面 王翰願卜鄰 自謂頗挺出 立登要路津 致君堯舜上 再使風俗淳 此意竟蕭條 行歌非隱淪 騎驢三十載 旅食京華春 朝扣富兒門 暮隨肥馬塵 殘杯與冷炙 到處潛悲辛 主上頃見徵 欻然欲求伸 青冥卻垂翅 蹭蹬無縱鱗 甚愧丈人厚 甚知丈人眞	卷二百十六，7，2251

				每於百僚上　猥誦佳句新　竊效貢公喜 難甘原憲貧　焉能心怏怏　祗是走踆踆 今欲東入海　即將西去秦　尚憐終南山 回首清渭濱　常擬報一飯　況懷辭大臣 白鷗沒浩蕩　萬里誰能馴	
	495.	杜甫	奉寄河南韋尹丈人	有客傳河尹　逢人問孔融　青囊仍隱逸 章甫尚西東　鼎石分門戶　詞場繼國風 尊榮瞻地絕　疏放憶途窮　濁酒尋陶令 丹砂訪葛洪　江湖漂短褐　霜雪滿飛蓬 牢落乾坤大　周流道術空　謬慚知薊子 眞怯笑揚雄　盤錯神明懼　謳歌德義豐 尸鄉餘土室　難說祝雞翁	卷二百二十四，7，2392
	496.	杜甫	贈獻納使起居田舍人	獻納司存雨露邊　地分清切任才賢 舍人退食收封事　宮女開函近御筵 曉漏追飛青瑣闥　晴窗點檢白雲篇 揚雄更有河東賦　唯待吹噓送上天	卷二百二十四，7，2396
	497.	王維	重酬苑郎中	何幸含香奉至尊，多慚未報主人恩。 草木盡能酬雨露，榮枯安敢問乾坤。 仙郎有意憐同舍，丞相無私斷掃門。 揚子解嘲徒自遣，馮唐已老復何論。 頃輒奉贈，忽枉見酬。敍末云，且久不遷，因而嘲及，詩落句云。應同羅漢無名欲，故作馮唐老歲年，亦解嘲之類也。	……〔1296〕128，4

	498.	錢起	堂成	背郭堂成蔭白茅　緣江路熟俯青郊 榿林礙日吟風葉　籠竹和煙滴露梢 暫止飛烏將數子　頻來語燕定新巢 旁人錯比揚雄宅　懶惰無心作解嘲	卷二百二十六，7，2433
	499.	錢起	送嚴維尉河南	蕙葉青青花亂開　少年趨府下蓬萊 甘泉未獻揚雄賦　吏道何勞賈誼才 征陌獨愁飛蓋遠　離筵只惜暝鐘催 欲知別後相思處　願植瓊枝向柏臺	卷二百三十九，8，2670
中唐	500.	戴叔倫	行路難	出門行路難　富貴安可期 淮陰不免惡少辱　阮生亦作窮途悲 顛倒英雄古來有　封侯卻屬屠沽兒 長安車馬隨輕肥　青雲賓從紛交馳 白眼向人多意氣　宰牛烹羊如折葵 讌樂寧知白日短　時時醉擁雙蛾眉 揚雄閉門空讀書　門前碧草春離離 不如拂衣且歸去　世上浮名徒爾爲	卷二百七十三，9，3072
	501.	盧綸	和王員外冬夜寓直	高步長裾錦帳郎　居然自是漢賢良 潘岳敍年因鬢髮　揚雄託諫在文章 九天韶樂飄寒月　萬戶香塵裛曉霜 坐見重門儼朝騎　可憐雲路獨翱翔	卷二百七十七，9，3142

	502.	權德輿	拜昭陵過咸陽墅	季子乏二頃 揚雄才一廛 伊予此南畝 數已踰前賢 頃歲辱明命 銘勳鏤貞堅 遂茲操書致 內顧增缺然 乃葺場圃事 迨今三四年 適因昭陵拜 得抵咸陽田 田夫競致辭 鄉耋爭來前 村盤既羅列 雞黍皆珍鮮 古稱祿代耕 人以食爲天 自慚廩給厚 諒使井稅先 塗塗溝塍霧 漠漠桑柘煙 荒蹊沒古木 精舍臨秋泉 池籠豈所安 樵牧乃所便 終當解纓絡 田里諧因緣	卷三百二十，10，3607
	503.	權德輿	數名詩	一區揚雄宅 恬然無所欲 二頃季子田 歲晏常自足 三端固爲累 事物反徽束 四體苟不動 安得豐菽粟 五侯誠暐曄 榮甚或爲辱 六翮未騫翔 虞羅乃相觸 七人稱作者 杳杳有遐躅 八桂挺奇姿 森森照初旭 九歌傷澤畔 怨思徒刺促 十翼有格言 幽貞謝浮俗	卷三百二十七，10，3665
	504.	李賀	綠章封事	青霓扣額呼宮神 鴻龍玉狗開天門 石榴花發滿溪律 溪女洗花染白雲 綠章封事諮元父 六街馬蹄浩無主 虛空風氣不清冷 短衣小冠作塵土 金家香衖千輪鳴 揚雄秋室無俗聲 願攜漢戟招書鬼 休令恨骨塡蒿里	卷三百九十，12，4396

	505.	元稹	哭呂衡州六首	杜預春秋癖　揚雄著述精　在時兼不語 終古定歸名　耒水波文細　湘江竹葉輕 平生思風月　潛寐若爲情	卷四百三，12，4505
	506.	白居易	和談校書秋夜感懷呈朝中親友	遙夜涼風楚客悲　清砧繁漏月高時 秋霜似鬢年空長　春草如袍位尚卑 詞賦擅名來已久　煙霄得路去何遲 漢庭卿相皆知己　不薦揚雄欲薦誰	卷四百三十六，18，4828
	507.	牟融	題趙支	林間曲徑掩衡茅　遶屋青青翡翠梢 一枕秋聲鸞舞月　半窗雲影鶴歸巢 曾聞賈誼陳奇策　肯學揚雄賦解嘲 我有清風高節在　知君不負歲寒交	卷四百六十七，14，5311
中唐	508.	長孫佐輔	山行書事	日落風颼颼　驅車行遠郊　中心有所悲 古墓穿黄茅　茅中狐兔窠　四面烏鳶巢 鬼火時獨出　人煙不相交　行行近破村 一徑欹還坳　迎霜聽蟋蟀　向月看蠨蛸 翁喜客來至　客來羞廚庖　濁醪誇潑蟻 時果仍新苞　相勸對寒燈　呼兒爇枯梢 性朴頗近古　其言無斗筲　憂歡世上并 歲月途中抛　誰知問津客　空作揚雄嘲	卷四百六十九，14，5334

	509.	楊發	小園秋興	誰言帝城裏　獨作野人居　石磴晴看疊 山苗晚自鋤　相慚五秉粟　尙癖一車書 昔日揚雄宅　還無鄉相輿	卷五百十七，15，5904
晚唐	510.	趙嘏	降虜	廣武溪頭降虜稀　一聲寒角怨金微 河湟不在春風地　歌舞空裁雪夜衣 鐵馬半嘶邊草去　狼煙高映塞鴻飛 揚雄尙白相如吃　今日何人從獵歸	卷五百四十九，17，6350
	511.	趙嘏	送從翁中丞奉使黠戛斯六首	揚雄詞賦舉天聞　萬里油幢照塞雲 僕射峯西幾千騎　一時迎著漢將軍	卷五百五十，17，6373
	512.	薛能	春早選寓長安二首	疏拙自沈昏　長安豈是村　春非閒客事 花在五侯門　道僻惟憂禍　詩深不敢論 揚雄若有薦　君聖合承恩	卷五百五十八，17，6474
	513.	薛能	許州題觀察判官廳	三載從戎類繫匏　重遊全許尙分茅 劉郎別後無遺履　丁令歸來有舊巢 冬暖井梧多未落　夜寒窗竹自相敲 纖腰弟子知千恨　笑與揚雄作解嘲	卷五百五十九，17，6486
	514.	李郢	園居	暮雨揚雄宅　秋風向秀園　不聞砧杵動 時看桔槔翻　釣下魚初食　船移鴨暫喧 橘寒才弄色　須帶早霜繁	卷五百九十，18，6848

	515.	陸龜蒙	奉和襲美新秋言懷三十韻次韻	身閒唯愛靜　籬外是荒郊　地僻憐同巷 庭喧厭累巢　岸聲摇舴艋　窗影辨蟰蛸 徑祗溪禽下　關唯野客敲　竹岡從古凸 池緣本來顱　早藕擎霜節　涼花束紫梢 漁情隨錘網　獵興起鳴髇　好夢經年說 名方著處抄　才疏惟自補　技癢欲誰抓 窗靜常懸蘿　鞭閒不正鞘　山衣輕斧藻 天籟逸弦匏　蕙轉風前帶　桃烘雨後膠 蘚乾黏晚砌　煙溼動晨庖　沈約便圖籍 揚雄重酒肴　目曾窺絕洞　耳不犯征鐃 曆外窮飛朔　蓍中記伏爻　石林空寂歷 雲肆肯嘵譊　松桂何妨蠹　龜龍亦任嘲 未能丹作髓　誰相紫爲胞　莫把榮枯異 但和大小包　由弓猿不捷　梁圈虎忘虓 舊友懷三益　關山阻二崤　道隨書簏古 時共釣輪拋　好作忘機士　須爲莫逆交 看君馳諫草　憐我臥衡茅　出處雖冥默 薰蕕肯溷殽　岸沙從鶴印　崖蜜勸人䕶 白菌盈枯枿　黄精滿綠筲　仙因隱居信 禪是淨名教　勿謂江湖永　終浮一大匏	卷六百二十三，18，7164

	516.	陸龜蒙	酬襲美見寄海蟹	藥杯應阻蟹螯香　卻乞江邊採捕郎 自是揚雄知郭索　且非何胤敢餦餭 骨清猶似含春靄　沫白還疑帶海霜 強作南朝風雅客　夜來偷醉早梅傍	卷六百二十四，18，7175
	517.	羅隱	寄侯博士	規諫揚雄賦　邅迴賈誼官　久貧還往少 孤立轉遷難　清鏡流年急　高槐旅舍寒 侏儒亦何有　飽食向長安	卷六百五十九，19，7568
	518.	羅隱	寄酬鄴王羅令公五首	敢將衰弱附強宗　細算還緣血脈同 湘浦煙波無舊跡　鄴都蘭菊有遺風 每憐罹亂書猶達　所恨雲泥路不通 珍重珠璣兼繡段　草玄堂下寄揚雄	卷六百六十一，15，7584
	519.	鄭谷	蜀中三首	夜無多雨曉生塵　草色嵐光日日新 蒙頂茶畦千點露　浣花牋紙一溪春 揚雄宅在唯喬木　杜甫臺荒絕舊鄰 卻共海棠花有約　數年留滯不歸人	卷六百七十六，20，7742
	520.	鄭谷	贈楊夔二首	時無韓柳道難窮　也覺天公不至公 看取年年金牓上　幾人才氣似揚雄	卷六百七十七，20，7763

	521.	徐鉉	亞元舍人不替深知猥貽佳作三篇清絕不敢輕酬因爲長歌聊以爲報未竟復得子喬校書示問故兼寄陳君庶資一笑耳	海陵城裏春正月 海畔朝陽照殘雪 城中有客獨登樓 遙望天邊白銀闕 白銀闕下何英英 雕鞍繡轂趨承明 閶門曉闢旌旗影 玉墀風細佩環聲 此處追飛皆俊彥 當年何事容疵賤 懷鉛晝坐紫微宮 焚香夜直明光殿 王言簡靜官司閒 朋好殷勤多往還 新亭風景如東洛 邙嶺林泉似北山 光陰暗度盃盂裏 職業未妨談笑間 有時邀賓復攜妓 造門不問都非是 酣歌叫笑驚四鄰 賦筆縱橫動千字 任他銀箭轉更籌 不怕金吾司夜吏 可憐諸貴賢且才 時情物望兩無猜 伊余獨稟狂狷性 褊量多言仍薄命 吞舟可漏豈無恩 負乘自貽非不幸 一朝削跡爲遷客 旦暮青雲千里隔 離鴻別雁各分飛 折柳攀花兩無色 盧龍渡口問迷津 瓜步山前送暮春 白沙江上曾行路 青林花落何紛紛 漢皇昔幸回中道 極目牛羊臥芳草 舊宅重游盡隙荒 故人相見多衰老 禪智寺，山光橋 風瑟瑟兮雨蕭蕭	卷七百五十三，22，8569

行盃已醒殘夢斷　征途未極離魂消
海陵郡中陶太守　相逢本是隨行舊
乍申拜起已開眉　卻問辛勤還執手
精廬水榭最清幽　一稅征車聊駐留
閉門思過謝來客　知恩省分寬離憂
郡齋勝境有後池　山亭菌閣互參差
有時虛左來相召　舉白飛觴任所爲
多才太守能撾鼓　醉送金船間歌舞
酒酣耳熱眼生花　暫似京華歡會處
歸來旅館還端居　清風朗月夜窗虛
駸駸流景歲云暮　天涯望斷故人書
春來憑檻方歎息　仰頭忽見南來翼
足繫紅箋墮我前　引頸長鳴如有言
開緘試讀相思字　乃是多情喬亞元
短韻三篇皆麗絕　小梅寄意情偏切
金蘭投分一何堅　銀鉤置袖終難滅
醉後狂言何足奇　感君知己不相遺
長卿曾作美人賦　玄成今有責躬詩
報章欲託還京信　筆拙紙窮情未盡
珍重芸香陳子喬　亦解貽書遠相問
寧須買藥療羈愁　只恨無書消鄙吝
游處當時靡不同　歡娛今日兩成空

				天子尙應憐賈誼 時人未要嘲揚雄 曲終筆閣緘封已 翩翩驛騎行塵起 寄向中朝謝故人 爲說相思意如此	
	522.	清晝、韓章、楊秦卿、仲文（失姓）	春日會韓武康章後亭聯句	後園堪寄賞 日日對春風 客位繁陰下 公牆細柳中 坐看青嶂遠 心與白雲同 林暗花煙入 池深遠水通 井桃新長蕊 欄藥未成叢 松竹宜禪客 山泉入謝公 砌香翻芍藥 簷靜倚梧桐 外慮宜簾卷 忘情與道空 楚僧招惠遠 蜀客挹揚雄 便寄柴桑隱 何勞訪剡東	卷七百九十四，22，8939
	523.	李瀚	蒙求	同上	
盛唐	524.	李白	答王十二寒夜獨酌有懷	昨夜吳中雪 子猷佳興發 萬里浮雲卷碧山 青天中道流孤月 孤月滄浪河漢清 北斗錯落長庚明 懷余對酒夜霜白 玉牀金井水峥嶸 人生飄忽百年內 且須酣暢萬古情 君不能狸膏金距學鬬雞 坐令鼻息吹虹霓 君不能學哥舒橫行青海夜帶刀 西屠石堡取紫袍 吟詩作賦北窗裏 萬言不直一杯水 世人聞此皆掉頭 有如東風射馬耳 魚目亦笑我	卷一百七十八，5，1820

				請與明月同 驊騮拳跼不能食 蹇驢得志鳴春風 折楊皇華合流俗 晉君聽琴枉清角 巴人誰肯和陽春 楚地由來賤奇璞 黃金散盡交不成 白首爲儒身被輕 一談一笑失顏色 蒼蠅貝錦喧謗聲 曾參豈是殺人者 讒言三及慈母驚 與君論心握君手 榮辱於余亦何有 孔聖猶聞傷鳳麟 董龍更是何雞狗 一生傲岸苦不諧 恩疏媒勞志多乖 嚴陵高揖漢天子 何必長劍拄頤事玉階 達亦不足貴 窮亦不足悲 韓信羞將絳灌比 禰衡恥逐屠沽兒 君不見李北海 英風豪氣今何在 君不見裴尚書 土墳三尺蒿棘居 少年早欲五湖去 見此彌將鐘鼎疏	
	525.	李白	望鸚鵡洲懷禰衡	魏帝營八極 蟻觀一禰衡 黃祖斗筲人 殺之受惡名 吳江賦鸚鵡 落筆超羣英 鏘鏘振金玉 句句欲飛鳴 鷙鶚啄孤鳳 千春傷我情 五嶽起方寸 隱然詎可平 才高竟何施 寡識冒天刑 至今芳洲上 蘭蕙不忍生	卷一百八十一，6，1848

	526.	杜甫	敬贈鄭諫議十韻	諫官非不達 詩義早知名 破的由來事 先鋒孰敢爭 思飄雲物外 律中鬼神驚 毫髮無遺恨 波瀾獨老成 野人寧得所 天意薄浮生 多病休儒服 冥搜信客旌 築居仙縹緲 旅食歲崢嶸 使者求顏闔 諸公厭禰衡 將期一諾重 欻使寸心傾 君見途窮哭 宜憂阮步兵	卷二百二十四，7，2389
	527.	杜甫	奉送郭中丞兼太僕卿充隴右節度使三十韻	詔發西山將 秋屯隴右兵 淒涼餘部曲 燀赫舊家聲 鵰鶚乘時去 驊騮顧主鳴 艱難須上策 容易即前程 斜日當軒蓋 高風卷旆旌 松悲天水冷 沙亂雪山清 和虜猶懷惠 防邊不敢驚 古來於異域 鎮靜示專征 燕薊奔封豕 周秦觸駭鯨 中原何慘黷 餘孽尚縱橫 箭入昭陽殿 笳吟細柳營 內人紅袖泣 王子白衣行 宸極祆星動 園陵殺氣平 空餘金椀出 無復繐帷輕 毀廟天飛雨 焚宮火徹明 罘罳朝共落 棆桷夜同傾 三月師逾整 羣胡勢就烹 瘡痍親接戰 勇決冠垂成 妙譽期元宰 殊恩且列卿 幾時迴節鉞 戮力掃欃槍 圭竇三千士 雲梯七十城 恥非齊說客 祇似魯諸生 通籍微班忝	卷二百二十五，7，2406

				周行獨坐榮 隨肩趨漏刻 短髮寄簪纓 徑欲依劉表 還疑厭禰衡 漸衰那此別 忍淚獨含情 廢邑狐貍語 空村虎豹爭 人頻墜塗炭 公豈忘精誠 元帥調新律 前軍壓舊京 安邊仍扈從 莫作後功名	
	528.	杜甫	題鄭十八著作虔	台州地闊海冥冥 雲水長和島嶼青 亂後故人雙別淚 春深逐客一浮萍 酒酣懶舞誰相拽 詩罷能吟不復聽 第五橋東流恨水 皇陂岸北結愁亭 賈生對鵩傷王傅 蘇武看羊陷賊庭 可念此翁懷直道 也霑新國用輕刑 禰衡實恐遭江夏 方朔虛傳是歲星 窮巷悄然車馬絕 案頭乾死讀書螢	卷二百二十五，7，2412
	529.	杜甫	寄李十二白二十韻	昔年有狂客 號爾謫仙人 筆落驚風雨 詩成泣鬼神 聲名從此大 汩沒一朝伸 文彩承殊渥 流傳必絕倫 龍舟移櫂晚 獸錦奪袍新 白日來深殿 青雲滿後塵 乞歸優詔許 遇我宿心親 未負幽棲志 兼全寵辱身 劇談憐野逸 嗜酒見天眞 醉舞梁園夜 行歌泗水春 才高心不展 道屈善無鄰 處士禰衡俊 諸生原憲貧	卷二百二十五，7，2430

				稻粱求未足　薏苡謗何頻　五嶺炎蒸地 三危放逐臣　幾年遭鵩鳥　獨泣向麒麟 蘇武先還漢　黃公豈事秦　楚筵辭醴日 梁獄上書辰　已用當時法　誰將此義陳 老吟秋月下　病起暮江濱　莫怪恩波隔 乘槎與問津	
	530.	權德輿	送正字十九兄歸江東醉後絕句	命駕相思不爲名　春風歸騎出關程 離堂莫起臨岐歎　文舉終當薦禰衡	卷三百二十三，10，3631
	531.	白居易	哭皇甫七郎中	志業過玄晏　詞華似禰衡　多才非福祿 薄命是聰明　不得人間壽　還留身後名 涉江文一首　便可敵公卿	卷四百五十一，14，5097
	532.	張祜	題僧壁	出門無一事　忽忽到天涯　客地多逢酒 僧房卻厭花　棋因王粲覆　鼓是禰衡撾 自喜疏成品　生前不怨嗟	卷五百十，15，5800
	533.	李商隱	病中聞河東公樂營置酒口占寄上	聞駐行春旆　中途賞物華　緣憂武昌柳 遂憶洛陽花　嵇鶴元無對　荀龍不在誇 只將滄海月　長壓赤城霞　興欲傾燕館 歡終到習家　風長應側帽　路隘豈容車 樓迥波窺錦　窗虛日弄紗　鎖門金了鳥 展障玉鴉叉　舞妙從兼楚　歌能莫雜巴 必投潘岳果　誰摻禰衡撾　刻燭當時忝 傳杯此夕賒　可憐漳浦臥　愁緒獨如麻	卷五百四十一，16，6250

	534.	薛能	題後集	詩源何代失澄清　處處狂波汙後生 常感道孤吟有淚　卻緣風壞語無情 難甘惡少欺韓信　枉被諸侯殺禰衡 縱到緱山也無益　四方聯絡盡蛙聲	卷五百六十，17，6505
	535.	李羣玉	漢陽春晚	漢陽抱青山　飛樓映湘渚　白雲蔽黃鶴 綠樹藏鸚鵡　憑高送春目　流恨傷千古 遐思禰衡才　令人怨黃祖	卷五百六十八，17，6580
	536.	段成玉	哭李羣玉	酒裏詩中三十年　縱橫唐突世喧喧 明時不作禰衡死　傲盡公卿歸九泉	卷五百八十四，17，6771
	537.	皮日休	襄州春遊	信馬騰騰觸處行　春風相引與詩情 等閒遇事成歌詠　取次銜筵隱姓名 映柳認人多錯誤　透花窺鳥最分明 岑牟單絞何曾著　莫道猖狂似禰衡	卷六百十三，18，7065
	538.	陸龜蒙	江南秋懷寄華陽山人	櫛髮涼天曙　含毫故國情　歸心一夜極 病體九秋輕　忽起襜褕詠　因悲絡緯鳴 逢山即堪隱　何路可圖榮　揲策空占命 持竿不釣名　忘憂如有待　縱懶似無營 小徑纔分草　斜扉劣辨荊　冷荷承露菂 疏菊臥煙莖　譜爲聽琴閱　圖緣看海橙 鷺毛浮島白　魚尾撇波頳　庭橘低攀嗅 園葵旋折烹　餓烏窺食案　鬪鼠落書棚	卷六百二十三，18，7168

種豆悲楊惲　投瓜憶衛旍　東林誰處士
南郭自先生　分野星多蹇　連山卦少亨
衣裾徒博大　文籍漫縱橫　蘭葉騷人佩
蓴絲內史羹　鶡冠難適越　羊酪未饒傖
倚嘯微抽恨　論玄好析酲　棲遲勞鼓篋
豪俠愛金籯　鍊藥傳丹鼎　嘗茶試石甑
沼連枯葦暗　窗對脫梧明　未達譏張翰
非才嫉禰衡　遠懷魂易黯　幽憤骨堪驚
礪缺知矛利　磨瑕見璧瑛　道源疏滴瀝
儒肆售精誠　敢歎良時擲　猶勝亂世攖
相秦猶幾死　王漢尚當黥　飲啄期應定
窮通勢莫爭　髡鉗為皂隸　譚笑得公卿
浴日安知量　追風不計程　塵埃張耳分
肝膽季心傾　諭蜀專操檄　通甌獨請纓
匹夫能曲踊　萬騎可橫行　許國輕妻子
防邊重戰耕　俄分上尊酒　驟厭五侯鯖
靜默供三語　從容等一枰　弘深司馬法
雄傑貳師兵　朔雪埋烽燧　寒笳裂旆旌
乘時收句注　即日掃欃槍　武昔威殊俗
文今被八紘　琮璜陳始畢　韶夏教初成
芽孽羣妖滅　松筠百度貞　郎官青瑣拜
使者繡衣迎　帝道將雲闢　澆波漸砥平

學徒羞說霸　佳士恥爲跨　負杖歌樓畝
操觚賦北征　才當曹斗怯　書比惠車盈
謝氏憐兒女　郄家貴舅甥　唯荒稚珪宅
莫贈景山鎗　賢彥風流遠　江湖思緒縈
謳啞搖舴艋　出沒漾鵁鶄　晚樹參差碧
奇峯邐迤晴　水喧揌紫芡　村響昕香秔
荷笠漁翁古　穿籬守犬獰　公衫白紵卷
田餉綠筲擎　地與膏腴錯　人多富壽并
相歡時帖泰　獨坐歲崢嶸　唧嘖蛩吟壁
連軒鶴舞楹　戍風飄疊鼓　鄰月動哀箏
未得文章力　何由俸祿請　和鉛還揩揩
持斧自丁丁　驚懼疑凋朽　功勤過屑瓊
凝神披夕秀　盡力取朝英　蠹簡開塵篋
寒燈立曉檠　靜翻詞客系　閒難史官評
天地寧舒慘　山川自變更　祗能分跖惠
誰解等殤彭　項豈重瞳聖　夔憂一足䵷
阮高酣麴蘗　莊達謝犧牲　齚舌無勞話
寬心豈可盛　但從鑪冶鍛　莫受罻羅嬰
硯撥萍根洗　舟衝蓼穗撐　短牀編翠竹
低机凭紅檉　霜信催楊柳　煙容裹杜蘅
桁排巢燕燕　屏畫醉猩猩　懶檜推嵐影
飛泉撼玉琤　艬●{舟卬}尋遠近

				握槊鬬輸贏 枝壓離披瓠 簷垂磥砢橙 忘情及宗炳 抱疾過劉楨 野饋夸菰飯 江商賈蔗餳 送神枹瓦釜 留客上瓷觥 舉楫揮青劍 鳴榔扣遠鉦 鳥行沈荞碧 魚隊破泓澄 手戟非吾事 腰鎌且發硎 諒難求摽摽 聊欲取錚錚 幾歎蟲甘蓼 還思鹿美苹 愁長難自剪 歌斷有誰賡 未去師黃石 空能說白珩 性湍休激浪 言莠罷抽萌 地僻琴尊獨 溪寒杖屨清 物齊消臆對 戈倒共心盟 絲曳靈妃瑟 金涵太子笙 幽棲膠竹塢 仙慮驛蓬瀛 想像珠襦鳳 追飛翠蕊鶯 霧簾深杏悄 雲磬冷敲鏗 籙字多階品 華陽足弟兄 焚香凝一室 盡日思層城 匿景崦嵫色 呀空渤澥聲 吾當營巨黍 東去射長鯨	
	539.	陸龜蒙	讀陳拾遺集	蓬顆何時與恨平 蜀江衣帶蜀山輕 尋聞騎士梟黃祖 自是無人祭禰衡	卷六百二十九，18，7219
	540.	胡曾	詠史詩：江夏	黃祖才非長者儔 禰衡珠碎此江頭 今來鸚鵡洲邊過 惟有無情碧水流	卷六百四十七，19，7437
	541.	方干	贈許牘山人	才子醉更逸 一吟傾一觴 支頤忍有得 搖筆便成章 王粲實可重 禰衡爭不狂 何時應會面 夢裏是瀟湘	卷六百四十八，19，7445

	542.	方干	書原上鮑處士屋壁	水闊坐看千萬里　青蕪蓋地接天津 禰衡莫愛山中靜　遶舍山多卻礙人	卷六百五十三，19，7053
	543.	羅隱	湖州裴郎中赴闕後投簡寄友生	錦帳郎官塞詔年　汀州曾駐木蘭船 禰衡酒醒春瓶倒　柳惲詩成海月圓 歌黶遠山珠滴滴　漏催香燭淚漣漣 使君入拜吾徒在　宣室他時豈偶然	卷六百五十八，19，7560
	544.	羅隱	句	夏窗七葉連陰暗　賴家橋上潏河邊 細看月輪眞有意　已知青桂近嫦娥 一箇禰衡容不得　思量黃祖謾英雄 張華謾出如丹語　不及劉侯一紙書 山雨霏微宿上亭　雨中因想雨淋鈴 老僧齋罷關門睡　不管波濤四面生	卷六百六十五，19，7624
	545.	秦韜玉	鸚鵡	每聞別雁競悲鳴　卻歎金籠寄此生 早是翠襟爭愛惜　可堪丹觜彊分明 雲漫隴樹魂應斷　歌接秦樓夢不成 幸自禰衡人未識　賺他作賦被時輕	卷六百七十，20，7657
	546.	韓偓	贈吳顚尊師	飲酒經何代　休糧度此生　跡應常自浼 顚亦強爲名　道若千鈞重　身如一羽輕 毫釐分象緯　袒跣揖公卿　狗竇號光逸 漁陽裸禰衡　笑雷冬蟄震　巖電夜珠明 月魄侵簪冷　江光逼屐清　半酣思救世 一手擬扶傾　擊地嗟衰俗　看天貯不平 自緣懷氣義　可是計烹亨　議論通三教	卷六百八十，20，7797

				年顏稱五更 老狂人不厭 密行鬼應驚 未識心相許 開襟語便誠 伊余常仗義 願拜十年兄	
	547.	徐夤	龍蟄二首：二	休說雄才間代生 到頭難與運相爭 時通有詔徵枚乘 世亂無人薦禰衡 逐日莫矜鴽馬步 司晨誰要牝雞鳴 中林且作煙霞侶 塵滿關河未可行	卷七百八，21，8149
	548.	貫休	送沈侍郎	從知無遠近 木落去閩城 地入無諸俗 冠峨甲乙精 山多高興亂 江直好風生 儉府清無事 唯應薦禰衡	卷八百三十，23，9354
	549.	貫休	送高九經赴舉	回也曾言志，明君則事之。中興今若此，須去更何疑。志列秋霜好，忠言劇諫奇。陸機遊落日，文舉薦衡時。虎跡商山雪，雲痕岳廟碑。夫君將潦倒，一說向深知。	〔9359〕830，23
	550.	李瀚	蒙求	禰衡一鶚 不占隕車	卷八百八十一，25，9960
初唐	551.	張九齡	奉和聖製送尚書燕國公赴朔方	宗臣事有征 廟算在休兵 天與三台座 人當萬里城 朔南方偃革 河右暫揚旌 寵錫從仙禁 光華出漢京 山川勤遠略 原隰軫皇情 爲奏薰琴唱 仍題寶劍名 聞風六郡伏 計日五戎平 山甫歸應疾 留侯功復成 歌鍾旋可望 衽席豈難行 四牡何時人 吾君憶履聲	卷四十九，2，P596

	552.	張說	贈崔公	我聞西漢日 四老南山幽 長歌紫芝秀 高臥白雲浮 朝野光塵絕 榛蕪年貌秋 一朝驅駟馬 連轡入龍樓 昔遯高皇去 今從太子遊 行藏惟聖節 福禍在人謀 卒能匡惠帝 豈不賴留侯 事隨年代遠 名與圖籍留 平生欽淳德 慷慨景前修 蚌蛤伺陰兔 蛟龍望斗牛 無嗟異飛伏 同氣幸相求	卷八十六，3，P928
	553.	張說	對酒行巴陵作	留侯封萬戶 園令壽千金 本爲成王業 初由賦上林 繁榮安足恃 霜露遞相尋 鳥哭楚山外 猿啼湘水陰 夢中城闕近 天畔海雲深 空對忘憂酌 離憂不去心	卷八十八，3，P973
	554.	徐堅	奉和聖製送張說巡邊	至德撫遐荒 神兵赴朔方 帝思元帥重 爰擇股肱良 累相承安世 深籌協子房 寄崇專斧鉞 禮備設壇場 鼙鼓喧雷電 戈劍凜風霜 四騑將戒道 十乘啓先行 聖錫加恆數 天文耀寵光 出郊開帳飲 寅餞盛離章 雨濯梅林潤 風清麥野涼 燕山應勒頌 麟閣佇名揚	卷一百七，4，1111

	555.	魏萬	金陵酬李翰林謫仙子	君抱碧海珠 我懷藍田玉 各稱希代寶 萬里遙相燭 長卿慕藺久 子猷意已深 平生風雲人 暗合江海心 去秋忽乘興 命駕來東土 謫仙遊梁園 愛子在鄒魯 二處一不見 拂衣向江東 五兩挂海月 扁舟隨長風 南遊吳越徧 高揖二千石 雪上天台山 春逢翰林伯 宣父敬項橐 林宗重黃生 一長復一少 相看如弟兄 惕然意不盡 更逐西南去 同舟入秦淮 建業龍盤處 楚歌對吳酒 借問承恩初 宮買長門賦 天迎駟馬車 才高世難容 道廢可推命 安石重攜妓 子房空謝病 金陵百萬戶 六代帝王都 虎石據西江 鍾山臨北湖 二山信爲美 王屋人相待 應爲岐路多 不知歲寒在 君游早晚還 勿久風塵間 此別未遠別 秋期到仙山	卷二百六十一，8，2905

盛唐	556.	明皇帝 子房 指 時人	左丞相說右丞相璟太子少傅乾曜同日上官命宴東堂賜詩	赤帝收三傑 黄軒舉二臣 由來丞相重 分掌國之鈞 我有握中璧 雙飛席上珍 子房推道要 仲子訏風神 復輟台衡老 將爲調護人 鵷鸞同拜日 車騎擁行塵 樂聚南宮宴 觴連北斗醇 俾予成百揆 垂拱問彝倫	卷三，1，P38
	557.	顏眞卿	詠陶淵明	張良思報韓 龔勝恥事新 狙擊不肯就 舍生悲縉紳 嗚呼陶淵明 奕葉爲晉臣 自以公相後 每懷宗國屯 題詩庚子歲 自謂羲皇人 手持山海經 頭戴漉酒巾 興逐孤雲外 心隨還鳥泯	卷一百五十二，5，P1583
	558.	李白	贈饒陽張司戶燧	朝飲蒼梧泉 夕棲碧海煙 寧知鸞鳳意 遠託椅桐前 慕藺豈曩古 攀嵇是當年 愧非黄石老 安識子房賢 功業嗟落日 容華棄徂川 一語已道意 三山期著鞭 蹉跎人間世 寥落壺中天 獨見遊物祖 探元窮化先 何當共攜手 相與排冥筌	一百六十八，5，1737
	559.	李白	經下邳圯橋懷張子房	子房未虎嘯 破產不爲家 滄海得壯士 椎秦博浪沙 報韓雖不成 天地皆振動 潛匿遊下邳 豈曰非智勇 我來圯橋上 懷古欽英風 惟見碧流水 曾無黄石公 歎息此人去 蕭條徐泗空	卷一百八十一，6，1847

	560.	李白	贈韋祕書子春二首：二	徒爲風塵苦 一官已白鬚 氣同萬里合 訪我來瓊都 披雲覩青天 捫蝨話良圖 留侯將綺里 出處未云殊 終與安社稷 功成去五湖（綺里，四皓之一）	卷一百六十八，5，P1734
	561.	李白	送張秀才謁高中丞	秦帝淪玉鏡 留侯降氛氲 感激黄石老 經過滄海君 壯士揮金槌 報讐六國聞 智勇冠終古 蕭陳難與羣 兩龍爭鬪時 天地動風雲 酒酣舞長劍 倉卒解漢紛 宇宙初倒懸 鴻溝勢將分 英謀信奇絕 夫子揚清芬 胡月入紫微 三光亂天文 高公鎮淮海 談笑卻妖氛 採爾幕中畫 戡難光殊勳 我無燕霜感 玉石俱燒焚 但灑一行淚 臨岐竟何云	卷一百七十七，5，P1806
	562.	李白	相和歌辭：猛虎行 462	朝作猛虎行 暮作猛虎吟 腸斷非關隴頭水 淚下不爲雍門琴 旌旗繽紛兩河道 戰鼓驚山欲傾倒 秦人半作燕地囚 胡馬翻銜洛陽草 一輸一失關下兵 朝降夕叛幽薊城 巨鼇未斬海水動 魚龍奔走安得寧 頗似楚漢時 翻覆無定止 朝過博浪沙 暮入淮陰市 張良未遇韓信貧 劉項存亡在兩臣 暫到下邳受兵略	卷十九，1，P223

				來投漂毋作主人　賢哲栖栖古如此 今時亦棄青雲士　有策不敢犯龍鱗 竄身南國避胡塵　寶書長劍挂高閣 金鞍駿馬散故人　昨日方爲宣城客 掣鈴交通二千石　有時六博快壯心 繞牀三帀呼一擲　楚人每道張旭奇 心藏風雲世莫知　三吳邦伯多顧盼 四海雄俠皆相推　蕭曹曾作沛中吏 攀龍附鳳當有時　溧陽酒樓三月春 楊花漠漠愁殺人　胡人綠眼吹玉笛 吳歌白紵飛梁塵　丈夫相見且爲樂 槌牛撾鼓會衆賓　我從此去釣東海 得魚笑寄情相親	
	563.	李白	扶風豪士歌	洛陽三月飛胡沙　洛陽城中人怨嗟 天津流水波赤血　白骨相撐如亂麻 我亦東奔向吳國　浮雲四塞道路賒 東方日出啼早鴉　城門人開掃落花 梧桐楊柳拂金井　來醉扶風豪士家 扶風豪士天下奇　意氣相傾山可移 作人不倚將軍勢　飲酒豈顧尚書期 雕盤綺食會衆客　吳歌趙舞香風吹	卷一百六十六，5，P1717

				原嘗春陵六國時　開心寫意君所知 堂中各有三千士　明日報恩知是誰 撫長劍，一揚眉　清水白石何離離 脫吾帽，向君笑　飲君酒，爲君吟 張良未逐赤松去　橋邊黃石知我心	
	564.	杜甫	寄韓諫議	今我不樂思岳陽　身欲奮飛病在牀 美人娟娟隔秋水　濯足洞庭望八荒 鴻飛冥冥日月白　青楓葉赤天雨霜 玉京羣帝集北斗　或騎騏驎翳鳳皇 芙蓉旌旗煙霧樂　影動倒景搖瀟湘 星宮之君醉瓊漿　羽人稀少不在旁 似聞昨者赤松子　恐是漢代韓張良 昔隨劉氏定長安　帷幄未改神慘傷 國家成敗吾豈敢　色難腥腐餐風香 周南留滯古所惜　南極老人應壽昌 美人胡爲隔秋水　焉得置之貢玉堂 似聞昨者赤松子　恐是漢代韓張良	卷二百二十，7，P2324
	565.	杜甫	洗兵馬	中興諸將收山東　捷書日報清晝同 河廣傳聞一葦過　胡危命在破竹中 祗殘鄴城不日得　獨任朔方無限功 京師皆騎汗血馬　回紇餵肉葡萄宮 已喜皇威清海岱　常思仙仗過崆峒	卷二百十七，7，2278

三年笛裏關山月　萬國兵前草木風
成王功大心轉小　郭相謀深古來少
司徒清鑒懸明鏡　尙書氣與秋天杳
二三豪俊爲時出　整頓乾坤濟時了
東走無復憶鱸魚　南飛覺有安巢鳥
青春復隨冠冕入　紫禁正耐煙花繞
鶴禁通霄鳳輦備　雞鳴問寢龍樓曉
攀龍附鳳勢莫當　天下盡化爲侯王
汝等豈知蒙帝力　時來不得誇身強
關中既留蕭丞相　幕下復用張子房
張公一生江海客　身長九尺鬚眉蒼
徵起適遇風雲會　扶顚始知籌策良
青袍白馬更何有　後漢今周喜再昌
寸地尺天皆入貢　奇祥異瑞爭來送
不知何國致白環　復道諸山得銀甕
隱士休歌紫芝曲　詞人解撰河清頌
田家望望惜雨乾　布穀處處催春種
淇上健兒歸莫懶　城南思婦愁多夢
安得壯士挽天河　淨洗甲兵長不用

	566.	杜甫	入衡州	兵革自久遠 興衰看帝王 漢儀甚照耀 胡馬何猖狂 老將一失律 清邊生戰場 君臣忍瑕垢 河岳空金湯 重鎭如割據 輕權絕紀綱 軍州體不一 寬猛性所將 嗟彼苦節士 素于圓鑿方 寡妻從爲郡 兀者安堵牆 凋弊惜邦本 哀矜存事常 旌麾非其任 府庫實過防 恕己獨在此 多憂增內傷 偏裨限酒肉 卒伍單衣裳 元惡迷是似 聚謀洩康莊 竟流帳下血 大降湖南殃 烈火發中夜 高煙焦上蒼 至今分粟帛 殺氣吹沅湘 福善理顛倒 明徵天莽茫 銷魂避飛鏑 累足穿豺狼 兵革自久遠 興衰看帝王 漢儀甚照耀 胡馬何猖狂 老將一失律 清邊生戰場 君臣忍瑕垢 河岳空金湯 重鎭如割據 輕權絕紀綱 軍州體不一 寬猛性所將 嗟彼苦節士 素于圓鑿方 寡妻從爲郡 兀者安堵牆 凋弊惜邦本 哀矜存事常 旌麾非其任 府庫實過防 恕己獨在此 多憂增內傷 偏裨限酒肉 卒伍單衣裳 元惡迷是似 聚謀洩康莊 竟流帳下血 大降湖南殃 烈火發中夜 高煙焦上蒼	卷二百二十三，7，2384

				至今分粟帛 殺氣吹沅湘 福善理顛倒 明徵天莽茫 銷魂避飛鏑 累足穿豺狼 隱忍枳棘刺 遷延胝趼瘡 遠歸兒侍側 猶乳女在旁 久客幸脫免 暮年慚激昂 蕭條向水陸 汨沒隨魚商 報主身已老 入朝病見妨 悠悠委薄俗 鬱鬱回剛腸 參錯走洲渚 舂容轉林篁 片帆左郴岸 通郭前衡陽 華表雲鳥埤 名園花草香 旗亭壯邑屋 烽櫓蟠城隍 中有古刺史 盛才冠巖廓 扶顛待柱石 獨坐飛風霜 昨者間瓊樹 高談隨羽觴 無論再繾綣 已是安蒼黃 劇孟七國畏 馬卿四賦良 門闌蘇生在 勇銳白起強 問罪富形勢 凱歌懸否臧 氛埃期必掃 蚊蚋焉能當 橘井舊地宅 仙山引舟航 此行厭暑雨 厥土聞清涼 諸舅剖符近 開緘書札光 頻繁命屢及 磊落字百行 江總外家養 謝安乘興長 下流匪珠玉 擇木羞鸞皇 我師嵇叔夜 世賢張子房 柴荊寄樂土 鵬路觀翱翔	

	567.	李暠	奉和聖製送張說上集賢學士賜宴	偃武堯風接 崇文漢道恢 集賢更內殿 清選自中台 佐命留侯業 詞華博物才 天廚千品降 御酒百壺催 鵷鷺方成列 神仙喜暫陪 復欣同拜首 叨此頌良哉	卷一百八，4，P1117
	568.	王維	故太子太師徐公挽歌四首：一	功德冠羣英 彌綸有大名 軒皇用風后 傅說是星精 就第優遺老 來朝詔不名 留侯常辟穀 何苦不長生	卷一百二十六，4，P1283
	569.	李嘉祐	故燕國相公輓歌二首：	文若爲全德 留侯是重名 論公長不宰 因病得無生 大夢依禪定 高墳共化城 自應憐寂滅 人世但傷情	卷二百六，6，P2160
	570.	歐陽詹	許州送張中丞出臨潁鎮	心誦陰符口不言 風驅千騎出轅門 孫吳去後無長策 誰敵留侯直下孫	卷三百四十九，11，P3910
	571.	錢起	奉送戶部李郎中充晉國副節度出塞	德佐調梅用 忠輸擊虜年 子房推廟略 漢主託兵權 受命榮中禁 分麾鎮左賢 風生黑山道 星下紫微天 始願文經國 俄看武定邊 鬼方堯日遠 幕府代雲連 汗馬將行矣 盧龍已肅然 關防驅使節 花月眷離筵 自忝知音遇 而今感義偏 淚聞橫吹落 心逐去旌懸 帝念夔能政 時須說濟川 勞還應即爾 朝暮玉墀前	卷二百三十八，8，2666

中唐	572.	劉長卿	歸沛縣道中晚泊留侯城	訪古此城下　子房安在哉　白雲去不反 危堞空崔嵬　伊昔楚漢時　頗聞經濟才 運籌風塵下　能使天地開　蔓草日已積 長松日已摧　功名滿青史　祠廟唯蒼苔 百里暮程遠　孤舟川上迴　進帆東風便 轉岸前山來　楚水澹相引　沙鷗閒不猜 扣舷從此去　延首仍裴回	卷一百四十九，5，P1542
	573.	盧綸	奉陪侍中遊石筍溪十二韻	朝日照靈山　山溪浩紛錯　圖書無舊記 鯀禹應新鑿　雙壁瀉天河　一峯吐蓮萼 潭心亂雪卷　巖腹繁珠落　彩蛤攢錦囊 芳蘿嫋花索　猿羣曝陽嶺　龍穴腥陰壑 靜得漁者言　閒聞洞仙博　欹松倚朱幰 廣石屯油幕　國泰事留侯　山春縱康樂 間關殊狀鳥　爛熳無名藥　欲驗少君方 還吟大隱作　旌幢不可駐　古塞新沙漠	卷二百七十九，9，P3168
	574.	盧綸	九日奉陪令公登白樓同詠菊	瓊尊猶有菊　可以獻留侯　願比三花秀 非同百卉秋　金英分蕊細　玉露結房稠 黃雀知恩在　銜飛亦上樓	卷二百七十九，9，P3168

	575.	權德輿	送張僕射朝見畢歸鎮	青光照目青門曙　玉勒瑪戈擁騶馭 東方連帥南陽公　文武吉甫如古風 獨奉新恩來謁帝　感深更見新詩麗 共看三接欲爲霖　卻念百城同望歲 雙旌去去戀儲胥　歸路鶯花伴隼旗 今日漢庭求上略　留侯自有一編書	卷三百二十三，10，P3632
	576.	權德輿	古人名詩	藩宣秉戎寄　衡石崇勢位　年紀信不留 弛張良自愧　樵蘇則爲愜　瓜李斯可畏 不顧榮官尊　每陳豐畝利　家林類巖巘 負郭躬斂積　忌滿寵生嫌　養蒙恬勝智 疏鐘皓月曉　晚景丹霞異　澗谷永不諼 山梁冀無累　頗符生肇學　得展禽尚志 從此直不疑　支離疏世事	卷三百二十七，10，P3666
	577.	白居易	裴侍中晉公以集賢林亭即事詩三十六韻見贈猥蒙徵和才拙詞繁輒廣爲五百言以伸酬獻	三江路千里　五湖天一涯　何如集賢第 中有平津池　池勝主見覺　景新人未知 竹森翠琅玕　水深洞琉璃　水竹以爲質 質立而文隨　文之者何人　公來親指麾 疏鑿出人意　結構得地宜　靈襟一搜索 勝概無遁遺　因下張沼沚　依高築階基 嵩峯見數片　伊水分一支　南溪修且直 長波碧逶迤　北館壯復麗　倒影紅參差	卷四百五十二，14，P5116

東島號晨光　杲曜迎朝曦　西嶺名夕陽
杳曖留落暉　前有水心亭　動蕩架漣漪
後有開闔堂　寒溫變天時　幽泉鏡泓澄
怪石山敧危　春葩雪漠漠　夏果珠離離
主人命方舟　宛在水中坻　親賓次第至
酒樂前後施　解纜始登汎　山遊仍水嬉
沿洄無滯礙　向背窮幽奇　瞥過遠橋下
飄旋深澗陲　管弦去縹緲　羅綺來霏微
櫂風逐舞迴　梁塵隨歌飛　宴餘日云暮
醉客未放歸　高聲索彩牋　大笑催金卮
唱和筆走疾　問答杯行遲　一詠清兩耳
一酣暢四肢　主客忘貴賤　不知俱是誰
客有詩魔者　吟哦不知疲　乞公殘紙墨
一掃狂歌詞　維云社稷臣　赫赫文武姿
十授丞相印　五建大將旗　四朝致勛華
一身冠皋夔　去年才七十　決赴懸車期
公志不可奪　君恩亦難希　從容就中道
俛僶來保釐　貂蟬雖未脫　鸞皇已不羈
歷徵今與古　獨步無等夷　陸賈功業少
二疏官秩卑　乘舟范蠡懼　辟穀留侯飢
豈若公今日　身安家國肥　羊祜在漢南
空留峴首碑　柳惲在江南　祗賦汀洲詩

				謝安入東山 但說攜蛾眉 山簡醉高陽 唯聞倒接䍦 豈如公今日 餘力兼有之 願公壽如山 安樂長在茲 願我比蒲稗 永得相因依	
	578.	白居易	和裴侍中南園靜興見示	池館清且幽 高懷亦如此 有時簾動風 盡日橋照水 靜將鶴爲伴 閒與雲相似 何必學留侯 崎嶇覓松子	卷四百五十三，14，P5124
	579.	白居易	奉和晉公侍中蒙除留守行及洛師感悅發中斐然成詠之作	鸞鳳翶翔在寥廓 貂蟬蕭灑出埃塵 致成堯舜昇平代 收得夔龍強健身 抛擲功名還史冊 分張歡樂與交親 商山老皓雖休去 終是留侯門下人	卷四百五十四，14，P5148
	580.	白居易	從同州刺史改授太子少傅分司	承華東署三分務 履道西池七過春 歌酒優游聊卒歲 園林蕭灑可終身 留侯爵秩誠虛貴 疏受生涯未苦貧 月俸百千官二品 朝廷雇我作閒人	卷四百五十六，14，P5164
	581.	白居易	答四皓廟	天下有道見 無道卷懷之 此乃聖人語 吾聞諸仲尼 矯矯四先生 同稟希世資 隨時有顯晦 秉道無磷緇 秦皇肆暴虐 二世遘亂離 先生相隨去 商嶺采紫芝 君看秦獄中 戮辱者李斯 劉項爭天下 謀臣竟悅隨	卷四百二十五，13，4683

先生如鸞鶴　去入冥冥飛　君看齊鼎中
焦爛者酈其　子房得沛公　自謂相遇遲
八難掉舌樞　三略役心機　辛苦十數年
晝夜形神疲　竟雜霸者道　徒稱帝者師
子房爾則能　此非吾所宜　漢高之季年
嬖寵鍾所私　冢嫡欲廢奪　骨肉相憂疑
豈無子房口　口舌無所施　亦有陳平心
心計將何爲　皤皤四先生　高冠危映眉
從容下南山　顧盼入東闈　前瞻惠太子
左右生羽儀　卻顧戚夫人　楚舞無光輝
心不畫一計　口不吐一詞　闇定天下本
遂安劉氏危　子房吾則能　此非爾所知
先生道既光　太子禮甚卑　安車留不住
功成棄如遺　如彼旱天雲　一雨百穀滋
澤則在天下　雲復歸稀夷　勿高巢與由
勿尙呂與伊　巢由往不返　伊呂去不歸
豈如四先生　出處兩逶迤　何必長隱逸
何必長濟時　由來聖人道　無朕不可窺
卷之不盈握　舒之亙八陲　先生道甚明
夫子猶或非　願子辨其惑　爲予吟此詩

不認爲四皓之出處爲是。	582.	元稹	四皓廟	巢由昔避世 堯舜不得臣 伊呂雖急病 湯武乃可君 四賢胡爲者 千載名氛氳 顯晦有遺迹 前後疑不倫 秦政虐天下 黷武窮生民 諸侯戰必死 壯士眉亦嚬 張良韓孺子 椎碎屬車輪 遂令英雄意 日夜思報秦 先生相將去 不復嬰世塵 雲卷在孤岫 龍潛爲小鱗 秦王轉無道 諫者鼎鑊親 茅焦脫衣諫 先生無一言 趙高殺二世 先生如不聞 劉項取天下 先生游白雲 海內八年戰 先生全一身 漢業日已定 先生名亦振 不得爲濟世 宜哉爲隱淪 如何一朝起 屈作儲貳賓 安存孝惠帝 摧頽戚夫人 舍大以謀細 虯盤而蠖伸 惠帝竟不嗣 呂氏禍有因 雖懷安劉志 未若周與陳 皆落子房術 先生道何屯 出處貴明白 故吾今有云	卷三百九十六，12，P4455

	583.	元稹	酬翰林白學士代書一百韻小序：玄元氏之下元日，會予家居至，枉樂天代書詩一百韻。鴻洞卓犖，令人興起心情。且置別書，美予前和七章，章次用本韻，韻同意殊，謂爲工巧，前古韻耳。不足難之，今復次排百韻，以答懷思之貺云：	昔歲俱充賦 同年遇有司 八人稱迥拔 兩郡濫相知 逸驥初翻步 鞲鷹暫脫羈 遠途憂地窄 高視覺天卑 并入紅蘭署 偏親白玉規 近朱憐冉冉 伐木願偲偲 魚魯非難識 鉛黃自懶持 心輕馬融帳 謀奪子房帷 秀發幽巖電 清澄隘岸陂 九霄排直上 萬里整前期 勇贈棲鸞句 慚當古井詩 多聞全受益 擇善頗相師 脫俗殊常調 潛工大有爲 還醇憑酎酒 運智託圍棋 情會招車胤 閒行覓戴逵 僧餐月燈閣 醵宴劫灰池 勝概爭先到 篇章競出奇 輸贏論破的 點竄肯容絲 山岫當街翠 牆花拂面枝 鶯聲愛嬌小 燕翼玩逶迤 轡爲逢車緩 鞭緣趁伴施 密攜長上樂 偷宿靜坊姬 僻性慵朝起 新晴助晚嬉 相歡常滿目 別處鮮開眉 翰墨題名盡 光陰聽話移 綠袍因醉典 烏帽逆風遺 暗插輕籌箸 仍提小屈卮 本絃纔一舉 下口已三遲 逃席衝門出 歸倡借馬騎 狂歌繁節亂 醉舞半衫垂 散漫紛長薄 邀遮守隘岐 幾遭朝士笑 兼任巷童隨 苟務形骸達 渾將性命〔推〕 何曾愛官序 不省計家資 忽悟成虛擲	卷四百五，12，4519

				翻然歎未宜　使回耽樂事　堅赴策賢時 寢食都忘倦　園廬遂絕闚　勞神甘慼慼 攻短過孜孜　葉怯穿楊箭　囊藏透穎錐 超遙望雲雨　擺落占泉坻　略削荒涼苑 搜求激直詞　那能作牛後　更擬助洪基 唱第聽雞集　趨朝忘馬疲　內人輿御案 朝景麗神旗　首被呼名姓　多慚冠等衰 千官容眷盼　五色照離披　鵷侶從茲洽 鷗情轉自麋　分張殊品命　中外卻驅馳 出入稱金籍　東西侍碧墀　鬪班雲洶湧 開扇雉參差　切愧尋常質　親瞻咫尺姿 日輪光照耀　龍服瑞葳蕤　誓欲通愚謇 生憎效喔咿　佞存真妾婦　諫死是男兒 便殿承偏召　權臣懼撓私　廟堂雖稷契 城社有狐貍　似錦言應巧　如弦數易欺 敢嗟身暫黜　所恨政無毗　謬辱良由此 昇騰亦在斯　再令陪憲禁　依舊履阽危 使蜀常綿遠　分臺更嶮巇　匿姦勞發掘 破黨惡持疑　斧刃迎皆碎　盤牙老未萎 乍能還帝笏　詎忍折吾支　虎尾元來險 圭文卻類疵　浮榮齊壤芥　閒氣詠江蘺 闕下殷勤拜　樽前嘯傲辭　飄沈委蓬梗 忠信敵蠻夷　戲誚青雲驛　譏題皓髮祠	

貪過谷隱寺　留讀峴山碑　草沒章臺阯
堤橫楚澤湄　野蓮侵稻隴　亞柳壓城陴
遇物傷凋換　登樓思漫瀰　金攢嫩橙子
豎泛遠鸕鷀　仰竹藤纏屋　苫茆荻補籬
麪梨通蔕朽　火米帶芒炊　葦筍鍼筒束
鯾魚箭羽鬐　芋羹眞底可　鱸鱠漫勞思
北渚銷魂望　南風著骨吹　度梅衣色漬
食稗馬蹄羸　院榷和泥鹼　官酤小麴醨
訛音煩繳繞　輕俗醜威儀　樹罕貞心柏
畦豐衛足葵　坳窪饒尰矮　游惰壓庸緇
病賽烏稱鬼　巫占瓦代龜　連陰蛙張王
瘴瘧雪治醫　我正窮於是　君寧念及茲
一篇從日下　雙鯉送天涯　坐捧迷前席
行吟忘結綦　匡牀鋪錯繡　几案踴靈芝
形影同初合　參商喻此離　扇因秋棄置
鏡異月盈虧　壯志誠難奪　良辰豈復追
甯牛終夜永　潘鬢去年衰　溟渤深那測
穹蒼意在誰　馭方輕騕褭　車肯重辛夷
臥轍希濡沫　低顏受頷頤　世情焉足怪
自省固堪悲　溷鼠虛求潔　籠禽方訝飢
猶勝憶黃犬　幸得早圖之

	584.	張碧	鴻溝	毒龍銜日天地昏　八紘䨴䨺生愁雲 秦園走鹿無藏處　紛紛爭處蜂成羣 四溟波立鯨相呑　蕩搖五岳崩山根 魚蝦舞浪狂鰍鯤　龍蛇膽戰登鴻門 星旗羽鏃強者尊　黑風白雨東西屯 山河欲拆人煙分　壯士鼓勇君王存 項莊憤氣吐不得　亞父斗聲天上聞 玉光墮地驚崑崙　留侯氣魄吞太華 舌頭一寸生陽春　神農女媧愁不言 蛇枯老媼啼淚痕　星曹定秤秤王孫 項籍骨輕迷精魂　沛公仰面爭乾坤 須臾垓下賊星起　歌聲繚繞悽人耳 吳娃捧酒橫秋波　霜天月照空城壘 力拔山兮忽到此　騅嘶懶渡烏江水 新豐瑞色生樓臺　西楚寒蒿哭愁鬼 三尺霜鳴金匣裏　神光一掉八千里 漢皇驟馬意氣生　西南掃地迎天子	卷四百六十九，14，P5339
	585.	李德裕	余所居平泉村舍近蒙韋常侍大尹特改嘉名因寄詩以謝	未謝留侯疾　常懷仲蔚園　閒謠紫芝曲 歸夢赤松村　忽改蓬蒿色　俄吹黍谷暄 多慚孔北海　傳教及衡門	卷四百七十五，14，P5415

	586.	費冠卿	閒居即事	生計唯將三尺僮　學他賢者隱牆東 照眠夜後多因月　掃地春來祇藉風 幾處紅旗驅戰士　一園青草伴衰翁 子房仙去孔明死　更有何人解指蹤	卷四百九十五，15，5611
晚唐	587.	徐夤	招隱	齒髮那能敵歲華　早知休去避塵沙 鬼神只闞高明里　倚伏不干棲隱家 陶景豈全輕組綬　留侯非獨愛煙霞 贈君吉語堪銘座　看取朝開暮落花	卷七百八，21，P8147
	588.	徐夤	憶舊山	澗竹巖雲有舊期　二年頻長鬢邊絲 遊魚不愛金杯水　棲鳥敢求瓊樹枝 陶景戀深松檜影　留侯抛卻帝王師 龍爭虎攫皆閒事　數疊山光在夢思	卷七百八，21，P8154
	589.	陳陶	閒居寄太學盧景博士	無路青冥奪錦袍　恥隨黃雀住蓬蒿 碧雲夢後山風起　珠樹詩成海月高 久滯鼎書求羽翼　未忘龍闕致波濤 閒來長得留侯癖　羅列楂梨校六韜	卷七百四十六，21，P8479

	590.	崔泰之	同光祿弟冬日述懷	吾族白眉良 才華動洛陽 觀光初入仕 應宿始爲郎 飛螢玩書籍 白鳳吐文章 海卿適往雅 河尹冠前張 擇材綏鄢郢 殊化被江湘 高樓臨廣陌 甲第敞通莊 列館邙山下 疏亭洛水傍 昌年賞豐陌 暇日悅林塘 衣冠皆秀彥 羅綺盡名倡 隔岸聞歌度 臨池見舞行 門庭寒變色 棨戟日生光 窮陰方虆虆 殺氣正蒼茫 感時興盛作 晚歲共多傷 積德韋丞相 通神張子房 吟草徧簪紱 逸韻合宮商 功名守留省 濫迹在文昌 家園遙可見 臺寺近相望 無庸乘侍謁 有暇共翱翔 棣華依雁序 竹葉拂鸞觴 水坐憐秋月 山行弄晚芳 恩華慚服冕 友愛勗垂堂 無由報天德 相顧詠時康 （小序）韋祭酒張左丞二公，并廊廟偉才，朝廷舊相，咸光首和，殊爲佳作，輒繼陽春，深增愧棣。	卷九十一，3，990

	591.	高適	古樂府飛龍曲留上陳左相	德以精靈降 時膺夢寐求 蒼生謝安石 天子富平侯 尊俎資高論 巖廊挹大猷 相門連戶牖 卿族嗣弓裘 豁達雲開霽 清明月映秋 能爲吉甫頌 善用子房籌 階砌思攀陟 門闌尙阻修 高山不易仰 大匠本難投 跡與松喬合 心緣啓沃留 公才山吏部 書癖杜荆州 幸沐千年聖 何辭一尉休 折腰知寵辱 迴首見沈浮 天地莊生馬 江湖范蠡舟 逍遙堪自樂 浩蕩信無憂 去此從黃綬 歸歟任白頭 風塵與霄漢 瞻望日悠悠	卷二百十四，6，2234
	592.	許渾	賀少師相公致政	六十懸車自古稀 我公年少獨忘機 門臨二室留侯隱 櫂倚三川越相歸 不擬優遊同陸賈 已回清白遺胡威 龍城鳳沼棠陰在 只恐歸鴻更北飛	卷五百三十五，16，P6107
	593.	許渾	題勤尊師歷陽山居	二十知兵在羽林 中年潛識子房心 蒼鷹出塞胡塵滅 白鶴還鄉楚水深 春坼酒瓶浮藥氣 晚攜棋局帶松陰 雞籠山上雲多處 自斸黃精不可尋 小序：師即思齊之孫。頃爲故相國蕭公錄用，相國致政。尊師亦自邊將入道，因贈是詩。	卷五百三十三，16，6089

	594.	胡曾	詠史詩：圯橋	廟算張良獨有餘 少年逃難下邳初 逡巡不進泥中履 爭得先生一卷書	卷六百四十七，19，P7422
	595.	胡曾	詠史詩：博浪沙	嬴政鯨吞六合秋 削平天下虜諸侯 山東不是無公子 何事張良獨報讎	卷六百四十七，19，P7428
	596.	李商隱	四皓廟	本爲留侯慕赤松 漢庭方識紫芝翁 蕭何只解追韓信 豈得虛當第一功	卷五百四十一，16，P6225
	597.	李商隱	驕兒詩	袞師我驕兒 美秀乃無匹 文葆未周晬 固已知六七 四歲知名姓 眼不視梨栗 交朋頗窺覰 謂是丹穴物 前朝尙器貌 流品方第一 不然神仙姿 不爾燕鶴骨 安得此相謂 欲慰衰朽質 青春妍和月 朋戲渾甥姪 繞堂復穿林 沸若金鼎溢 門有長者來 造次請先出 客前問所須 含意下吐實 歸來學客面 䦨敗秉爺笏 或謔張飛胡 或笑鄧艾吃 豪鷹毛崱屴 猛馬氣佶傈 截得青篔簹 騎走恣唐突 忽復學參軍 按聲喚蒼鶻 又復紗燈旁 稽首禮夜佛 仰鞭罥蛛網 俯首飲花蜜 欲爭蛺蝶輕 未謝柳絮疾 階前逢阿姊 六甲頗輸失 凝走弄香奩 拔脫金屈〔戌〕 抱持多反側 威怒不可律 曲躬牽窗網	卷五百四十一，16，P6244

				峪唾拭琴漆 有時看臨書 挺立不動膝 古錦請裁衣 玉軸亦欲乞 請爺書春勝 春勝宜春日 芭蕉斜卷箋 辛夷低過筆 爺昔好讀書 懇苦自著述 顦顇欲四十 無肉畏蚤虱 兒慎勿學爺 讀書求甲乙 穰苴司馬法 張良黃石術 便爲帝王師 不假更纖悉 況今西與北 羌戎正狂悖 誅赦兩未成 將養如痼疾 兒當速成大 探雛入虎穴 當爲萬戶侯 勿守一經帙	
	598.	溫庭筠	簡同志	開濟由來變盛衰 五車纔得號鎡基 留侯功業何容易 一卷兵書作帝師	卷五百八十三，17，P6762
	599.	司空圖	偶作	索得身歸未保閒 亂來道在辱來頑 留侯萬戶雖無分 病骨應消一片山	卷六百三十三，19，P7261
	600.	司空圖	有感二首：一	自古經綸足是非 陰謀最忌奪天機 留侯卻粒商翁去 甲第何人意氣歸 古來賢俊共悲辛，長是豪家拒要津。 從此當歌唯痛飲，不須經世爲閒人。	卷六百三十三，19，P7262
	601.	唐彥謙	漢嗣	漢嗣安危繫數君 高皇決意勢難分 張良口辨周昌吃 同建儲宮第一勛	卷六百七十二，20，P7684

	602.	崔塗	讀留侯傳	覆楚讐韓勢有餘　男兒遭遇更難如 偶成漢室千年業　只讀圯橋一卷書 翻把壯心輕尺組　卻煩商皓正皇儲 若能終始匡天子　何必？？？？？	卷六百七十九，20，P7782
	603.	貫休 1039	繡州張相公見訪	德符唐德瑞通天　曾叱讒諛玉座前 千襲彩衣宮錦薄　數牀御札主恩偏 出師暫放張良箸　得罪惟撐范蠡船 未報君恩終必報　不妨金地禮青蓮	卷八百三十七，23，P9347
	604.	齊己	謝貫微上人寄示古風今體四軸	四軸騷詞書八行　捧吟肌骨遍清涼 謾求龍樹能醫眼　休問圖澄學洗腸 今體盡搜初剖判　古風淳鑿未玄黃 不知誰肯降文陣　闇點旌旗敵子房	卷八百四十四，24，9540
	605.	李瀚	蒙求	同上	卷八百八十一，25，P9960
	606.	劉知己	詠張良	漢王有天下，欻起布衣中。奮飛出草澤， 嘯吒馭群雄。淮陰既附鳳，黥彭亦攀龍。 一朝逢運會，南面皆王公。魚得自忘筌， 鳥盡必藏弓。咄嗟罹鼎俎，赤族無遺蹤。 智哉張子房，處世獨爲工。功成薄受賞， 高舉追赤松。知止信無辱，身安道自隆。 悠悠千載後，擊柝仰遺風。	

盛唐	607.	駱賓王	秋日山行簡梁大官	乘馬陟層阜 回首睇山川 攢峯銜宿霧 疊巘架寒煙 百重含翠色 一道落飛泉 香吹分巖桂 鮮雲抱石蓮 地偏心易遠 致默體逾玄 得性虛遊刃 忘言已棄筌 彈冠勞巧拙 結綬倦牽纏 不如從四皓 丘中鳴一弦	卷七十九，3，856
	608.	張說	奉和同皇太子過慈恩寺應制二首	朗朗神居峻 軒軒瑞象威 聖君成願果 太子拂天衣 至樂三靈會 深仁四皓歸 還聞渦水曲 更繞白雲飛	卷八十七，3，943
	609.	張說	贈崔公	我聞西漢日 四老南山幽 長歌紫芝秀 高臥白雲浮 朝野光塵絕 榛蕪年貌秋 一朝驅駟馬 連轡入龍樓 昔遯高皇去 今從太子遊 行藏惟聖節 福禍在人謀 卒能匡惠帝 豈不賴留侯 事隨年代遠 名與圖籍留 平生欽淳德 慷慨景前修 蚌蛤伺陰兔 蛟龍望斗牛 無嗟異飛伏 同氣幸相求	卷八十六，3，P928
	610.	李乂	幸白鹿觀應制	制蹕乘驪阜 迴輿指鳳京 南山四皓謁 西嶽兩童迎 雲幄臨懸圃 霞杯薦赤城 神明近茲地 何必往蓬瀛	卷九十二，3，995

	611.	沈佺期	同工部李侍郎適訪司馬子微	紫微降天仙 丹地投雲藻 上言華頂事 中問長生道 華頂居最高 大壑朝陽早 長生術何妙 童顏後天老 清晨朝鳳京 靜夜思鴻寶 憑崖飲蕙氣 過澗摘靈草 人非冢已荒 海變田應燥 昔嘗遊此郡 三霜弄溟島 緒言霞上開 機事塵外掃 頃來迫世務 清曠未云保 崎嶇待漏恩 怵惕司言造 軒皇重齋拜 漢武愛祈禱 順風懷崆峒 承露在豐鎬 泠然魏輕馭 復得散幽抱 柱下留伯陽 儲闈登四皓 聞有參同契 何時一探討	卷九十五，3，1023
盛唐	612.	李白	贈潘侍御論錢少陽	繡衣柱史何昂藏 鐵冠白筆橫秋霜 三軍論事多引納 階前虎士羅干將 雖無二十五老者 且有一翁錢少陽 眉如松雪齊四皓 調笑可以安儲皇 君能禮此最下士 九州拭目瞻清光	卷一百七十，5，1755
	613.	李白	商山四皓	白髮四老人 昂藏南山側 偃臥松雪間 冥翳不可識 雲窗拂青靄 石壁橫翠色 龍虎方戰爭 於焉自休息 秦人失金鏡 漢祖昇紫極 陰虹濁太陽 前星遂淪匿 一行佐明聖 倏起生羽翼 功成身不居 舒卷在胸臆 窅冥合元化 茫昧信難測 飛聲塞天衢 萬古仰遺則	卷一百八十一，6，1846

	614.	李白	過四皓墓	我行至商洛 幽獨訪神仙 園綺復安在 雲蘿尙宛然 荒涼千古跡 蕪沒四墳連 伊昔鍊金鼎 何年閉玉泉 隴寒惟有月 松古漸無煙 木魅風號去 山精雨嘯旋 紫芝高詠罷 青史舊名傳 今日併如此 哀哉信可憐	卷一百八十一，6，1846
	615.	張志和	漁父	八月九月蘆花飛 南谿老人垂釣歸 秋山入簾翠滴滴 野艇倚檻雲依依 卻把漁竿尋小徑 閑梳鶴髮對斜暉 翻嫌四皓曾多事 出爲儲皇定是非	卷三百八，10，3492
中唐	616.	于鵠	題南峯褚道士	得道南山久 曾教四皓棋 閉門醫病鶴 倒篋養神龜 松際風長在 泉中草不衰 誰知茅屋裏 有路向峨嵋	卷三百十，10，3500
	617.	權德輿	奉送韋起居老舅百日假滿歸嵩陽舊居	威鳳翔紫氣 孤雲出寥天 奇采與幽姿 縹緲皆自然 嘗聞陶唐氏 亦有巢由全 以此聳風俗 豈必效羈牽 大君遂羣方 左史蹈前賢 振衣去朝市 賜告歸林泉 滑和固難久 循性得所便 有名皆畏途 無事乃眞筌 舊壑窮杳窱 新潭漾淪漣 巖花落又開 山月缺復圓 輕策逗蘿逕 幅巾淩翠煙 機閒魚鳥狎 體和芝朮鮮	卷三百二十三，10，3629

				四皓本違難 二疏猶待年 況今寰海清 復此鬢髮玄 顧慚纓上塵 未絕區中緣 齊竽終自退 心寄嵩峯巔	
	618.	元稹	四皓廟	巢由昔避世 堯舜不得臣 伊呂雖急病 湯武乃可君 四賢胡爲者 千載名氛氳 顯晦有遺迹 前後疑不倫 秦政虐天下 黷武窮生民 諸侯戰必死 壯士眉亦嚬 張良韓孺子 椎碎屬車輪 遂令英雄意 日夜思報秦 先生相將去 不復嬰世塵 雲卷在孤岫 龍潛爲小鱗 秦王轉無道 諫者鼎鑊親 茅焦脫衣諫 先生無一言 趙高殺二世 先生如不聞 劉項取天下 先生游白雲 海內八年戰 先生全一身 漢業日已定 先生名亦振 不得爲濟世 宜哉爲隱淪 如何一朝起 屈作儲貳賓 安存孝惠帝 摧頹戚夫人 舍大以謀細 虯盤而蠖伸 惠帝竟不嗣 呂氏禍有因 雖懷安劉志 未若周與陳 皆落子房術 先生道何屯 出處貴明白 故吾今有云	卷三百九十六，12，4455
	619.	劉禹錫	刑部白侍郎謝病長告改賓客分司以詩贈別	鼎食華軒到眼前 拂衣高謝豈徒然 九霄路上辭朝客 四皓叢中作少年 他日臥龍終得雨 今朝放鶴且沖天 洛陽舊有衡茆在 亦擬抽身伴地仙	卷三百六十，11，3046

中唐	620.	劉禹錫	樂天是月長齋鄙夫此時愁臥里閭非遠雲霧難披因以寄懷遂爲聯句所期解悶焉敢驚禪	五月長齋月　文心苦行心　蘭葱不入戶 薝蔔自成林　護戒先辭酒　嫌喧亦徹琴 塵埃賓位靜　香火道場深　我靜馴狂象 餐餘施衆禽　定知於佛佞　豈復向書淫 闌藥凋紅豔　庭槐換綠陰　風光徒滿目 雲霧未披襟　樹爲清涼倚　池因盥漱臨 蘋芳遭燕拂　蓮坼待蜂尋　舍下環流水 窗中列遠岑　苔斑錢剝落　石怪玉嶔岑 鵲頂迎秋禿　鶯喉入夏瘖　綠楊垂嫩色 縱棘露長針　散秩身猶幸　趨朝力不任 官將方共拙　年與病交侵　徇樂非時選 忘機似陸沈　鑒容稱四皓　捫腹有三壬 攜手慚連璧　同心許斷金　紫芝雖繼唱 白雪少知音　憶罷吳門守　相逢楚水潯 舟中頻曲宴　夜後各加斟　濁酒銷殘漏 弦聲間遠砧　酡顏舞長袖　密坐接華簪 持論峯巒峻　戰文矛戟森　笑言誠莫逆 造次必相箴　往事應如昨　餘歡迄至今 迎君常倒屣　訪我輒攜衾　陰魄初離畢 陽光正在參　待公休一食　縱飲共狂吟	卷七百九十，22，8897

	621.	孟郊	百憂	萱草女兒花 不解壯士憂 壯士心是劍 爲君射斗牛 朝思除國讐 暮思除國讐 計盡山河畫 意窮草木籌 智士日千慮 愚夫唯四愁 何必在波濤 然後驚沈浮 伯倫心不醉 四皓迹難留 出處各有時 衆議徒啾啾	卷三百七十三，11，4190
	622.	白居易	仙娥峯下作	我爲東南行 始登商山道 商山無數峯 最愛仙娥好 參差樹若插 匼匝雲如抱 渴望寒玉泉 香聞紫芝草 青崖屏削碧 白石牀鋪縞 向無如此物 安足留四皓 感彼私自問 歸山何不早 可能塵土中 還隨衆人老	卷四百三十三，13，4789
	623.	白居易	長樂亭留別	灞滻風煙函谷路 曾經幾度別長安 昔時蹙促爲遷客 今日從容自去官 優詔幸分四皓秩 祖筵慚繼二疏歡 塵纓世網重重縛 迴顧方知出得難	卷四百五十，14，5075
	624.	白居易	再授賓客分司	優穩四皓官 清崇三品列 伊予再塵忝 內愧非才哲 俸錢七八萬 給受無虛月 分命在東司 又不勞朝謁 既資閒養疾 亦賴慵藏拙 賓友得從容 琴觴恣怡悅 乘籃城外去 繫馬花前歇 六遊金谷春 五看龍門雪 吾若默無語 安知吾快活 吾欲更盡言 復恐人豪奪 應爲時所笑 苦惜分司闕 但問適意無 豈論官冷熱	卷四百五十二，14，5109

	625.	白居易	贈皇甫六張十五李二十三賓客	昨日三川新罷守　今年四皓盡分司 幸陪散秩閒居日　好是登山臨水時 家未苦貧常醞酒　身雖衰病尚吟詩 龍門泉石香山月　早晚同遊報一期	卷四百五十四，14，5137
	626.	白居易	池上閒吟二首	高臥閒行自在身　池邊六見柳條新 幸逢堯舜無爲日　得作羲皇向上人 四皓再除猶且健　三州罷守未全貧 莫愁客到無供給　家醞香濃野菜春	卷四百五十四，14，5144
	627.	白居易	奉和晉公侍中蒙除留守行及洛師感悅發中斐然成詠之作	鸞鳳翱翔在寥廓　貂蟬蕭灑出埃塵 致成堯舜昇平代　收得夔龍強健身 拋擲功名還史冊　分張歡樂與交親 商山老皓雖休去　終是留侯門下人	卷四百五十四，14，P5148
	628.	白居易	胡吉鄭劉盧張等六賢皆多年壽予亦次焉偶於弊居合成尚齒之會七老相顧既醉且歡靜而思之此會稀有因成七言六韻以紀之傳好事者	七人五百七十歲　拖紫紆朱垂白鬚 手裏無金莫嗟歎　尊中有酒且歡娛 詩吟兩句神還王　酒飲三杯氣尚粗 嵬峩狂歌教婢拍　婆娑醉舞遣孫扶 天年高過二疏傅　人數多於四皓圖 除卻三山五天竺　人間此會更應無	卷四百六十，14，5240

	629.	白居易	和答詩十首：答四皓廟	天下有道見 無道卷懷之 此乃聖人語 吾聞諸仲尼 矯矯四先生 同稟希世資 隨時有顯晦 秉道無磷緇 秦皇肆暴虐 二世遘亂離 先生相隨去 商嶺采紫芝 君看秦獄中 戮辱者李斯 劉項爭天下 謀臣竟悅隨 先生如鸞鶴 去入冥冥飛 君看齊鼎中 焦爛者酈其 子房得沛公 自謂相遇遲 八難掉舌樞 三略役心機 辛苦十數年 晝夜形神疲 竟雜霸者道 徒稱帝者師 子房爾則能 此非吾所宜 漢高之季年 嬖寵鍾所私 冢嫡欲廢奪 骨肉相憂疑 豈無子房口 口舌無所施 亦有陳平心 心計將何爲 皤皤四先生 高冠危映眉 從容下南山 顧盼入東闈 前瞻惠太子 左右生羽儀 卻顧戚夫人 楚舞無光輝 心不畫一計 口不吐一詞 闇定天下本 遂安劉氏危 子房吾則能 此非爾所知 先生道既光 太子禮甚卑 安車留不住 功成棄如遺 如彼旱天雲 一雨百穀滋 澤則在天下 雲復歸稀夷 勿高巢與由 勿尚呂與伊 巢由往不返	卷四百二十五，13，4683

				伊呂去不歸 豈如四先生 出處兩逶迤 何必長隱逸 何必長濟時 由來聖人道 無朕不可窺 卷之不盈握 舒之亙八陲 先生道甚明 夫子猶或非 願子辨其惑 爲予吟此詩	
	630.	吉皎	七老會詩	休官罷任已閒居 林苑園亭興有餘 對酒最宜花藻發 邀歡不厭柳條初 低腰醉舞垂緋袖 擊筑謳歌任褐裾 寧用管弦來合雜 自親松竹且清虛 飛觥酒到須先酌 賦詠成詩不住書 借問商山賢四皓 不如此後更何如	卷四百六十三，14，5263
中唐	631.	蔡京	責商山四皓	秦末家家思逐鹿 商山四皓獨忘機 如何鬢髮霜相似 更出深山定是非	卷四百七十二，14，5362
中唐	632.	李涉	寄河陽從事楊潛	憶昨天台尋石梁 赤城枕下看扶桑 金烏欲上海如血 翠色一點蓬萊光 安期先生不可見 蓬萊目極滄海長 回舟偶得風水便 煙帆數夕歸瀟湘 瀟湘水清巖嶂曲 夜宿朝遊常不足 一自無名身事閒 五湖雲月偏相屬 進者恐不榮 退者恐不深 魚遊鳥逝兩雖異 彼此各有遂生心	卷四百七十七，14，5427

				身解耕耘妾能織　歲晏飢寒免相逼 稚子纔年七歲餘　漁樵一半分渠力 吾友從軍在河上　腰佩吳鉤佐飛將 偶與嵩山道士期　西尋汴水來相訪 見君顏色猶憔悴　知君未展心中事 落日驅車出孟津　高歌共歎傷心地 洛邑秦城少年別　兩都陳事空聞說 漢家天子不東遊　古木行宮閉煙月 洛濱老翁年八十　西望殘陽臨水泣 自言生長開元中　武皇恩化親霑及 當時天下無甲兵　雖聞賦斂毫毛輕 紅車翠蓋滿衢路　洛中歡笑爭逢迎 一從戎馬來幽薊　山谷虎狼無捍制 九重宮殿閉豺狼　萬國生人自相噬 蹭蹬瘡痍今不平　干戈南北常縱横 中原膏血焦欲盡　四郊貪將猶憑陵 秦中豪寵爭出羣　巧將言智寬明君 南山四皓不敢語　渭上釣人何足云 君不見昔時槐柳八百里　路傍五月清陰起 只今零落幾株殘　枯根半死黃河水	

晚唐	633.	杜牧 P92	池州送孟遲先輩	昔子來陵陽　時當苦炎熱　我雖在金臺 頭角長垂折　奉披塵意驚　立語平生豁 寺樓最騫軒　坐送飛鳥沒　一罇中夜酒 半破前峯月　煙院松飄蕭　風廊竹交戛 時步郭西南　繚徑苔圓折　好鳥響丁丁 小溪光汃汃　籬落見娉婷　機絲弄啞軋 煙溼樹姿嬌　雨餘山態活　仲秋往歷陽 同上牛磯歇　大江吞天去　一練橫坤抹 千帆美滿風　曉日殷鮮血　歷陽裴太守 襟韻苦超越　鞔鼓畫麒麟　看君擊狂節 離袖颭應勞　恨粉啼還咽　明年忝諫官 綠樹秦川闊　子提健筆來　勢若夸父渴 九衢林馬撾　千門織車轍　秦臺破心膽 黥陣驚毛髮　子既屈一鳴　余固宜三刖 慵憂長者來　病怯長街喝　僧爐風雪夜 相對眠一褐　暖灰重擁瓶　曉粥還分鉢 青雲馬生角　黃州使持節　秦嶺望樊川 祗得回頭別　商山四皓祠　心與樗蒲說 大澤蒹葭風　孤城狐兔窟　且復考詩書 無因見簪笏　古訓屹如山　古風冷刮骨 周鼎列瓶罌　荊璧橫拋擲　力盡不可取 忽忽狂歌發　三年未爲苦　兩郡非不達	卷五百二十，165946

				秋浦倚吳江 去檝飛青鶻 溪山好畫圖 洞壑深閨闥 竹岡森羽林 花塢團宮纈 景物非不佳 獨坐如韝紲 丹鵠東飛來 喃喃送君札 呼兒旋供衫 走門空踏襪 手把一枝物 桂花香帶雪 喜極至無言 笑餘翻不悅 人生直作百歲翁 亦是萬古一瞬中 我欲東召龍伯翁 上天揭取北斗柄 蓬萊頂上斡海水 水盡到底看海空 月於何處去 日于何處來 跳丸相趁走不住 堯舜禹湯文武周孔皆爲灰 酌此一杯酒 與君狂且歌 離別豈足更關意 衰老相隨可奈何	
	634.	杜牧	鶴	清音迎曉月 愁思立寒蒲 丹頂西施頰 霜毛四皓鬚 碧雲行止躁 白鷺性靈粗 終日無羣伴 溪邊弔影孤	卷五百二十二，16，5973
	635.	杜牧	題青雲館	虬蟠千仞劇羊腸 天府由來百二強 四皓有芝輕漢祖 張儀無地與懷王 雲連帳影蘿陰合 枕遶泉聲客夢涼 深處會容高尚者 水苗三頃百株桑	卷五百二十三，16，5986

	636.	杜牧	題商山四皓廟一絕	呂氏強梁嗣子柔　我於天性豈恩讐 南軍不袒左邊袖　四老安劉是滅劉	卷五百二十三，165988
	637.	胡曾	詠史詩：四皓廟	四皓忘機飲碧松　石巖雲殿隱高蹤 不知俱出龍樓後　多在商山第幾重	卷六百四十七，19，7436
	638.	許渾	題四皓廟	桂香松暖廟門開　獨瀉椒漿奠一杯 秦法欲興鴻已去　漢儲將廢鳳還來 紫芝翳翳多青草　白石蒼蒼半綠苔 山下驛塵南竄路　不知冠蓋幾人回	卷五百三十四，16，6096
	639.	羅隱	四皓廟	漢惠秦皇事已聞　廟前高木眼前雲 楚王謾費閒心力　六里青山盡屬君	卷六百五十五，19，537
	640.	羅隱	武牢關	楚人曾此限封疆　不見清陰六里長 一壑暮聲何怨望　數峯秋勢自顛狂 由來四皓須神伏　大抵秦皇謾氣強 欲學雞鳴試關吏　太平時節懶思量	卷六百五十五，19，7536
	641.	李商隱	四皓廟	羽翼殊勳棄若遺　皇天有運我無時 廟前便接山門路　不長青松長紫芝	卷五百四十，16，6191
	642.	李商隱	四皓廟	本爲留侯慕赤松　漢庭方識紫芝翁 蕭何只解追韓信　豈得虛當第一功	卷五百四十一，16，P6225
	643.	溫庭筠	四皓	商於角里便成功　一寸沈機萬古同 但得戚姬甘定分　不應眞有紫芝翁	卷五百七十九，17，6731

	644.	劉滄	題四皓廟	石壁蒼苔翠靄濃 驅車商洛想遺蹤 天高猿叫向山月 露下鶴聲來廟松 葉墮陰巖疏薜荔 池經秋雨老芙蓉 雪髯仙侶何深隱 千古寂寥雲水重	卷五百八十六，18，6799
	645.	李頻	過四皓廟	東西南北人 高跡自相親 天下已歸漢 山中猶避秦 龍樓曾作客 鶴氅不爲臣 獨有千年後 青青廟木春	卷五百八十八，18，6825
	646.	李貞白	商山	商山名利路 夜亦有人行 四皓臥雲處 千秋疊蘚生 晝燒籠澗黑 殘雪隔林明 我待酬恩了 來聽水石聲	卷七百一，20，8061
	647.	黃滔	入關旅次言懷	寸心唯自切 上國與誰期 月晦時風雨 秋深日別離 便休終未肯 已苦不能疑 獨愧商山路 千年四皓祠	卷七百四，21，8097
	648.	黃滔	寄獻梓橦山侯侍御	漢宮行廟略 簪笏落民間 直道三湘水 高情四皓山 賜衣僧脫去 奏表主批還 地得松蘿塢 泉通雨雪灣 東門添故事 南省缺新班 片石秋從露 幽窗夜不關 夢餘蟾隱映 吟次鳥綿蠻 可惜相如作 當時事悉閒	卷七百六，21，8123

	649.	徐夤	潤屋	潤屋豐家莫妄求　眼看多是與身讐 百禽羅得皆黃口　四皓山居始白頭 玉爍火光爭肯變　草芳崎岸不曾秋 朱門粉署何由到　空寄新詩謝列侯	卷七百八，21，8145
	650.	徐夤	愁	夜長偏覺漏聲遲　往往隨歌慘翠眉 黃葉落催砧杵日　子規啼破夢魂時 明妃去泣千行淚　蔡琰歸梳兩鬢絲 四皓入山招不得　無家歸客最堪欺	卷七百十，21，8177
	651.	護國	歸山作	諠靜各有路　偶隨心所安　縱然在朝市 終不忘林巒　四皓將拂衣　二疏能挂冠 窗前隱逸傳　每日三時看　靳尚那可論 屈原亦可歎　至今黃泉下　名及青雲端 松牖見初月　花間禮古壇　何處論心懷 世上空漫漫	卷八百十一，23，9138
	652.	貫休	四皓圖	何人圖四皓　如語話嘮嘮　雙鬢雪相似 是誰年最高　溪苔連豹褥　仙酒汙雲袍 相得忘秦日　伊余亦合逃	卷八百二十九，23，9342
	653.	齊已	過商山	疊疊疊嵐寒　紅塵翠裏盤　前程有名利 此路莫艱難　雲水侵天老　輪蹄到月殘 何能尋四皓　過盡見長安	卷八百四十，24，9480

	654.	吳筠	高士詠：商山四皓	萬方厭秦德 戰伐何紛紛 四皓同無爲 丘中臥白雲 自漢成帝業 一來翼儲君 知幾道可尙 隱括成元勳	卷八百五十三，24，9658
	655.	杜光庭	懷古今	古 今 感事 傷心 驚得喪 歎浮沈 風驅寒暑 川注光陰 始衒朱顏麗 俄悲白髮侵 嗟四豪之不返 痛七貴以難尋 夸父興懷於落照 田文起怨於鳴琴 雁足淒涼兮傳恨緒 鳳臺寂寞兮有遺音 朔漠幽囚兮天長地久 瀟湘隔別兮水闊煙深 誰能絕聖韜賢餐芝餌朮 誰能含光遁世鍊石燒金 君不見屈大夫紉蘭而發諫 君不見賈太傅忌鵩而愁吟 君不見四皓避秦峨峨戀商嶺 君不見二疏辭漢飄飄歸故林 胡爲乎冒進貪名踐危途與傾轍 胡爲乎怙權恃寵顧華飾與彫簪 吾所以思抗跡忘機用虛無爲師範 吾所以思去奢滅慾保道德爲規箴 不能勞神傚蘇子張生兮於時而縱辯 不能勞神傚楊朱墨翟兮揮涕以沾襟	卷八百五十四，24，9668

文翁 盛唐	656.	王維	送梓州李使君	萬壑樹參天 千山響杜鵑 山中一夜雨 樹杪百重泉 漢女輸橦布 巴人訟芋田 文翁翻教授 不敢倚先賢（敢不）	卷一百二十六，41271
	657.	杜甫	將赴成都草堂途中有作先寄嚴鄭公五首：	得歸茅屋赴成都 直爲文翁再剖符 但使閭閻還揖讓 敢論松竹久荒蕪 魚知丙穴由來美 酒憶郫筒不用酤 五馬舊曾諳小徑 幾回書札待潛夫	卷二百二十八，7，2477
	658.	杜甫	八哀詩：贈左僕射鄭國公嚴公武	鄭公瑚璉器 華岳金天晶 昔在童子日 已聞老成名 嶷然大賢後 復見秀骨清 開口取將相 小心事友生 閱書百紙盡 落筆四座驚 歷識匪父任 嫉邪常力爭 漢議尙整肅 胡騎忽縱橫 飛傳自河隴 逢人問公卿 不知萬乘出 雪涕風悲鳴 受詞劍閣道 謁帝蕭關城 寂寞雲臺仗 飄颻沙塞旌 江山少使者 笳鼓凝皇情 壯士血相視 忠臣氣不平 密論貞觀體 揮發岐陽征 感激動四極 聯翩收二京 西郊牛酒再 原廟丹青明 匡汲俄寵辱 衛霍竟哀榮 四登會府地 三掌華陽兵 京兆空柳色 尙書無履聲 羣烏自朝夕 白馬休橫行 諸葛蜀人愛 文翁儒化成	卷二百二十二，7，2350

				公來雪山重 公去雪山輕 記室得何遜 韜鈐延子荆 四郊失壁壘 虛館開逢迎 堂上指圖畫 軍中吹玉笙 豈無成都酒 憂國只細傾 時觀錦水釣 問俗終相并 意待犬戎滅 人藏紅粟盈 以茲報主願 庶或裨世程 炯炯一心在 沈沈二豎嬰 顏回竟短折 賈誼徒忠貞 飛旐出江漢 孤舟輕荆衡 虛無馬融笛 悵望龍驤塋 空餘老賓客 身上愧簪纓	
	659.	杜甫	題衡山縣文宣王廟新學堂呈陸宰	旄頭彗紫微 無復俎豆事 金甲相排蕩 青衿一顛額 嗚呼已十年 儒服弊於地 征夫不遑息 學者淪素志 我行洞庭野 欻得文翁肆 侁侁胄子行 若舞風雩至 周室宜中興 孔門未應棄 是以資雅才 渙然立新意 衡山雖小邑 首唱恢大義 因見縣尹心 根源舊宮閟 講堂非曩搆 大屋加塗墍 下可容百人 牆隅亦深邃 何必三千徒 始壓戎馬氣 林木在庭戶 密幹疊蒼翠 有井朱夏時 轆轤凍階戺 耳聞讀書聲 殺伐災髣髴 故國延歸望 衰顏減愁思 南紀改波瀾 西河共風味 采詩倦跋涉 載筆尚可記 高歌激宇宙 凡百慎失墜	卷二百二十三，7，2383

	660.	杜甫	將赴荊南寄別李劍州	使君高義驅今古　寥落三年坐劍州 但見文翁能化俗　焉知李廣未封侯 路經灩澦雙蓬鬢　天入滄浪一釣舟 戎馬相逢更何日　春風迴首仲宣樓	卷二百二十八，7，2473
	661.	李端	送何兆下第還蜀	重江不可涉　孤客莫晨裝　高木莎城小 殘星棧道長　褱猿楓子落　過雨荔枝香 勸爾成都住　文翁有草堂	卷二百八十五，9，3259
	662.	李夷簡	西亭暇日書懷十二韻獻上相公	勝賞不在遠　憮然念玄搜　茲亭有殊致 經始富人侯　澄澹分沼沚　縈迴間林丘 荷香奪芳麝　石溜當鳴球　撫俗來康濟 經邦去咨謀　寬明洽時論　惠愛聞甿謳 代斲豈容易　守成獲優游　文翁舊學校 子產昔田疇　琬琰富佳什　池臺想舊遊 誰言矜改作　曾是日增修　憲省忝陪屬 岷峨嗣徽猷　提攜當有路　勿使滯刀州	卷三百九，10，3495

中唐	663.	權德輿	奉酬從兄南仲見示十九韻 P471 《全唐文》卷四九三權德輿有《送從只南仲登科後歸汝州舊居序》	晉季天下亂 安丘佐關中 德輝靄家牒 侯籍推時功 簪纓盛西州 清白傳素風 逢時有舒卷 繕性無窮通 吾兄挺奇資 向晦道自充 耕鑿汝山下 退然安困蒙 詩成三百篇 儒有一畝宮 琴書滿座右 芝朮生牆東 麗藻粲相鮮 晨輝豔芳叢 清光杳無際 皓魄流霜空 邦有賢諸侯 主盟詞律雄 薦賢比文舉 理郡邁文翁 樓中賞不獨 池畔醉每同 聖朝闢四門 發跡貴名公 小生何爲者 往歲學雕蟲 華簪映武弁 一年被微躬 開緘捧新詩 瓊玉寒青葱 謬進空內訟 結懷遠忡忡 時來無自疑 刷翮摩蒼穹	卷三百二十一，10，3617
中唐	664.	羊士諤	書樓懷古	何獨文翁化 風流與代深 泉雲無舊轍 騷雅有遺音 遠目窮巴漢 閒情閱古今 忘言意不極 日暮但橫琴	卷三百三十二，10，3702

中唐	665.	樊宗師	蜀綿州越王樓詩	危樓倚天門 如闤星辰宮 榱薄龍虎怪 洄洄繞雷風 徂秋試登臨 大靄屯喬空 不見西北路 考懷益彫窮 石瀨薄濺濺 上山杳穹穹 昔人創爲逝 所適酡顏紅 今我茲之來 猶校成歲功 轂田植科畝 遊圃歌芳叢 地財無叢厚 人室安取豐 既乏富庶能 千萬慚文翁 （小序）綿之城，帝獨擻，掀明威，瀰石硝，馳涪瀨，左陵凌紅积，簪天地送行癸壬，且掬跎踼于西北。蟠紅●青，越王貞故爲樓，重軒疊飛，門明窗蒙傘，蹇蹇予始登，謂日月昏曉，可窺其背，雷電合，風雲遇，霜辛露酸，星辰介行。鬼神變化，草木顯繡髻銜，蓑芰皆可察極。既縈視其江帶，又極視其土岡。斷暴遠近，山崄崄若閬之東皇。天原開，見荊山，我其黃河，澗然爲曲直，淚雨落，不可掩，因口其心曰：無害若其自果星星，過歸果星星，過歸尚悲，不能解。重爲詩以釋，益不可。顧謂郡中諸君，能無有以以華豔。其念蓄云。	卷三百六十九，11，4152

中唐	666.	元稹	獻滎陽公詩五十韻	鄭驛騎翩翩 丘門子弟賢 文翁開學日 正禮騁途年 駿骨黃金買 英髦絳帳延 趨風皆蹀足 侍坐各差肩 解榻招徐穉 登樓引仲宣 鳳攢題字扇 魚落講經筵 盛氣河包濟 貞姿嶽柱天 皋夔當五百 鄒魯重三千 科斗翻騰取 關雎教授先 篆垂朝露滴 詩綴夜珠聯 逸禮多心匠 焚書舊口傳 陳遵修尺牘 阮瑀讓飛牋 中的顏初啓 抽毫踵未旋 森羅萬木合 屬對百花全 詞海跳波湧 文星拂坐懸 戴馮遙避席 祖逖後施鞭 西蜀凌雲賦 東陽詠月篇 勁芟鼇足斷 精貫蝨心穿 浩汗神彌王 鷂颸興欲仙 冰壺通皓雪 綺樹眇晴煙 驅駕雷霆走 鋪陳錦繡鮮 情機登奕奧 流韻溢山川 墨客膺潛服 談賓膝誤前 張鱗定摧敗 折角反矜憐 句句推瓊玉 聲聲播管弦 纖新撩造化 澒洞斡陶甄 衛磬琤鍧極 齊竽僭濫偏 空虛慚炙輠 點竄許懷鉛 憊色秋來草 哀吟雨後蟬 自傷魂慘沮 何暇思幽玄 喜到樽罍側 愁親几案邊 菁華知竭矣 胏腑尙求旃 抵滯渾成醉 徘徊轉慕膻	卷四百七，12，，4534

老歎才漸少　閒苦病相煎　瓦礫難追琢
芻蕘分棄捐　漫勞成懇懇　那得美娟娟
拙劣仍非速　迂愚且異專　移時停筆硯
揮景乏戈鋋　儀舌忻猶在　舒帷誓不褰
會將連獻楚　深恥謬游燕　蒲有臨書葉
韋充讀易編　沙須披見寶　經擬帶耕田
入霧長期閏　持朱本望研　輪轅呈曲直
鑿枘取方圓　呼吸寧徒爾　霑濡豈浪然
過籥資響亮　隨水漲淪漣　惜日看圭短
偷光恨壁堅　勤勤彫朽木　細細導蒙泉
傳癖今應甚　頭風昨已痊　丹青公舊物
一爲變蚩妍

（小序）啓：今月十七日，公會儒於便廳，稹亦謬容末席。公出棠樹之首章，且識其目曰：客有前進士韋張在宋來會學，由我而下，聯爲五言以美之。諸生怗怗竦竦，各盡詞以獻公。公則舉其摧敵，推案析理，次至數聯，應若前定。諸儒有不安者，隨爲刮削，變嫫爲妍，不廢暮而珠貫成就。瑕不可掩者，稹六聯耳。退而自咎。且盛公之所爲，因而次用所聯翩賢等五十一字，合爲一詩，止詠公之詞業力翰，洎生徒學校之事而已也。其於勳位崇懿在國籍，族地清甲編世家，政事德美播謳謠，儉仁慈愛

				被親戚，非小儒造次之所盡。大凡受褊狹者不可以語大，持杯棬而承澍雨，自滿而止，又安能測其霶沛之所至哉？惶恐無任，俯伏待罪，謹以啓陳，不宣。謹啓。	
中唐	667.	劉魯風	江西投謁所知爲典客所阻因賦	萬卷書生劉魯風　煙波萬里謁文翁 無錢豈與韓知客　名紙毛生不肯通	卷五百五，15，5745
中唐	668.	章孝標	上西川王尙書	人人入蜀謁文翁　妍醜終須露鏡中 詩景荒涼難道合　客情疏密分當同 城南歌吹琴臺月　江上旌旗錦水風 下客低頭來又去　暗堆冰炭在深衷	卷五百六，15，5757
晚唐	669.	薛能	監郡犍爲舟中寓題寄同舍	一寢閒身萬事空　任天教作假文翁 旗穿島樹孤舟上　家在山亭每日中 疊果盤餐丹橘地　若花牀席早梅風 佳期說盡君應笑　劉表尊前且不同	卷五百六十，17，6495
晚唐	670.	薛能	送崔學士赴東川	羽人仙籍冠浮丘　欲作酇侯且蜀侯 導騎已多行劍閣　親軍全到近綿州 文翁勸學人應戀　魏絳和戎戍自休 唯有夜罇權莫厭　廟堂他日少閒遊	卷五百六十，17，6501
晚唐	671.	楊知至	和李尙書命妓歌餞崔侍御	燕趙能歌有幾人　爲花回雪似含顰 聲隨御史西歸去　誰伴文翁怨九春	卷五百六十三，17，6536

晚唐	672.	裴鉶	題文翁石室	文翁石室有儀形　庠序千秋播德馨 古柏尚留今日翠　高岷猶藹舊時青 人心未肯拋羶蟻　弟子依前學聚螢 更歎沱江無限水　爭流祗願到滄溟	卷五百九十七，18，6909
晚唐	673.	方干	處州獻盧員外	纔下軺車即歲豐　方知盛德與天通 清聲漸出寰瀛外　喜氣全歸教化中 落地遺金終日在　經年滯獄當時空 直緣後學無功業　不慮文翁不至公	卷六百五十二，19，7490
晚唐	674.	羅隱	所思	梁王兔苑荆榛裏　煬帝雞臺夢想中 只覺惘然悲謝傅　未知何以報文翁 生靈不幸台星拆　造化無情世界空 劃盡寒灰始堪歎　滿庭霜葉一窗風	卷六百五十五，19，7537
晚唐	675.	羅隱	重送朗州張員外	朱輪此去正春風　且駐青雲聽斷蓬 一榻早年容孺子　雙旌今日別文翁 誠知汲善心長在　爭奈干時跡轉窮 酬德酬恩兩無路　謾勞惆悵鳳城東	卷六百五十七，19，7551

晚唐	676.	羅隱	投宣武鄭尚書二十韻	漢代簪纓盛 梁園雉堞雄 物情須重德 時論在明公 族大踰開魏 高神本降嵩 世家惟蹇諤 官業即清通 翰苑論思外 綸闈嘯傲中 健豪驚綵鳳 高步出冥鴻 履歷雖吾道 行藏必聖聰 絳霄無繫滯 浙水忽西東 庾監高樓月 袁郎滿扇風 四年將故事 兩地有全功 去去才須展 行行道益隆 避權辭憲署 仗節出南宮 雁影相承接 龍圖共始終 自然須作礪 不必恨臨戎 幕下蓮花盛 竿頭彈佩紅 騎兒逢郭伋 戰士得文翁 人地應無比 簞瓢奈屢空 因思一枝桂 已作斷根蓬 往事應歸捷 勞歌且責躬 殷勤信陵館 今日自途窮	卷六百六十五，19，7619
晚唐	677.	王貞白	雨後從陶郎中登庾樓	庾樓逢霽色 夏日欲西曛 虹截半江雨 風驅大澤雲 島邊漁艇聚 天畔鳥行分 此景堪誰畫 文翁請綴文	卷七百一，20，8065
晚唐	678.	翁承贊	漢上登舟憶閩	漢皋亭畔起西風 半挂征帆立向東 久客自憐歸路近 算程不怕酒觴空 參差雁陣天初碧 零落漁家蓼欲紅 一片歸心隨去櫂 願言指日拜文翁	卷七百三，21，8090

晚唐	679.	黃滔	絳州鄭尚書	旌旗日日展東風　雲稼連山雪刃空 剖竹已知垂鳳食　摘珠何必到龍宮 諫垣虛位期飛步　翰苑含毫待紀公 誰謂唐城諸父老　今時得見蜀文翁	卷七百五，21，8114
晚唐	680.	徐夤	郡侯坐上觀琉璃瓶中遊魚	寶器一泓銀漢水　錦鱗纔動即先知 似涵明月波寧隔　欲上輕冰律未移 薄霧罩來分咫尺　碧綃籠處較毫釐 文翁未得沈香餌　擬置金盤召左慈	卷七百十，21，8174
晚唐	681.	伍唐珪	上蘇使君	江西昔日推韓注　袁水今朝數趙祥 縱使文翁能待客　終栽桃李不成行	卷七百二十七，21，8328
晚唐	682.	何贊	書事	果決生涯向路中　西投知己話從容 雲遮劍閣三千里　水隔瞿塘十二峯 闊步文翁坊裏月　閒尋杜老宅邊松 到頭須卜林泉隱　自愧無能繼臥龍	卷七百六十九，22，8734
晚唐	683.	皎然	奉送李中丞道昌入朝	文憲中司盛　恩榮外鎮崇　諸侯皆取則 八使獨推功　詔喜新銜鳳　車看舊飾熊 去思今武子　餘教昔文翁　清在如江水 仁留是國風　光徵二千石　掃第望司空	卷八百十八，23，9216

晚唐地域	684.	貫休	聞知聞赴成都辟請	文翁還化蜀 峦幕列鵷鸞 飲水臨人易 燒山覓士難 錦機花正合 樱蕈火初乾 知己相思否 如何借羽翰	卷八百三十二，23，9384
晚唐地域	685.	貫休	蜀王登福感寺塔三首：三	步步層層孰可陪 相輪邊日照三台 喜歡烝庶皆相逐 惆悵鑾輿尚未迴 金鐸撼風天樂近 仙花含露瑞煙開 一年一度常如此 願見文翁百度來	卷八百三十五，23，9409
	686.	李瀚	蒙求	文翁興學 晏御揚揚	卷八百八十一，25，9960
盛唐	687.	孟浩然	荆門上張丞相	共理分荆國 招賢愧不材 召南風更闡 丞相閤還開 覯止欣眉睫 沈淪拔草萊 坐登徐孺榻 頻接李膺杯 始慰蟬鳴柳 俄看雪間梅 四時年籥盡 千里客程催 日下瞻歸翼 沙邊厭曝鰓 佇聞宣室召 星象列三台	卷一百六十，5，1568
	688.	李白	魯城北郭曲腰桑下送張子還嵩陽	送別枯桑下 凋葉落半空 我行懵道遠 爾獨知天風 誰念張仲蔚 還依蒿與蓬 何時一杯酒 更與李膺同	卷一百七十五，5，1794
	689.	李白	陪從祖濟南太守泛鵲山湖三首：二	湖闊數千里 湖光搖碧山 湖西正有月 獨送李膺還	卷一百七十九，5，1826

	690.	杜甫	贈特進汝陽王二十韻	特進羣公表 天人夙德升 霜蹄千里駿 風翮九霄鵬 服禮求毫髮 惟忠忘寢興 聖情常有眷 朝退若無憑 仙醴來浮蟻 奇毛或賜鷹 清關塵不雜 中使日相乘 晚節嬉遊簡 平居孝義稱 自多親棣萼 誰敢問山陵 學業醇儒富 辭華哲匠能 筆飛鸞聳立 章罷鳳騫騰 精理通談笑 忘形向友朋 寸長堪繾綣 一諾豈驕矜 已忝歸曹植 何知對李膺 招要恩屢至 崇重力難勝 披霧初歡夕 高秋爽氣澄 尊罍臨極浦 鳧雁宿張燈 花月窮游宴 炎天避鬱蒸 研寒金井水 檐動玉壺冰 瓢飲唯三徑 巖棲在百層 且持蠡測海 況挹酒如澠 鴻寶寧全祕 丹梯庶可凌 淮王門有客 終不愧孫登	卷二百二十四，7，2390
中唐	691.	張繼	重經巴丘	昔年高接李膺歡 日泛仙舟醉碧瀾 詩句亂隨青草落 酒腸俱逐洞庭寬 浮生聚散雲相似 往事冥微夢一般 今日片帆城下去 秋風回首淚闌干	卷二百四十二，8，2723

中唐	692.	獨孤及	同徐侍郎五雲溪新庭重陽宴集作	萬峯蒼翠色 雙溪清淺流 已符東山趣 況值江南秋 白露天地肅 黃花門館幽 山公惜美景 肯爲芳樽留 五馬照池塘 繁弦催獻酬 臨風孟嘉帽 乘興李膺舟 騁望傲千古 當歌遺四愁 豈令永和人 獨擅山陰遊	卷二百四十六，8，2766
中唐	693.	王季友	酬李十六岐	鍊丹文武火未成 賣藥販履俱逃名 出谷迷行洛陽道 乘流醉臥滑臺城 城下故人久離怨 一歡適我兩家願 朝飲杖懸沽酒錢 暮餐囊有松花飯 于何車馬日憧憧 李膺門館爭登龍 千賓揖對若流水 五經發難如叩鐘 下筆新詩行滿壁 立談古人坐在席 問我草堂有臥雲 知我山儲無儋石 自耕自刈食爲天 如鹿如麋飲野泉 亦知世上公卿貴 且養丘中草木年	卷二百五十九，8，2890
中唐	694.	羊士諤	郡中玩月寄江南李少尹虞部孟員外三首：二	桂華臨洛浦 如挹李膺仙 茲夕披雲望 還吟擲地篇 鳳池分直夜 牛渚泛舟年 會是風流賞 惟君內史賢	卷三百三十二，10，3700

中唐	695.	白居易	三月三日祓禊洛濱	三月草萋萋　黃鶯歇又啼　柳橋晴有絮 沙路潤無泥　禊事修初半　遊人到欲齊 金鈿耀桃李　絲管駭鳧鷖　轉岸迴船尾 臨流簇馬蹄　鬧翻揚子渡　蹋破魏王堤 妓接謝公宴　詩陪荀令題　舟同李膺泛 醴爲穆生攜　水引春心蕩　花牽醉眼迷 塵街從鼓動　煙樹任鴉棲　舞急紅腰軟 歌遲翠黛低　夜歸何用燭　新月鳳樓西 （小序）開成二年三月三日，河南尹李待價以人和歲稔，將禊於洛濱。前一日，啓留守裴令公。令公明日，召太子少傅白居易、太子賓客蕭籍、李仍叔、劉禹錫，前中書舍人鄭居中、國子司業裴惲、河南少尹李道樞、倉部郎中崔晉、司封員外郎張可續、駕部員外郎盧言、虞部員外郎苗愔、和州刺史裴儔、淄州刺史裴洽、檢校禮部員外郎楊魯士、四門博士談弘謨等一十五人，合宴於舟中。由斗亭歷魏堤，抵津橋，登臨泝沿，自晨及暮，簪組交映，歌笑間發。前水嬉而後妓樂，左筆硯而右壺觴，望之若仙，觀者如堵，盡風光之賞，極遊泛之娛。美景良辰，賞心樂事，盡得於今日矣。若不記錄，謂洛無人。晉公首賦一章，鏗然玉振。顧謂四座，繼而和之。居易舉酒抽毫，奉十二韻以獻。	卷四百五十六，14，5178

晚唐	696.	杜牧	行次白沙館先寄上河南王侍郎	夜程何處宿 山疊樹層層 孤館閒秋雨 空堂停曙燈 歌慚漁浦客 詩學雁門僧 此意無人識 明朝見李膺	卷五百二十六，16，6024
	697.	杜牧	川守大夫劉公早歲寓居敦行里肆有題壁十韻今之置第乃獲舊居洛下大僚因有唱和歎詠不足輒獻此詩	旅館當年葺 公才此日論 林繁輕竹祖 樹暗惜桐孫 鍊藥藏金鼎 疏泉陷石盆 散科松有節 深薙草無根 龍臥池猶在 鶯遷谷尚存 昔爲揚子宅 今是李膺門 積學螢嘗聚 微詞鳳早呑 百年明素志 三顧起新恩 雪耀冰霜冷 塵飛水墨昏 莫教垂露迹 歲晚雜苔痕	卷五百二十六，16，6026
	698.	許渾	將爲南行陪尚書崔公宴海榴堂	朝讌華堂暮未休 幾人偏得謝公留 風傳鼓角霜侵戟 雲捲笙歌月上樓 賓館盡開徐穉榻 客帆空戀李膺舟 謾誇書劍無知己 水遠山長步步愁	卷五百三十五，16，6103
	699.	許渾	陪宣城大夫崔公泛後池兼北樓讌二首	陪泛芳池醉北樓，水花繁艷照膺舟。 亭臺陰合樹初晝，弦管韻高山欲秋。 皆賀虢巖終選傅，自傷燕谷未逢鄒。 昔時恩遇今能否，一尉滄洲已白頭。	卷五百三十五，16，6109
晚唐	700.	于瓌	和綿州于中丞登越王樓作二首：一	樓因藩邸號 川勢似依樓 顯敞含清暑 嵐光入素秋 山宜姑射貌 江泛李膺舟 郢曲思朋執 輕紗畫勝遊	卷五百六十四，17，6545

	701.	李羣玉	重經巴丘追感	昔年高接李膺歡　日汎仙舟醉碧瀾 詩句亂隨青草發　酒腸俱逐洞庭寬 浮生聚散雲相似　往事微茫夢一般 今日片帆城下去　秋風回首淚闌干	卷五百六十九，17，6597
	702.	李羣玉	獻王中丞	登仙望絕李膺舟　從此青蠅點遂稠 半夜劍吹牛斗動　二年門掩雀羅愁 張儀會展平生舌　韓信那慚跨下羞 他日圖勳畫麟閣　定呈肝膽始應休	卷五百六十九，17，6601
晚唐	703.	周朴	喜賀拔先輩衡陽除正字	黃紙晴空墜一緘　聖朝恩澤洗冤讒 李膺門客爲閒客　梅福官銜改舊銜 名自石渠書典籍　香從芸閣著衣衫 寰中不用憂天旱　霖雨看看屬傅巖	卷六百七十三，20，7702
	704.	周朴	贈李裕先輩	曉擎弓箭入初場　一發曾穿百步楊 仙籍舊題前進士　聖朝新奏校書郎 馬疑金馬門前馬　香認芸香閣上香 閒伴李膺紅燭下　慢吟絲竹淺飛觴	卷六百七十三，20，7702
	705.	吳融	風雨吟	風騷騷　雨涔涔　長洲苑外荒居深 門外流水流澶漫　河邊古木鳴蕭森 夐無禽影　寂無人音　端然拖愁坐 萬感叢於心　姑蘇碧瓦十萬戶	卷六百八十七，20，7901

				中有樓臺與歌舞 尋常倚月復眠花 莫說斜風兼細雨 應不知天地造化是何物 亦不知榮辱是何主 吾困長滿是太平 吾樂不極是天生 豈憂天下有大憝 四郊刁斗常錚錚 官軍擾人甚於賊 將臣怕死唯守城 又豈復憂朝廷苦弛慢 中官轉縱橫 李膺勾黨即罹患 竇武忠謀又未行 又豈憂文臣盡遭束高閣 文教從今日蕭索 若更無人稍近前 把筆到頭同一惡 可嘆吳城城中人 無人與我交一言 蓬蒿滿徑塵一榻 獨此閔閔何其煩 雖然小或可謀大 〔嫠〕婦之憂史尚存 況我長懷丈夫志 今來流落滄溟涘 有時驚事再咨嗟 因風因雨更憔悴 只有閒橫膝上琴 怨傷怨恨聊相寄 伯牙海上感滄溟 何似今朝風雨思	
	706.	貫休	送友生入越投知己	才大終難住 東浮景漸暄 知將刖足恨 去擊李膺門 宿霧開花塢 春潮入苧村 預思秋薦後 一鶚出乾坤	卷八百三十二，23，9388

	707.	齊已	勉詩僧	莫把毛生刺 低佪謁李膺 須防知佛者 解笑愛名僧 道性宜如水 詩情合似冰 還同蓮社客 聯唱遶香燈	卷八百四十，24，9478
	708.	齊已	寄韓蛻秀才	松門高不似侯門 蘚逕鞋蹤觸處分 遠事即爲無害鳥 多閒便是有情雲 那憂寵辱來驚我 且寄風騷去敵君 〔知〕伴李膺琴酒外 絳紗閒卷共論文	卷八百四十六，24，9573